युगंधरा
अहिल्याबाई होल्कर

युगंधरा अहिल्याबाई होल्कर

देवी अहिल्याबाई होल्कर के प्रेरक जीवन पर केंद्रित ऐतिहासिक उपन्यास

ममता चंद्रशेखर

प्रकाशक
प्रभात प्रकाशन प्रा. लि.
4/19 आसफ अली रोड, नई दिल्ली-110002
फोन : 011-23289777 • हेल्पलाइन नं. : 7827007777
इ-मेल : prabhatbooks@gmail.com ❖ वेब ठिकाना : www.prabhatbooks.com

संस्करण
2025

पेपरबैक मूल्य
तीन सौ पचास रुपए

मुद्रक
आर-टेक ऑफसेट प्रिंटर्स, दिल्ली

———— ★ ————

YUGANDHARA AHILYABAI HOLKAR
by Smt. Mamta Chandrasekhar

Published by **PRABHAT PRAKASHAN PVT. LTD.**
4/19 Asaf Ali Road, New Delhi-110002

ISBN 978-93-5562-739-1

₹ 350.00 (PB)

प्रस्तावना

एक युग को धारण करने वाली 'युगंधरा अहिल्याबाई होल्कर' देवी अहिल्याबाई होल्कर के व्यक्तित्व व कृतित्व पर पिछले तीन सौ सालों में अनेक रचनाकारों, बुद्धिजीवियों व मनीषियों ने बहुत कुछ लिखा व सुना है। उनके जीवन में आए उतार-चढ़ावों को अपने-अपने ढंग से कागज की छाती पर उकेरा है। व्याख्यानों को अपने-अपने साँचे में ढाला है। उनके विविध आयामों पर चर्चाएँ, संवाद, कार्यशालाएँ व सम्मेलन भी आयोजित होते आए हैं। उनके प्रेरणापुंज जीवन को श्रद्धा के साथ मंचों पर प्रस्तुत किया जाता रहा है और स्मृतिस्वरूप उनकी प्रतिमाएँ भी स्थापित की गईं। प्रतिवर्ष 31 मई को जन्मोत्सव व 13 अगस्त को पुण्यतिथि पर आयोजन भी होते हैं। उनके प्रति कृतज्ञता व श्रद्धा भाव अभिव्यक्त करने का ये सब पवित्र साधन हैं। ऐसे आयोजनों से युवा पीढ़ी प्रेरित होती है।

'...लेकिन सवाल यह है कि क्या विशेष अवसरों पर उन्हें याद करने मात्र से हमारे कर्तव्यों का निर्वहन हो जाता है या इसके आगे भी कुछ करने की आवश्यकता है ? क्या वह कर्मभूमि तैयार करने की आवश्यकता नहीं है, जिसमें उनके व्यक्तित्व व कृतित्व से उपजे जीवन-दर्शन को यथार्थ के धरातल पर उतारकर प्रेरणा का आधार बनाया जाए ? उनका जीवन संघर्ष की एक ऐसी गाथा है, जो प्रेरणास्रोत के अमरत्व से भरी पवित्र शीतल नदी है, जिसके जल की चंद बूँदों को आत्मार्पित करके ही मानव खुद को अमर कर सकता है। उनके अनुकरणीय जीवन से दिशादर्शन प्राप्त कर नवयुग की रचना की जा सकती है।

अब इस ओर भी ध्यान देने की आवश्यकता है, देवी अहिल्याबाई होल्कर के व्यक्तित्व व कृतित्व का कितने लोगों ने अनुसरण किया ? कितनों ने उनके पदचिह्नों पर चलने का प्रण किया ? या यूँ कहें कि तेजस्विनी, तपस्विनी व आदर्श लोकमाता

को कितनों ने अपना आदर्श बनाया ?

ऐसी ही जिज्ञासाओं की एक रचनात्मक गाथा है यह ऐतिहासिक उपन्यास 'युगंधरा अहिल्याबाई होल्कर', जिसमें एक स्त्री दूसरी स्त्री के साथ मित्रवत् व्यवहार कर माता अहिल्याबाई होल्कर के जीवन-दर्शन को आदर्श बनाकर, जीवन की दुःखमयी धारा से उभरकर एक ऐसा इतिहास रचती है, जो लोकमाता के जीवन से उपजी रोशनी का महत्त्वपूर्ण अनुकरणीय आयाम सिद्ध होता है।

सर्वविदित है कि महान् आत्माएँ इस धरा में आकर एक आदर्श मार्ग का स्थापन कर जाती हैं। अब यह आने वाली पीढ़ी का दायित्व है कि वह उन्हें धारण कर अपनी आने वाली पीढ़ी को हस्तांतरित कर ज्ञान की परंपरा, गौरवमयी सांस्कृतिक धरोहर को जीवित रखे। इस उपन्यास की मुख्य नायिका वैशली नायडू ऐसे ही प्रयासों का एक जीवंत दस्तावेज है।

माता अहिल्याबाई को अपना आदर्श बनाने में वैशाली को कई चुनौतियों का सामना करना है। उसे पागलखाने तक भेज दिया जाता है, लेकिन अंततोगत्वा वह आदर्श की विशाल पताका फहराती है। वह अपने जीवन के लक्ष्यों को अहिल्येश्वर के रंग मे रँग कर उनके पदचिह्नों पर चलते हुए समाज में एक पृथक् स्थान बनाकर समूची मानवजाति के मध्य परहितकारिता की खूबसूरत किंवदंती बन जाती है।

यह उपन्यास शिवयोगिनी, कर्मयोगिनी, प्रजाहितकारिणी, न्यायदायिनी, तेजस्विनी, रणरागिनी, होल्कर कीर्तिध्वजा व युगंधरा माता अहिल्याबाई के जीवन के विभिन्न पक्षों का लोकजन पर पड़ने वाले प्रभावों का एक लेखा-जोखा है, जो प्रेरणा का रूप धारण कर युगों-युगों तक जनचर्चा का विषय बनकर इस पृथ्वीलोक के निवासियों का पथप्रदर्शन करता रहेगा।

1

'हर-हर महादेव' की सामूहिक ध्वनियाँ घंटियों की गूँज में एकसार होकर मंत्रमुग्ध संगीत का सृजन करने लगीं। शिव मंदिर के इर्द-गिर्द की हवाओं में ओम शांति-शांति, शांति-शांति के स्वर सुकून की बूँदे बरसाने लगे। काँसे की चमकती थाली में रखे माटी के दीये की रोशनी से भक्तजनों के मुखमंडल की आभा दिव्यमान होने लगी। जगमग करती लौ यूँ प्रतीत हो रही थी, मानो ज्ञान की अलौकिक ज्वाला अग्निदेवता से अनुमति ले समूची मानवजाति का मार्गदर्शन करने के लिए प्रतिबद्ध है।

भगवान् शिवजी के दर्शन के उपरांत प्रसाद ग्रहण कर ओम नमो: शिवाय···ओम नमो: शिवाय···का उच्चारण करते हुए सुनीधि मंदिर से बाहर आई। साँझ ने अपने आने की दस्तक दे दी थी। सूर्य की लालिमा धरती में बिखरने लगी थी। पंछी चहचहाते हुए अपने-अपने घोंसलों की ओर जाने लगे थे।

मंदिर के पीछे से झाँकता समंदर, इठलाती लहरों के रंग अठखेलियाँ खेल रहा है। ढलती साँझ के सौंदर्य को निगाह कर सुनिधि मुसकरा देती है। धूप-कपूर में लिपटी सुगंधित हवा का एक शीतल झोंका सुनिधि के बालों को सहलाने लगता है। वह अपने बालों को समेटती मंदिर की सीढ़ियों से नीचे उतरने के लिए कदम आगे बढ़ाती है।

तभी किसी की सिसकियाँ उसके कानों से टकराती हैं। उसके पाँव वहीं जमीं पर ठहर जाते हैं। वह चौंककर यहाँ-वहाँ देखती है। आसपास कोई दिखाई नहीं देता। वह लपककर मंदिर के पीछे गई। उसने देखा एक लड़की मंदिर की दीवार से टिककर अपने सिर को घुटने में छुपाकर सिसक-सिसककर रो रही है।

उस लड़की का चेहरा दिखाई नहीं दे रहा है लेकिन उसके लंबे, घने, सुनहरे बाल और गुलाबी दुपट्टा, पास में रखा सफेद पर्स उसे अपनी ओर खींचने लगा। वह हौले से उसके समीप जाकर कहती है, "अरे, आप?···यहाँ?"

अपने घुटनों से सिर उठाकर वह चौंककर सुनिधि की ओर देखती है। अपने आँसुओं को पोंछते हुए, उसे पहचानने की कोशिश करती हैं।

प्रभावशाली व्यक्तित्व की स्वामिनी एक हमउम्र लड़की को अपने सामने खड़ा देखकर, वह उसकी आँखों में आँखें डालकर, आश्चर्य से पूछती है, "जी···आप··· मुझे जानती हैं?"

"जी···।" बड़े ही शांत स्वर में उसके प्रश्न का उत्तर देती है।

"पर···कैसे? मैंने तो आपको कभी नहीं देखा।" वह आश्चर्य से पूछती।

"आप सही कह रही हैं। आपने मुझे कभी नहीं देखा, लेकिन मैंने आपको देखा है।" इतना कहकर सुनिधि उसके नजदीक जमीन पर बैठ जाती है।

बैठने के उपरांत उसकी ओर देखते हुए सुनिधि अपना परिचय देते हुए कहती है, "मैं सुनिधि चौरसिया इंदौर से आपके शहर में शिव दर्शन करने आई हूँ और···।"

सुनिधि की बात को बीच में काटते हुए वह जिज्ञासावश पूछने लगी, "परंतु आप मुझे कैसे जानती हैं? पहले यह बताइए।"

"जी, आज सुबह ही मैंने आपको इन्हीं कपड़ों में देखा था। आप होटल के पोर्च में काले रंग की चमचमाती बी.एम.डब्ल्यू. कार से उतरी थीं। आपका व्यक्तित्व आकर्षण से भरपूर है और···।"

"और क्या··· ?" सुनिधि से तपाक से पूछा।

"आपका हुलिया मेरी छोटी बहन से मिलता-जुलता है।" यह बताते समय एक चमकता सा तारा मुसकान बनकर सुनिधि के चेहरे पर आया और फिर वह बादलों में कहीं विलीन सा हो गया।

"ओह!"

सुनिधि कहने लगी, "इसलिए हम दोनों आपको तब तक देखते रहे, जब तक कि आप अपने कैबिन में दाखिल नहीं हो गईं। यहाँ पर भी आप उन्हीं कपड़ों में हैं इसलिए मैंने आपको पहचान लिया कि आप वैशाली नायडू ही हैं।"

वैशाली ने फीकी सी मुसकान के साथ कहा, "ओह!"

सुनिधि की बात सुनकर वह उदास आँखों से समंदर की ओर देखने लगी। उसे ऐसा लगने लगा, मानो शांत समंदर में एकाएक भूचाल आ गया है। वह सोचने लगी कि 'यह तो उसके लिए ठीक नहीं है। यह महिला कहीं किसी को मेरी इस अवस्था की चुगली न कर दे।'

उसे चुप देखकर सुनिधि ने वैशाली से पूछा, "क्या सोचने लगीं आप?"

खुद को सँभालते हुए, उसने कहा, "जी। कुछ नहीं।"

"देखिए, शिवभक्त यूँ हतोत्साहित नहीं होते हैं।" सुनिधि ने हौले से कहा।

वह एकदम चुप। कोई प्रतिक्रिया दिए वगैरह समंदर की ओर देखती रही। अँधेरे ने लहरों को अपने आगोश में ले लिया था। समंदर बौखलाकर दहाड़ रहा है। घबराई सी हवाएँ मन में उथल-पुथल मचा रही हैं।

बड़े ही संयमित स्वर में वैशाली ने पूछा, "तो आप कब तक हैं···हमारे होटल में?"

"बस एक दिन और···कल आए थे और कल जाएँगे।" उसने मुसकराकर कहा।

"जी", कहकर। वह बेचैन होकर सोचने लगी। कल न जाने कब ये जाएँगी? मेरे बारे में किसी से कुछ कह न दें। सोचा था, शिवजी के मंदिर में जाकर अपना दुःख कुछ हलका कर लूँगी, परंतु यह क्या शिवजी! यहाँ पर भी किसी ने मुझे पहचान लिया। समझ में नहीं आता क्या करूँ?

वैशाली के चेहरे पर उमड़ते-घुमड़ते बेचैनी के भावों को पढ़कर सुनिधि बड़े ही सधे हुए स्वर में बोली, "मैं भी आपकी तरह ही थी। अकेले में अकसर रोती रहती थी, लेकिन जब से देवी अहिल्या की छाँव में अपना जीवन समर्पित कर दिया है, अब रोना नहीं आता। जीवन का कोई भी दुःख अब बड़ा नहीं लगता।"

'देवी' शब्द सुनते ही वैशाली के चेहरे पर एक बिजली सी कौंध गई। यही तो विशेषता है हिंदू सनानत धर्म की, देवी-देवताओं का नाम सुनते ही मन श्रद्धा व विश्वास से भर जाता है। शक्ति का संचार होने लगता है।

वैशाली के मन में आस्था आश्वासन के रूप में आकर ढाढ़स बँधाने लगती है। उसने अपने चेहरे पर बिखरे बालों को समेटते हुए त्वरित गति से सुनिधि की ओर देखते हुए, जिज्ञासावश पूछा, "देवी···अहिल्या···ये कौन सी देवी हैं?"

"इतिहास के पन्नों में दर्ज यह एक ऐसा व्यक्तित्व है, जो महिला सशक्तीकरण की जीवंत गाथा है। अपने कृतित्व के बल पर वह एक साधारण महिला से जनसामान्य की देवी बन गईं।" सुनिधि ने एक ही स्वर में कह डाला।

"जी, मैं समझी नहीं।" वैशाली ने अपनी आँखें सुनिधि के चेहरे पर गड़ाते हुए पूछा।

"आज हम सबकी यही समस्या है कि हम भारत के गौरवमय इतिहास से अनभिज्ञ हैं।" सुनिधि ने थोड़ा स्थिर स्वर में कहा। जिसे सुनकर वैशाली का चेहरा उतर गया। उसने अपनी गरदन नीचे कर ली।

यह देखकर सुनिधि को ऐसा लगा मानो अभी-अभी अंकुरित पौधे पर अचानक उसका पैर पड़ गया हो और वह उगने के पहले ही पुनः जमीन में समा गया हो। यह अहसास उसे झकझोर गया।

अपनी बात को सँभालते हुए सुनिधि थोड़ा सा हँसते हुए बोली, "मैं भी इसी युग की हूँ। मुझे कौन सा इतिहास का ज्ञान था। मैंने भी 'ठोकर खाकर ही पोथी' पढ़ी है।"

यह सुनकर वैशाली एक छोटे से बच्चे की भाँति मुसकरा दी। उसकी मुसकराहट देखकर सुनिधि को ऐसा लगा मानो 'तपन से सूखी-प्यासी धरती पर बारिश की चंद बूँदें बरस गई हो।' उसने सुकून की एक गहरी साँस ली। दरअसल सुनिधि का मकसद 'किसी का दर्द कम करना है न कि बढ़ाना।'

वैशाली ने भी एक लंबी साँस लेकर सुनिधि की ओर देखते हुए कहा, "आप अद्भुत हैं। आपने मुझे हँसा ही दिया। बहुत दिनों के बाद आज मुसकान मेरे ओठों तक आई है।"

वह भाव विभोर होकर वह समंदर की ओर देखकर बोली, "आप नहीं जानतीं कि मेरे इस जगमग से दृष्टिगत जीवन में कितने दुःख हैं!"

समंदर से नजर मिलते ही वैशाली को ऐसा महसूस हुआ जैसे समंदर कह रहा हो, 'सोच-समझकर बातें साझा करें।'

समंदर का संकेत पाकर वैशाली सतर्क होकर चुप हो गई। परंतु दुःख साझा करने का उफान मन में प्रवेश कर चुका था। वैशाली के चुप रहने पर वह उफान गले में आकर तूफान का रूप धारण करने लगा। उसे ऐसा लगने लगा कि शिवजी ने उसके पास सुनिधि को भेजा है। इसलिए उससे अपनी सारी बातें साझा कर लेना चाहिए, लेकिन समंदर का संकेत पाकर वह असमंजस में पड़ गई।

अचानक वह सुनिधि से कहती है, "लेकिन आपसे दुःख साझा करने से क्या फायदा! आप तो एक परदेशी हैं और कल…।"

"हाँ, मैं कल सुबह-सुबह ही चली जाऊँगी।"

"सुबह-सुबह!" वह अपने मन में ही बुदबुदाती है और सोचती है, 'फिर तो यह किसी से कुछ भी न बता पाएगी। यानी इससे दुःख साझा करने में कोई खतरा

नहीं है। अब तो यकीन हो गया कि यह शिव दूत है। उसका मन हलका करने के लिए आई है।'

वैशाली को चुप देखकर सुनिधि कहती है, "सब कह डालो। शिवजी सब सुन रहे हैं। वह दुःखहर्ता हैं। सब ठीक हो जाएगा।" सुनिधि ने आत्मविश्वास से भरे अंदाज में कहा।

उसकी बात सुनकर वैशाली को बहुत आश्चर्य हुआ। वह सोचने लगी, 'अरे, इसे कैसे पता चल गया कि मैं भी शिवजी के ही बारे में सोच रही हूँ?'

"मैं शिवजी की भक्त हूँ। मुझे उन पर अथाह आस्था है।" उसे यूँ असमंजस में देखकर सुनिधि ने कहा।

"मैं भी।"

"तो फिर एक शिवभक्त को दूसरे शिवभक्त से···शिवजी के ही द्वार पर, अपनी बात कहने में संकोच कैसा?"

सही बात है। और वैसे भी मनोवैज्ञानिकों का मानना है कि किसी के सामने अपनी बात कहने भर से मन हलका हो जाता है। मन में उमड़ते-घुमड़ते भावनाओं के तूफान वैसे भी उफान पर हैं। अस्तु कुछ सोचकर उसकी आँखें फिर भर आईं।

उसके छलकते आँसुओं को देखकर सुनिधि ने हलके से उसके कंधे पर हाथ रखा। उसके हाथ की गरमाहट से वैशाली का सारा दर्द पिघलकर उसकी जुबान पर आ गया।

छलकते आँसुओं को पोंछ, समंदर की ओर देखते हुए, रुँधी आवाज में वह कहने लगी, "कोरोना के कहर में मेरे पति कराहते हुए चले गए। उनके दुःख की गहरी छाया ने मेरे सास-ससुर को भी अपने साथ समेट लिया। मैं उन्हीं की पसंद थी। उन्हीं के भरोसे सब ठीक चल रहा था, लेकिन साल भर में ताश के पत्तों की भाँति मेरी खुशियों का महल ढह गया।"

सुनिधि बिना किसी प्रतिक्रिया के उसकी बात ध्यान से सुन रही थी, लेकिन उसके स्मृति-पटल पर देवी अहिल्याबाई होल्कर की कहानी कौंधने लगी।

वैशाली आगे बोली, "अपने नन्हे बच्चों की परवरिश के लिए मैं अभी खुद को सँभाल ही रही थी कि एक दिन स्कूल से खबर आई कि 'आपका बच्चा सड़क दुर्घटना की चपेट में आ गया। उसकी हालत गंभीर है। इसलिए उसे अस्पताल में भरती करवा दिया गया है।' इस खबर ने मुझे झकझोरकर रख दिया। मैं सोच भी नहीं सकती थी

कि ईश्वर मुझे एक के बाद एक ऐसे दुःख देगा। मैं बदहवास सी लगभग उड़ती हुई अस्तपाल तक पहुँची, लेकिन फिर भी देर हो चुकी थी···और मेरा बेटा···।" कहते-कहते वैशाली जोर से रो पड़ी।

सुनिधि उसके कंधे पर हाथ रखकर उसे सांत्वना देने की कोशिश करती है लेकिन वह रोते ही जा रही है।

दुःख चाहे कैसा भी हो। आँसुओं के स्राव में चाहे कितना ही वेग हो लेकिन एक बिंदु पर जाकर उन्हें ठहरना ही पड़ता है। सर्वशक्तिमान परमपिता परमेश्वर ने हर भाव के सैलाब की एक रेखा तय कर रखी है।

दर्द भी ज्वार-भाटा की भाँति है। थोड़े समय के बाद जब दर्द का वेग कम होने लगा, वैशाली हिचकियाँ लेते हुए ऐसे शांत हो जाती है, जैसे एक बड़ा सा तूफान आकर चला गया हो। शेष रह गए उसके चिह्न जो आँसुओं की एक टेढ़ी-मेढ़ी रेखा बनाकर गालों पर सूखने लगे।

बड़ी हिम्मत कर सुनिधि हौले से पूछती है, "ये कब की बात है?"

"करीब एक साल हो गया···।" पथराई नजरों से दूर दूखते हुए उसने कहा।

"हूँउउउउउ!"

"···और अब बेटी···।" कहते-कहते वह रोने ही वाली थी। इसके पहले ही सुनिधि ने झट से पूछ लिया, "क्या हुआ बेटी को?"

"वह भी बीमार रहती है।" वैशाली ने बेहद दुःखी होकर बताया।

वह थोड़ा रुककर वह आगे बोली, "मेरे जीवन में दुःख की धारा निरंतर बहती ही जा रही है। मेरे ही हिस्से में इतने वियोग क्यों है? आखिर मेरा क्या दोष है?···आज भगवान् शिव से यही शिकायत करने आई हूँ।

"शिकायत?" सुनिधि ने दोहराया।

भर्राई आवाज में बोली, "हाँ, शिकायत। उन्होंने मेरे सभी प्रियजनों को छीन लिया। अब मेरा एकमात्र सहारा मेरी तीन साल की बेटी है। पति के देहांत के समय वह मेरे पेट में थी। घर व बाहर की जिम्मेदारी अकेले सँभालते हुए बड़े मुश्किल से पाला है उसे···और अब वह भी···।"

वैशाली की दर्द भरी दास्तान सुनकर सुनिधि को फिर लगा कि वैशाली के जीवन की यह तसवीर माता अहिल्याबाई होल्कर के जीवनी के बहुत करीब है। वह हौले से बोली, "···आपकी दास्ताँ सुनकर मुझे माँ अहिल्या की याद आ रही है···।"

"कैसे?" वैशाली ने उत्सुकतावश पूछा।

"आप माँ अहिल्याबाई होल्कर की जीवनी पढ़िए। उनका जीवन आपको नव ऊर्जा प्रदान करेगा। उनके व्यक्तित्व व कृतित्व में वह शक्ति है कि आपके जीवन की दशा व दिशा दोनों बदल जाएगी।"

तभी मंदिर की घंटी बजने लगती है।

सुनिधि ने अपने दोनों हाथ जोड़े। उसे देखकर वैशाली ने भी अपने दोनों हाथ जोड़कर शिवजी की आराधना करते हुए मन-ही-मन कहा, 'हे भगवन्, यह कैसा संकेत है। यह कहीं आपकी ही लीला तो नहीं? जो भी है, अब सब आपके हाथों में है।'

भगवान् के हाथ जोड़ने के उपरांत जब उन दोनों का ध्यान अपने इर्द-गिर्द गया तो उन्हें महसूस हुआ कि ओह, बातें करते-करते बहुत देर हो गई है। धरती पर अँधेरे की चादर बिछ गई है। मानवकृत बिजलियाँ कतारबद्ध खड़ी होकर रोशनी बिखरा रही है। आसमान से झाँकते नन्हे सितारे मंद-मंद मुसकरा रहे हैं। मंदिर परिसर में जलते नन्हे बल्ब के झुरमुट का सौंदर्य सबको रिझा रहा हैं।

वैशाली ने समंदर की ओर देखा। अँधेरे में लिपटी लहरों के बीच में से उसने अपना सिर उठाकर दूर से ही समंदर ने कहा, "हौसला रखो।"

सुनिधि ने अपने पर्स में से एक विजिटिंग कार्ड निकालकर वैशाली की ओर बढ़ाते हुए कहा, "वैशालीजी, आपसे बात करके अच्छा लगा। यह मेरा कार्ड है। मेरे लायक कभी भी कोई काम हो तो याद कीजिए।"

"जी, धन्यवाद! मुझे भी आपसे बात करके अच्छा लगा।" एक हलकी सी मुसकान के साथ बात करते हुए उसने बिना पढ़े ही उस कार्ड को अपने पर्स में रख लिया।

दोनों मंदिर परिसर के सामने की ओर बढ़ने लगती हैं।

वैशाली अपने बगल में चल रही सुनिधि की ओर देखकर कहती है, "आपसे बात करके अच्छा नहीं…" एक विराम देकर वह कहती है… "बहुत अच्छा लगा।"

"जी। मुझे भी।"

"अपना कीमती समय देने के लिए, मुझे सुनने के लिए, मेरा हौसला बढ़ाने के लिए आपका बहुत-बहुत धन्यवाद!"

सुनिधि बड़ी ही कोमलता से कहती है, "धन्यवाद की क्या बात है! मैं किसी के

काम आ पाई वह भी भगवान् शिव के द्वार पर यही मेरे लिए बड़ी बात है।"

"जी, यह आपका बड़प्पन है। वरना आज की इस भागमभाग की जिंदगी में किसी के लिए, किसी के पास, समय ही नहीं है। मैं इसके पहले भी कई बार यहाँ आकर यूँ ही बैठी हूँ। कभी शिवजी तो कभी समंदर से बात करती रही हूँ, लेकिन कभी किसी ने मुझ पर गौर नहीं किया। आप पहली हो जिसने मेरा दुःख बाँटा।"

मुसकराकर 'हुउउउउ!' करते हुए वह अपने मोबाइल से ओला कार ऑनलाइन बुक करने लगती है।

यह देखकर वैशाली कहती है, "मैं छोड़ दूँ?

"नहीं, धन्यवाद, आप क्यों तकलीफ उठाती हैं!" वैशाली विनम्रता से कहती है।

"तकलीफ कैसी! मुझे भी किसी जरूरी काम से होटल तक जाना ही है।"

"फिर ठीक है···चलिए ।"

मंदिर की कार पार्किंग से करीब 200 कदम की दूरी पर चलते हुए वैशाली कहती है, "जाने क्यों आपसे मिलकर ऐसा महसूस हो रहा है, मानो भगवान् शिव ने मेरे लिए एक अच्छी सी मित्र भेज दी है। सच में, मैं आज भगवान् शिवजी की हृदय से आभारी हूँ। उनका कोटि-कोटि धन्यवाद!"

"हाँ। मुझे भी ऐसी ही अनुभूति हो रही है।" सुनिधि ने उसका समर्थन करते हुए कहा।

सुनिधि दार्शनिक अंदाज में आगे बोली, "मेरा ऐसा मानना है कि कौन, कहाँ, कब, कैसे व किससे मिलेगा, यह सब ईश्वर की इच्छा से होता है।"

"आप सही कह रही हैं।" वैशाली भी सुनिधि की बात का समर्थन करते हुए कहती है।

फिर थोड़ा रुककर वह आगे कहती है, "चलिए, भगवान् शिवजी के परिसर को छोड़ने के पूर्व एक बार पुनः उनको धन्यवाद दे दें। उन्होंने आज मेरी सुन ली। मुझे एक प्यारी सी सहेली दे दी।"

यह सुनकर सुनिधि भाव-विभोर हो गई। उसने भी पलटकर दूर से ही शिवजी को हाथ जोड़े और मन नहीं मन कहा, 'भगवान्, आप बहुत दयालु हैं। अपनी कृपा सब पर बनाए रखिए।'

यह जीवन की सत्यता है कि जब भी मानव जीवन दुःख की गली से गुजरता है तो उस समय एक मुसकान देने वाला व्यक्ति भी उसे अपना सा लगने लगता है।

उसका जीवन में आना, एक दुआ सा लगता है। इसलिए मन बार-बार सजदा करने की चाह रखता है।

अपनेपन की चादर के तले चलते हुए वे दोनों कार की पिछली सीट पर जा बैठीं। चालक अपनी गति से गाड़ी चला रहा है। दोनों चुप हैं। यूँ तो बहुत कुछ है बोलने के लिए लेकिन अब दोनों का मन एकदम शांत है। वे सड़क पर आने-जाने वाले दृश्यों को देख रही हैं।

वैशाली के मौन रहने की एक वजह यह भी है कि वह अपने चालक के सामने कोई बात नहीं छेड़ना चाहती और सुनिधि इसलिए मौन है, क्योंकि वैशाली मौन है।

एकाएक वैशाली पूछ लेती है, "आपको रामेश्वर मंदिर में कैसा लगा?"

"अद्‌भुत!"

"जी। यहाँ पर और क्या-क्या देखा?" वैशाली ने बोझिलपन को कम करने के लिए यूँ ही पूछ लिया।

"हम लोग यहाँ पर सिर्फ रामेश्वर मंदिर के दर्शन करने आए थे। दर्शन बहुत अच्छी तरह से हो गए। अब कल हम लोग मदुरई के लिए निकलेंगे।"

"वहाँ पर भी हमारा होटल है। वहीं रुक जाइए।" वैशाली ने आग्रहपूर्वक कहा।

"मदुरई में सिर्फ मीनाक्षी मंदिर के दर्शन करके कन्याकुमारी जाने की योजना है। वहीं पर रात रुकेंगे। होटल वगैरह सभी ऑनलाइन आरक्षित कर रखे हैं।"

"होटल का नाम क्या है?"

"मार्वलश्री।"

"ओह! वह भी हमारा ही होटल है।" वैशाली ने हर्षित स्वर में कहा।

"वाह! तब तो हम लोगों को वहाँ भी श्रेष्ठ सुविधाएँ मिलेंगी।"

"हम लोगों···मतलब? आपके साथ कोई और भी है?" वैशाली ने आश्चर्य ने पूछा।

"हाँ," मेरे साथ मेरी सहेली राधिका भी इंदौर से आई है।

"वो कहाँ हैं?"

"वो अभी अपने किसी परिचित के घर गई है। उसे कुछ खरीदारी भी करना है। मुझे तो खरीदारी का शौक है नहीं। लिखना-पढ़ना, भगवान् का नाम लेना, यही मुझे सुकून देते हैं। इसलिए मैं इस मंदिर में चली आई।"

सुनिधि आगे बोली, "मैंने सोचा कि यहाँ-वहाँ जाने से अच्छा है शिवजी के दर्शन कर लूँ।"

"लगता है, आप शिवजी की पक्की भक्त हैं।" वैशाली ने सुनिधि की ओर देखते हुए कहा।

"हाँ, माँ अहिल्याबाई भी तो उनकी पक्की वाली भक्त थीं।"

"ओह!" वैशाली ने अचंभित होकर कहा।

"उनके कारण मेरे दिलोदिमाग में सुकून का वास है।"

"उनके कारण…?" वैशाली बुदबुदाई।

"हाँ जी। जब आप उनके बारे में जानोगी तो आप भी मेरी तरह उन्हीं को जीना शुरू कर दोगी। उनको सोचना व महसूस करना प्रारंभ कर दोगी। इससे आपके अंदर भी एक अद्भुत शक्ति का संचार होने लगेगा। आपको हर दुःख-मुसीबत का सामना करना आ जाएगा। हौले-हौले मेरी ही तरह आपके भी दिलोदिमाग में सुकून का वास हो जाएगा।" सुनिधि किसी संत की भाँति कहे जा रही है।

यह सब सुनकर कार चालक सुनिधि को काँच से देखने लगा।

सुनिधि तो अपनी ही बातों में व्यस्त है, लेकिन वैशाली से नजरें मिलते ही चालक झेंप गया।

उनकी बातें चालक भी सुन रहा है। यह बोध होते ही वैशाली थोड़ा असहज सी हो गई। दरअसल, वह नहीं चाहती थी कि उसकी अपनी तकलीफें सार्वजनिक होकर चर्चा का विषय बनें। इसलिए बात बदलते हुए वह बोली, "सुना है, इंदौर भारत का स्वच्छतम शहर है।"

"हाँ जी। यह सब देवी अहिल्या के आशीष का प्रताप है।" सुनिधि से कहा।

वैशाली मन-ही-मन में सोचने लगी, 'ओह! देवी अहिल्या…कुछ है उनमें, तभी तो ये बार-बार उन्हीं का नाम लेने लगती हैं।'

तभी गाड़ी रुकती है।

होटल आ चुका है। वैशाली का चालक गाड़ी का दरवाजा खोलता है। दूसरी तरफ से सुनिधि उतरती है। दोनों एक-दूसरे के नजदीक ऐसे आती हैं मानो वर्षों की पहचान हो। कभी-कभी ऐसा ही होता है। कोई एक ही भेंट में अपना सा लगने लगता है और कोई सालो-साल साथ रहने के बाद भी अपना नहीं हो पाता है फिर भी वो रेल की दो पटरी की भाँति साथ रहते-रहते जीवन निकल देते हैं।

सुनिधि वैशाली से हाथ मिलाते हुए कहती है, "गाड़ी से होटल तक छोड़ने के लिए धन्यवाद।"

"दोस्ती में धन्यवाद नहीं चलता।" वैशाली मुसकराते हुए कहती है।

"ओह, हाँ। याद रखूँगी...चलिए मिलते हैं फिर...।" वह विनम्रतापर्वूक मुसकराकर बोली।

तभी उसका कैशियर शीघ्रतापूर्वक आकर उसके पास खड़ा हो जाता है। वह उसको एक बार देखने के उपरांत सुनिधि को देखकर विन्रमतापूर्वक कहती है, "जी। जरूर।"

सुनिधि के अंदर जाने के बाद वह कैशियर से पूछती है, "कहिए, क्या बात है काका?"

"वो अनाथालय से सफेद बालोंवाली अम्मा का बार-बार फोन आ रहा है।" कैशियर ने हौले से कहा।

"क्या चाहती हैं, वो?"

"कुछ सहयोग राशि चाह रही थीं।"

"ठीक है। उन्हें कल बुलवा लीजिए।" कहकर वैशाली फिर अपनी गाड़ी की पिछली सीट पर आकर निढाल सी बैठ जाती है। उदासी ने उसे घेर लिया। उसे ऐसा लगने लगा मानो उसे अकेला पाते ही मुसकान फिर दर्द के आँगन में जाकर उसे चिढ़ाने लगी है। सुनिधि के संग बीते चंद लमहों की मुसकान उसे एक सपना सी लगने लगी। वह बारंबार उसे याद कर मुसकराने लगती।

एकाएक उसके दिमाग में सुनिधि की वह बात गूँजने लगी, "आप माँ अहिल्याबाई होल्कर की जीवनी पढ़िए। उनका जीवन आपको नव ऊर्जा प्रदान करेगा। उनके व्यक्तित्व व कृतित्व में वह शक्ति है कि आपके जीवन की दशा व दिशा दोनों बदल जाएगी।"

वह सोचने लगी, 'शायद भगवान् शिवजी ने मुझे यह बात सुनवाई है। इसके पीछे अवश्य उनकी ही कोई योजना होगी। एक बार उसके पापा ने उससे कहा था—हमारे लिए, हमसे ज्यादा अच्छी योजनाएँ भगवान् के पास होती हैं। दरअसल भगवान् को पता रहता है कि हमारे लिए क्या सही है और क्या गलत!'

वह सोचने लगी, 'जो भी हो लेकिन सुनिधि आज मुझे देवदूत सी लगी। वह औरों से बिल्कुल अलग है। वह इस दुनिया की नहीं लगती है। ऐसा प्रतीत

होता है जैसे परमपिता परमेश्वर ने उसे दूसरों का दुःख-दर्द कम करने के लिए ही भेजा है।

2

घर जाकर वैशाली सीधे अपनी बेटी के कमरे में जाती है। वह आराम से आँख बंद किए बिस्तर पर सो रही है। उसे सोते देखकर वैशाली उसके पास ही बैठी आयादीदी से पूछती है, "कब से सो रही है ये?"

"अभी एकाध घंटा हुआ होगा।"

"हूँउउउउ।"

"खाना बराबर खाया?"

"हाँ, कल जैसे ही थोड़ा सा ही लिया है।"

"चलिए, ठीक है। अब मैं देख लूँगी। आप आराम करें।" उसने आयादीदी को देखकर धीरे से मुसकराकर कहा।

"जी।" कहकर आयादीदी कमरे से बाहर चली गई।

अपनी बेटी को आराम से सोते देख वैशाली ने सुकून की साँस ली। बिटिया स्वस्थ रहने लगी तो वैशाली का मन भी अच्छा रहने लगा। यूँ ही महीना पंख लगाकर बीत गया। एक दिन शाम को जब वैशाली अपने काम से घर लौटती है तो बेटी को कराहते देख बौखला जाती है।

आयादीदी कहती हैं, "आज बेटी की तबीयत कुछ अच्छी नहीं लग रही है।"

"आपने दवाई तो समय पर दी थी न?"

"जी। एकदम समय पर।"

"फिर ये तबीयत एकाएक इतनी खराब क्यों हो रही है?"

"जी। पता नहीं। मैं भी यही सोच रही हूँ।" आयादीदी ने चितिंत स्वर में कहा।

आयादीदी से कुछ कहने की बजाय, उसने अपने पर्स में से मोबाइल निकाला और डॉक्टर हार्डिया को फोन लगाकर उनसे बात की।

डॉक्टर कहने लगे, "मैडम, कल से ही अपन ने नई दवा देना शुरू की है। असर होने में थोड़ा समय लगेगा। आप चिंता न करें, वह ठीक हो जाएगी।"

"जी।" मरी हुई आवाज में कहकर वैशाली ने फोन रख दिया।

उस रात वैशाली सो नहीं पाई। नकारात्मक विचार उसकी नींद में विघ्न डालते रहे। वह सोचने लगी, 'आज मेरे पास अथाह दौलत है। हर सुविधा है, लेकिन अपना कोई नहीं है।'

कोरोना ने बड़े भाई को लील लिया। भाभीजी के पीहर वालों ने उनका विवाह दूसरी जगह करवा दिया। भाई के बाद उनका कोई नहीं है, इसलिए पापा की सारी संपत्ति भी मेरे पास आ गई। अब दोनों परिवारों में मेरा अपना कोई नहीं है। बस एक यही बेटी है। सोचते-सोचते उसने अपना हाथ बेटी के सिर पर बड़े लाड़ से रखा फिर अगले ही क्षण उसे अपनी छाती से चिपकाकर कंबल से छुपा लिया…।

दूसरे दिन दोपहर के एक बज गए। वैशाली सोकर नहीं उठी, जब वह अपने कमरे से बाहर नहीं आई तो आयादीदी ने उसके शयन कक्ष के दरवाजे की घंटी बजाई। अंदर से कोई जवाब नहीं आया। थोड़ा रुक-रुककर उसने बार-बार घंटी बजाई, लेकिन वह नहीं उठी तो आयाबाई ने सोचा, 'रात को देर से सोई होंगी इसलिए गहरी नीद में होंगी।'

ऐसा पहले भी एक-दो बार हो चुका है। वैशाली मैडम ऐसे ही देर तक सोती रहीं…लेकिन जब शाम होने लगी तो आयादीदी को चिंता होने लगी। उसने फिर वैशाली के कमरे की घंटी बजाई। थोड़ी देर में वैशाली दरवाजा खोलती है और कहती है, "मेरी तबीयत ठीक नहीं है, इसलिए थोड़ा और सोऊँगी।"

इतना कर वह पुन: सोने चली जाती है। उसने दिनभर से खाना नहीं खाया। रात बीत गई और दूसरा दिन हो गया। वैशाली अपने कमरे में बंद हैं। दोपहर फिर शाम हो जाती है।

वैशाली अब भी अपनी बेटी से चिपककर सो रही है।। आयादीदी को अटपटा सा लगा। वह सोचने लगी, 'मैडम के साथ-साथ बेटी भी बिना खाए-पिए भूखी पड़ी है। ऐसे में तो वह और बीमार हो जाएगी।' वह हिम्मत करके वैशाली के कमरे में जाकर कहती है, "दीदी, मैं बेबी को कुछ खिला दूँ क्या?"

"नहीं, अब वह कुछ नहीं खाएगी।" वैशाली ने निर्णायक स्वर में कहा।

"ऐसे में तो वह और ज्यादा बीमार हो जाएगी।"

उसकी बात सुनकर वैशाली क्रोधित स्वर में जोर से कहती है, "कहा न, वह कुछ नहीं खाएगी।" फिर थोड़ा रुककर कहती है' "मेहरबानी करके आप बाहर जाओ।"

"आयादीदी बाहर आकर चिंता में पड़ जाती है। वह सोचने लगी कि 'पिछले 5 सालों से मैडम ने कभी ऐसा व्यवहार नहीं किया। आज जाने क्या हो गया, जो उन्हें इतना गुस्सा आ गया।'

वह रात को फिर वैशाली के कमरे की ओर जाती है। इस बार वह दरवाजा खटखटाने के बाद भी नहीं खोलती तो आयाबाई उसके मैनेजर को फोन लगाकर सारी बात बताती है। मैनेजर उनके परिवार का पुराना वफादार है। वह तुरंत घर आता है और दरवाजे की घंटी बजाता है। दो-तीन बार घंटी बजाने के बाद भी जब वैशाली दरवाजा नहीं खोलती तो वह उसे फोन लगाता है। वह फोन भी नहीं उठाती तो वह उसके परिवार के पुराने डॉक्टर हार्डिया को बुलवाता है।

जब तक डॉक्टर आते हैं, मैनेजर वैशाली को फोन लगाते रहते हैं। आयादीदी भी उसके दरवाजे को कभी थपथपाती तो कभी घंटी बजाती। अंततोगत्वा उसने हौले से दरवाजा खोल दिया। उसे सामने देखकर सबकी साँस में साँस आई। कमरे में अँधेरा है, इसलिए उसका चेहरा साफ दिखाई नहीं दे रहा है, लेकिन उसकी शारीरिक स्थिति बता रही है कि वह परेशान है।

उसी समय वहाँ पर डॉक्टर हार्डिया भी आ गए। उन्हें देखकर वह घबरा सी जाती है। दरवाजा यूँ ही खुला छोड़ वह शीघ्रतापूर्वक अपने पलंग की ओर दौड़ती है। पलंग पर कंबल से ढँकी अपनी बेटी के ऊपर हाथ रख उसे अपनी ओर समेटती है। आयादीदी ने कमरे की बत्ती जला दी।

वैशाली की घबराहट व पथराई आँखें देखकर सभी हैरान हो गए। डॉक्टर उसके पास जाकर पूछते हैं, "वैशाली, अब अनन्या की तबीयत कैसी है?"

"ठीक है।"

"और आपकी?"

"मेरी भी ठीक है।" वह झट से कहकर, उन्हें देखने लगती है।

"लेकिन आपकी आँखें क्यों सूज रही हैं? क्या रात भर रोती रहीं आप। आयाबाई ने बताया कि कल से आपने खाना नहीं खाया, न ही कमरे से बाहर निकली। सब ठीक तो है।"

अपने चेहरे पर हाथ फेरते हुए उसने हडबड़ी में कहा, "नहीं, जी नहीं तो, जी, सब ठीक है।"

"हूँउउउउउ।" अच्छा क्या मैं बेटी को चेक कर लूँ?"

डॉक्टर की बात सुनकर वह पागलों की भाँति अपनी बेटी को अपनी ओर समेटते हुए रोकर जोर से कहती है, "नहीं, मैं इसे नहीं ले जाने दूँगी।"

"क्या कह रही हैं आप?" डॉक्टर ने चौंककर पूछा।

वहाँ खड़े सभी सदमे में आ गए। वे सभी एक-दूसरे की ओर देखने लगे।

"मैं इसे नहीं ले जाने दूँगी?" वैशाली ने फिर वही बात दुहराई।

"पर क्यों ले जाएँगे हम इसे।" डॉक्टर साहब ने मैनेजर की ओर देखते हुए पूछा।

मैनेजर अपने स्थान से उठकर वैशाली की ओर बढ़ने लगते हैं तो वह अपनी बेटी पर लदकर उसे अपनी छाती से छुपाकर जोर-जोर से रोते हुए कहती है, "नहीं, नहीं···प्लीज इसे···मत ले जाइए। ये मेरी जान है। इसके सिवाय मेरा कोई नहीं है। नहीं। इसे मत ले जाइए प्लीज। नहीं···नहीं···नहींहींहीं।" कहते-कहते वह बेहोश हो जाती है।

वैशाली के कमरे में खड़े डॉ. हार्डिया, मैनेजर, उनका एक जूनियर, आयादीदी और उनका रसोइया सभी लोग अवाक् से रह जाते हैं। उन्हें कुछ समझ में नहीं आ रहा है कि आखिर हो क्या रहा है। आयादीदी दौड़कर वैशाली को सँभालती है।

और जैसे ही डॉक्टर कंबल हटाते हैं, हलकी सी बदबू उनकी नाक में जाकर समा जाती है। अनन्या बेटी को मृत पाकर वे सब चौंक जाते हैं। सभी के होश उड़ जाते हैं, उन्हें यकीन ही नहीं होता कि पिछले डेढ़-दो दिनों से वैशाली अपनी मृत बेटी के साथ रह रही थी। दर्दनाक कहानी का खुलासा सबको रोने के लिए मजबूर कर देता है। माँ तो माँ होती है, उसके जैसा न कोई हुआ है न ही होगा।

वैशाली को जब होश आता है। वह खुद को एक अस्पताल में पाती है। एक नर्स व पुलिस का जवान उसके पलंग के पास बैठे हैं। उन्हें देखकर वैशाली तड़पकर पूछती है, "अनन्या···मेरी बेटी अनन्या कहाँ है?"

सबके प्रश्न का जवाब दिए वगैरह पुलिस का जवान बाहर जाकर पुलिस के बड़े अधिकारी को वैशाली के होश में आने की सूचना देता है। यह देखकर नर्स कहती है, "जब तक डॉक्टर साहब अनुमति नहीं देते, आप लोग मरीज से बात नहीं कर सकते।"

"जी।"

वैशाली अंदर से टूट गई थी, उसकी दिमागी हालत ठीक नहीं थी। वह न तो किसी से बात करती न ही खाना खाती। बस कभी छत की ओर देखती रहती तो कभी

आँसू बहाती रहती। उसके अपने रिश्तेदार खासकर काकीजी व बुआ ने उसका खूब खयाल रखा। अंततः करीब 15 दिनों के बाद वैशाली थोड़ा सामान्य हुई।

पुलिस उसके सामान्य होने की ही प्रतीक्षा कर रही थी। अस्तु चिकित्सकों की अनुमति से पुलिस उसका बयान दर्ज करने के लिए उससे पूछती है, "आपने दो दिन तक लाश को छुपाकर क्यों रखा था?"

"लाश··· ? किसकी लाश?"

"अनन्या की।"

"साहब, वह लाश नहीं···मेरी थी। मेरी। मेरी एकमात्र बेटी···और कहते हैं, वह लाश थी···नहीं साहब, नहीं उसे लाश न कहो···मैं आपके हाथ जोड़ती हूँ।" बोलते हुए वैशाली दहाड़ें मार-मारकर रोने लगी।

उसका रोना सुनकर वहाँ दो-तीन और चिकित्सक आ गए। उन्होंने पुलिस से निवेदन किया, "क्या थोड़ा रुककर बयान नहीं लिया जा सकता है? मरीज की हालत अभी भी ठीक नहीं है।"

"15 दिन हो गए है, हमें भी ऊपर जवाब देना पड़ता है।"

"कृपया, एक-दो दिन और रुक जाइए।"

वैशाली ने अपने आँसुओं को पोंछते हुए उदास आवाज में कहा, "नहीं, डॉक्टर साहब, आप परेशान मत होइए। मैं आज ही अपना बयान दे देती हूँ, मेरे कारण इनकी नौकरी क्यों खतरे में पड़े?"

वह थोड़ी देर तक आँख बंद करके यूँ ही शांत लेटी रही, फिर पुलिस अधिकारी की ओर देखकर बोली, "आप लोग जानते हैं···कोरोना काल में मेरे पति की मौत हुई। मैं उनको छू भी नहीं पाई। उसके एक साल बाद मेरा बेटा सड़क दुघर्टना में मारा गया। मैं उसे अंतिम समय में ध्यान से देख भी नहीं पाई। शाम होने वाली थी इसलिए इसके पहले ही सबने जल्दबाजी की और उसे झटपट उठाकर मुझसे दूर ले गए। मरघट में जाकर गाड़ आए। मेरे सास-ससुर के साथ भी यही हुआ था।"

बात करते हुए बार-बार उसकी आँखें आँसुओं से भर जातीं। अपने ऊपर पड़ी अस्पताल की नीली चादर से अपने आँसुओं को पोंछती, फिर बोलने लगी, "पता है इस दुनिया की रीत, जैसे ही किसी के प्राण निकलते हैं, ये दुनिया वाले उसे बड़ी बेरहमी से अपनों से अलग कर देते हैं, ठीक वैसे ही जैसे दूध में से मक्खी।"

आँसुओं को फिर पोंछते हुए वैशाली आगे कहती है, "हाँ, मैंने अपनी बेटी को सबसे बचाकर कलेजे से लगा रखा था, यह सोचकर यदि किसी को पता चल गया तो वे उसे मुझसे छीन लेंगे···साहब, यदि आपको लगता है कि यह अपराध है तो जो चाहे, वो सजा दे दीजिए।" वह रोते हुए, हाथ जोड़कर बोली।

एक मिनट के लिए चारों ओर सन्नाटा छा गया। सभी की आँखें नम थीं। पुलिस के लोग भी तो इनसान ही हैं। उनका भी घर-परिवार होता है, परंतु बात भावनाओं की नहीं है। जाँच की थी, इसलिए सी.एस.पी. भदौरिया पूछते हैं, "लेकिन मैडम उस रात हुआ क्या था?"

अपनी बात कहते हुए वैशाली का गला सूखने लगा।। यह देखकर नर्स ने उसे पानी दिया। पानी पीकर एक गहरी साँस लेकर वह कहती है, "उस रात···।" कुछ सोचते हुए बोली, "उस रात मैं अपनी बेटी को अपनी छाती से चिपकाकर लेट गई। उसकी तबीयत ठीक नहीं थी। देर तक नींद नहीं आई। बुरे-बुरे खयाल आ रहे थे। दूसरे दिन सुबह काफी देर से मेरी नींद खुली। मेरे बाजू में मेरी बेटी लेटी थी, उसकी आँखें बंद थीं। मैंने प्यार से उसके माथे पर हाथ रखा, उसका शरीर ठंडा पड़ा था। मैंने झट से उसे कंबल से ढाँक दिया और एसी बंद दिया···मुझे लगा, सोते समय उसका कंबल खिसक गया होगा, इसलिए उसका शरीर ठंडा हो गया है।

"खुद को कोसने लगी कि मैंने बेटी का ध्यान नहीं रखा। कुछ ही समय बाद मैंने उसका कंबल हटाया और उसे अपने सीने से चिपका लिया। मैंने महसूस किया कि उसका शरीर कुछ कड़ा सा हो गया है। मैंने डरते-डरते उसकी नाक पर हाथ रखा। कोई भी हलचल नहीं थी, फिर बदहवास सी मैंने उसके सीने पर हाथ रखा उसकी धड़कनें बंद थीं।

"मैंने दोबारा उसके माथे पर हाथ रखा···उसकी नाक पर हाथ रखा···साँस नहीं आ रही थीं। मैं बदहवास ही बुदबुदाने लगी, 'अरे! नाक से तो साँस आ ही नहीं रही है।'

"उसकी छाती पर हाथ रखकर खुद से कहा, 'अरे, उसकी धड़कनें भी बंद हैं।'

"एकाएक मन में आशंका होने लगी कि कहीं मेरी बेटी भी···मुझे छोड़कर··· तो···नहीं···नहीं···नहीं···नहीं···नहीं···नहीं ऐसा नहीं हो सकता। भगवान् मेरे साथ इतना बड़ा अन्याय नहीं कर सकते···इतना दुःख नहीं दे सकते···। मैं यह स्वीकार ही नहीं कर पा रही थी कि अब मेरी बेटी नहीं रही।"

"अनायास ही एक भय ने मुझे घेर लिया। भय में जकड़ा मन का एक कोना कहने लगा, 'यदि वह भी अब नहीं रही तो? तो···सब लोग मुझसे मेरी बेटी को छीनकर मुझसे दूर ले जाएँगे।'

बेटी से बिछड़ने के विचार मात्र से मैं भयभीत हो, बिलख-बिलखकर रोने लगी। तभी खयाल आया कि यदि मेरे रोने की आवाज बाहर चली गई तो सबको पता चल जाएगा···और···वे मेरी बेटी को छीनकर ले जाएँगे···।

"अपने रोने की आवाज को रोकने के लिए मैंने अपने मुँह पर हाथ रख लिया। खूब रोई। अपनी बेटी को बहुत देर तक प्यार करती रही। उसे निहारती रही। सिसकती रही। मैं कब अचेत हो गई, पता नहीं।

"जब होश आया फिर बेटी को चूमा, प्यार किया, रोई। खुद को सँभाला···फिर उसे अपनी छाती में छुपा लिया।

"उसे देखने। लाड़ करने। निहारने व रोने में कब रात हुई···और कब दिन पता ही नहीं चला···न भूख लगती···न प्यास···।"

वह रोते हुए बोली, "वो रात और वो दिन बहुत जल्दी बीत गए थे। मेरा बस चलता तो मैं कभी भी अपनी बेटी को अपने से अलग नहीं करती, परंतु वही हुआ जिसका मुझे डर था। मेरी आयादीदी, मैनेजर, डॉक्टर साहब···सब लोग मेरे पीछे पड़ गए···और जब मैंने दरवाजा खोला···इन्हें सब पता चला···ये लोग मेरी बेटी को मुझसे छीनकर ले गए···।" हिचकते हुए वह बोली।

उसकी बातें सुनकर पुलिस के आला अधिकारियों की भी आँखें भर आईं।

वैशाली जोर से रोते हुए कहने लगीं, "मैंने उन लोगों से कहा था कि मेरी बेटी को मत ले जाओ···मत ले जाओ···परंतु···।" कहते-कहते वह फिर मूर्च्छित होने लगी, नर्स ने उसे सँभाला।

वैशाली के दुःख से सभी द्रवित हो गए। थाना प्रभारी ने एक लंबी आह भरकर आसमान की ओर देखते हुए कहा, "हे ईश्वर ऐसा दुःख किसी को न देना। पहले पति, फिर बेटा और अब बेटी···।"

बीच में सिपाही बोल पड़ा, "साहब, इनके माता-पिता और सास-ससुर भी नहीं रहे···तीन साल में सात लोग गए···।"

"हूँउउउउउ।" कहते हुए सी.एस.पी. ने वैशाली की ओर दयनीय निगाहों से देखा। पास में खड़ी नर्स के मुँह से निकल गया। 'बिचारी···।

सचमुच, वक्त ने एक अरबपति को बेचारी ही तो बना दिया था।

वैशाली के कमरे से आकर पुलिसवाले आपस में बातें करने लगे। पुलिस उप-अधीक्षक ने एक आह भरकर थाना प्रभारी से कहा, "पैसों से बहुत कुछ खरीदा जा सकता है, लेकिन सबकुछ नहीं। आज भी पैसों में इतनी ताकत नहीं कि वह अपनों के जीवन को खरीद सके या उनके दीर्घायु होने का आश्वासन ले सके।"

थाना प्रभारी ने अपने उच्चाधिकारी की बात का समर्थन करते हुए कहा, "जी साहब, आपने सही कहा है···जीवन में पैसा बहुत कुछ है, परंतु सबकुछ नहीं। इसलिए पैसों के पीछे नहीं भागना है।"

"सब यहीं छोड़कर जाना है।" सिपाही बोल पड़ा। थाना प्रभारी ने उसे गौर से देखा तो वह झेंपकर अपनी टोपी को सँभालते हुए आगे ही ओर निकल गया।

3

वैशाली के दु:ख में शामिल होने के लिए अनंत रिश्तेदार, मित्रगण व जान-पहचान के लोग आते रहे और जाते रहे। बुआजी व काकीजी का वैशाली से विशेष लगाव है, इसलिए वो दोनों प्रारंभ से ही वैशाली के पास रुककर उसका ध्यान रख रहे हैं। उन दोनों ने वैशाली के कमरे में ही अपना डेरा डाल रखा है। वे मौका देखकर जब-तब वैशाली का हौसला बढ़ाती रहती हैं। उसे सामान्य करने की कोशिश करती रहती हैं।

एक दिन जब सब अतिथिगण चले गए, काकीजी वैशाली के कमरे में आई तो देखा कि वह अपने पलंग पर पत्थर सी बेजान पड़ी छत को निहार रही है। उसका उदास, मुरझाया चेहरा देखकर वे दु:खी हो गई। उन्हें पता है कि इस दुनिया से जाने वाले कभी वापस नहीं आते परंतु हाँ, उनके जाने की पीड़ा असहनीय होती है।

वैशाली का मन हलका करने के लिए काकीजी उसके सिरहाने आकर उसके बालों पर हाथ फेरते हुए कहती हैं, "पता है, वैशाली बचपन से ही तुम बहुत साहसी रही हो। कोई भी समस्या हो, उसका समाधान तुम निकाल ही लेती थी। तुम्हें कोई भी परिस्थिति परेशान नहीं कर पाती थी।"

तभी वहाँ पर बुआजी आ जाती हैं। वे काकी की बातों को सुन लेती हैं, इसलिए वे भी कहने लगीं, "अरे, ये तो अहिल्या के जैसे थी। उनके जैसे ही यह भी बचपन से ही साहसी व होनहार रही है।"

यूँ तो पिछले कई दिनों से बहुत सारे लोग आते-जाते रहे हैं। सांत्वना देने के लिए वे कुछ-न-कुछ कहते और समझाते भी आए हैं, लेकिन आज बुआजी की अहिल्याबाई वाली बात सुनकर वैशाली के कान खड़े हो गए। उसे ऐसा लगा मानो किसी ने उसके सोते हुए विवेक को झकझोर दिया हो। उसका तन-मन सचेत सा होने लगा।

बुआजी ने थोड़ी तेज आवाज में कहा, "आपको पता है, माँ अहिल्या के ऊपर एक के बाद एक कई आफतें आईं, परंतु उन्होंने हिम्मत नहीं हारी।"

"अच्छा।" काकी ने आश्चर्य से कहते हुए... अपनी तिरछी निगाहों से वैशाली की ओर देखा। उसे चैतन्य अवस्था में देखकर वह खुश हो गई। उन्हें लगा, 'चलो उनकी बातें बिटिया सुन रही है, इससे उसमें हिम्मत का संचार होगा।"

बुआजी को भी महसूस हुआ कि वैशाली उसकी बातें ध्यान से सुन रही है, इसलिए वो ज्ञान की माला जपते हुए थोड़ा उत्साहित स्वर में बोली, "पता है अहिल्याबाई चरवाह जाति की थीं। उनके पिताजी मानकोजी शिंदे गाँव के पाटिल थे। वह शुरू से ही पूजा-पाठ करती थी। उसका भाग्य अच्छा निकला और उसकी शादी होल्कर घराने में हो गई।"

"अच्छा।" काकी ने कहा।

"हाँ, लेकिन...।"

काकीजी ने पूछा, "क्या लेकिन?"

बुआजी ने एक आह भरकर कहा, "किस्मत एक हाथ से कुछ देती है तो दूसरे हाथ से कुछ ले भी लेती है। अहिल्याबाई के साथ भी यही हुआ।"

"मतलब?"

"मतलब... अहिल्या की जिंदगी में दौलत-शोहरत फूलों की टोकनी में भर-भरकर आए, परंतु वे अपने साथ दुर्भाग्य के काँटे भी ले आए।"

काकी बहुत गौर से सुन रही हैं। बुआजी ने उनकी आँखों में आँखें डालकर उदास स्वर में कहा, "बदकिस्मती ने भर जवानी में अहिल्याबाई से उनका सुहाग छीन लिया। अपने एकमात्र जवान बेटे के दुःख में उसके पिताजी मल्हारराव और माँ गौतमाबाई भी चल बसीं। उनकी मौत से अहिल्याबाई के जीवन का आधार बिखर गया। अभी वो अपने आपको सँभालने का प्रयास ही कर रही थीं कि उनका इकलौता बेटा भी मौत के मुँह में समा गया...।"

काकीजी ने घबराकर वैशाली की ओर देखा। वह सोचने लगी, 'अरे, ये क्या सुना दिया ननदजी ने! इससे तो वैशाली के दु:ख के घाव हरे हो जाएँगे। हम यहाँ पर उसके घाव को सुखाने आए थे न कि···।"

उन्होंने बुआजी की ओर देखकर इशारे में कहा, "यह सब मत सुनाओ···।"

बुआजी, अपनी भाभीजी के मनोभाव समझ गईं, परंतु फिर भी वे आगे कहने लगीं···"पता है, भाभीजी इसके बाद क्या हुआ?"

बुझी हुई आवाज में काकीजी ने पूछा, "क्या?"

बड़े ही अफसोस के साथ बुआजी बोलीं, "इतने पर ही उनके दुर्भाग्य का चक्र नहीं रुका।"

"रहने दीजिए, फिर कभी सुनेगें।"

"अरे, नहीं सुनिए तो इसके बाद अहिल्याबाई की बेटी के लड़के नैथ्या की भी बाल्यावस्था में मृत्यु हो गई जिसके दु:ख से व्यथित होकर उनके दामाद यशंवत फड़के भी परलोक सिधार गए। पति के साथ-साथ उनकी एकमात्र बेटी मुक्ता भी सती हो गई।"

इतना सुनकर। काकीजी की आँखें फटी-की-फटी रह गईं। व्यथित होकर अपने मुँह पर हाथ रखकर कहने लगीं, "हे ईश्वर ऐसे-ऐसे दु:ख भी होते हैं!"

यह सुनते ही वैशाली के आँसू चुपके-चुपके आँखों से निकलकर तकिया को भिगोने लगे। आँसुओं की इस बरसात से वे दोनों अज्ञान हैं। वे तो वैशाली को दु:ख के महासागर से उबारने के लिए बतिया रही हैं। उन्हें क्या पता था कि वे भावनाओं में बहकर ऐसा कुछ बता रही हैं, जो वैशाली को रुला रहा है, खैर!

बुआजी आगे बोलीं, "···लेकिन एक दिन उसी दु:ख को अपनी ताकत बनाकर वही दुखियारी लड़की अहिल्या इंदौर में होल्कर राज्य की एक सशक्त शासिका बनी।

यह सुनकर काकी को ठीक लगा। वे चहककर बोलीं, "भाभी जी, आपको तो इतिहास का बहुत ज्ञान है!"

यह सुनकर वैशाली की बुआजी तनिक सी शरमाती हुई इतराने लगीं।

काकीजी ने उन्हें फिर छेड़ा, "लेकिन आपको यह सब कहाँ से मालूम हुआ?"

"अभी कुछ साल पहले टेलीविजन में एक सीरियल आता था 'पुण्यश्लोक अहिल्याबाई' उसको मैं नियमित रूप से देखती थी। बस वही सब बातें आज याद आ गईं।" बुआजी ने यादों के झरोखे में झाँकते हुए कहा।

"अच्छा?" काकीजी ने कुछ इस तरह से 'अच्छा' कहा कि उसके दो मायने निकलकर बुआजी के सामने मचलने लगे। पहला, आश्चर्य से लिपटा भाव और दूसरा शंका के समंदर में डूबे सत्य को खँगालने का प्रसास।

बुआजी ने इतने आत्मविश्वास के साथ 'हाँ' कहा कि काकीजी को यकीन हो गया कि इतिहास में पन्नों में ऐसे जीवंत प्रेरणादायी उदाहरण भी उकेरे जा चुके हैं।

अस्तु, वैशाली की बुआजी ने अपनी भाभीजी से बड़े ही सहज भाव से पूछा, "अहिल्याबाई ने इतना सब कैसे सहन किया होगा?"

"किया ही होगा न...तभी तो वे देवी कहलाईं। इतिहास आज भी उन्हें याद करता है।" बुआजी ने थोड़ी मोटी आवाज में कहा।

"अच्छा...परंतु कैसे...?" काकीजी बच्चों की भाँति प्रश्न करने लगीं।

"दूसरों के लिए जीकर...", इसलिए वे लोकमाता कहलाईं। उन्होंने अपनी सारी संपत्ति दूसरों की भलाई में लगा दी। खुद के लिए सामान्य जीवन का लक्ष्य रखकर औरों के जीवन में आए संकट को कम किया।"

"वाह!"

बुआजी तेज आवाज में बोलीं, "इतना ही नहीं, उन्होंने अपनी निजी संपत्ति से हिंदू धर्म के संरक्षण के लिए कार्य किया।"

"ओह!"

बुआजी कहने लगीं, "मुगलकाल में औरंगजेब ने हमारे कई मंदिरों को ध्वस्त कर दिया था। माता अहिल्या ने उनमें से बहुत सारे मंदिरों का जीर्णोद्धार करवाया। भारत के विभिन्न क्षेत्रों में मंदिरों के साथ-साथ, कुआँ, बावडियाँ, घाट बनवाए। अपने रामेश्वर में भी घाटों व राहगीरों के लिए धर्मशाला बनवाई थी।"

"यानी उन्होंने अपने जीवन का लक्ष्य मानव की सेवा बना लिया था।" बुआजी की ओर देखने के बाद काकीजी ने वैशाली के पलंग की ओर देखा।

"जी...बिल्कुल सही।" बुआजी ने हौले से कहा।

"वो सारे संसार को ही अपना परिवार मानकर उनके सुख-दुःख में शामिल रहती थीं, हालाँकि उनका यह कार्य उनके सेनापति तुकोजीराव और उनके बेटे काशीराव होल्कर, मल्हारराव होल्कर व यशवंत राव होल्कर को पसंद नहीं आता था। वे कहा करते थे—इससे सैनिक व राज्य के अन्य कार्य प्रभावित हो रहे हैं।"

"अच्छा?"

"जी, परंतु अहिल्याबाई अपने लक्ष्य से हटी नहीं।"

बुआजी आगे बोलीं, "उन्हें गद्दी से उतारने के लिए षड्यंत्र भी रचे गए, लेकिन उन्होंने हिम्मत के साथ सबका सामना किया। दरअसल, वे एक अच्छी शासिका, कूटनीतिज्ञ, योद्धा व प्रबंधक थीं…।"

तभी कमरे की घंटी बजी, आयादीदी अंदर आकर कहती है, "भोजन तैयार है।"

"चलो बेटी। आज भोजनकक्ष में चलकर खाना खाते हैं।" वैशाली की ओर देखते हुए बुआजी ने कहा।

"नहीं, भूख नहीं है।" कहकर वैशाली ने करवट बदल ली।

"खाना नहीं खाने से बेटी वापस आ जाएगी क्या? नहीं न। यदि ऐसा होता तो मैं भी आपके फूफाजी के जाने के बाद खाना नहीं खाती और उन्हें वापस बुलवा लेती।" बुआजी ने उसे समझाने के लिहाज से थोड़ा कड़क होकर कहा।

काकी कहने लगी, "चलो, उठो…बेटी खाना खा लो। खाना नहीं खाने के कारण तुम दिनोदिन कमजोर होती जा रही हो। ऐसा ही करती रही तो बी…।"

बुआजी बीच में ही बोल पड़ी, "तो फिर…अहिल्या कौन बनेगा…।"

यह सुनकर वैशाली आश्चर्यचकित होकर बुआजी को देखने लगी। बुआजी ने धीरे से मुसकराते हुए अपनी गरदन हिलाई।…फिर आयादीदी की ओर देखते हुए कहा, "यहीं खाना लगवा दो। हम लोग आज यहीं खाना खाएँगे।"

"जी।" कहकर आयादीदी लगभग उछलते हुए गई और खाना लेकर आ गई।

20 दिनों के बाद ढंग से भोजन करने के उपरांत वैशाली को अच्छा लगा। मन में रमी दर्द की परत हलकी सी धुँधली हुई थी, परंतु वह मौन थी। उसके अंदर एक उथल-पुथल चल रही है।

अहिल्या का चरित्र वैशाली की आत्मा की तह में गहरी पैठ बनाता जा रहा है। पहली बार शिव मंदिर में उसने 'देवी अहिल्या' शब्द सुना। सुनिधि के मुँह से यह शब्द सुनकर उसकी अंदरूनी शक्ति जाग्रत् सी हो गई थी। आज वही शब्द फिर उसके कानों के रास्ते आकर मन के आँगन में हलचल मचा रहा है।

उसके जीवन-पथ पर देवी अहिल्या-चरित्र बारंबार सामने आ रहा है। एकाएक उसके मस्तिष्क में सुनिधि के वह शब्द गूँजने लगे, 'आप माँ अहिल्याबाई होल्कर की जीवनी पढ़िए। उनका जीवन आपको नव ऊर्जा प्रदान करेगा। उनके व्यक्तित्व व कृतित्व में वह शक्ति है कि आपके जीवन की दशा व दिशा दोनों बदल जाएगी।'

रात्रिकालीन भोजन के बाद जब बुआजी और काकीजी फिर से उसके कमरे में आकर बैठ गईं तो उसका मन प्रफुल्लित होने लगा था। उसे लगा कि इस बार वे फिर से देवी अहिल्या की बातें करेंगी, लेकिन इस बार उनकी वार्त्ता के विषय अलग थे। इसलिए वैशाली थोड़ी मायूस हो गई। जाने क्यों उसे माता अहिल्याबाई होल्कर की बातें व उनसे जुड़े किस्से मन को भाने लगे थे। उनका नाममात्र कानों में पड़ जाने से मन-मस्तिष्क में ऊर्जा का संचार होने लगता है।

तभी बुआ के मोबाइल की घंटी बजने लगी, "हैलो!"

"हैलो।"

"बड़ी माँ, मेरा बेटा पुटटू कल पहली बार स्कूल जाएगा। आपका आशीर्वाद चाहिए।"

"अरे, यह तो बड़े ही प्रसन्नता का विषय है। मेरा खूब सारा स्नेह और आशीर्वाद। हमारा पुट्टू बेटा पढ़-लिखकर खूब नाम कमाए।" बात करते हुए जैसे ही बुआ को याद आया कि वैशाली को उसका यह वार्त्तालाप परेशान कर रहा होगा। उन्होंने तुरंत अपनी आवाज थोड़ा धीमी करके कहा, "चलो बाकी बातें बाद में करेंगे, रखती हूँ फोन।"

"जी। चरण स्पर्श।"

"खुश रहो।" कहते हुए बुआजी ने वैशाली की ओर देखा। वह अभी भी बेजान सी बिस्तर पर पड़ी दीवार की ओर एकटक देख रही है। वहाँ से नजरें हटाकर उन्होंने काकी की ओर देखते हुए बड़े गर्व से कहा, "जब अहिल्याबाई का वह सीरियल चल रहा था। उन दिनों औरतों में इतनी जागरूकता आ गई थी कि वे किसी भी समस्या के सामने घबराने की बजाय उसका हल ढूँढ़ने लगी थीं।"

"सही में।" काकी अचरच में पड़ गई।

"हाँ। अभी जिसका फोन आया था, वह उस समय एक लॉ फर्म में काम करती थी। पेट में बच्चा था, जब उसे बच्चा हुआ तो उसने प्रण किया कि वो अपने बच्चे के लिए माँ के दायित्व को प्राथमिकता देगी।"

"क्या मतलब?"

"यानी नौकरी की बजाय बच्चे के पालन-पोषण को प्राथमिकता देगी।"

"ऐसा क्यों? औरतें तो घर व बाहर की दोनों जिम्मेदारियों को एक साथ निभा सकती हैं और निभाती आई हैं।" काकी ने महिला सशक्तीकरण का पक्ष लेते हुए अपना पक्ष बड़े ही दबंगता से रखा।

"हाँ, आप सही कह रही हो। मुझे पता है आपने भी यह साबित किया है, लेकिन कई बार इसका व्यावहारिक रूप बड़ा ही डरावना होता है। बाइयों-भैया के भरोसे पलते बच्चों और माँ, दादी-दादा, नानी-नाना के संरक्षण में बढ़े-पले बच्चों में फर्क होता है।"

काकी हौले से 'हूँउउउउ।' करती हैं।

बुआ गंभीर स्वर में कहती हैं, "उस सीरियल में अहिल्याबाई का एकमात्र बेटा मालेराव संस्कारहीन हो जाता है। उसका चाल-चलन अच्छा नहीं होता। दूसरों को दुःख देना उसका स्वभाव बन गया था।"

"अरे, वो किस पर गया था?" बुआजी ने आश्चर्य से पूछा।

"पता नहीं···। उसके दादाजी मल्हारराव तो एक वीर व अनुशासित योद्धा थे। अपनी मेहनत के बल पर वह एक चरवाहा से होल्कर वंश के स्थापक बने और माँ तो साक्षात् देवी···लेकिन उनका बेटा मालेराव···।"

"ओह ऐसा क्यों निकल गया था!"

"जो लोग उस समय यह सीरियल देखते थे, वे आपस में बातें करते थे कि खून के साथ-साथ परवरिश की भी अहम भूमिका होती है। मालेराव के पिता खांडेराव भी बहुत कुछ वैसे ही थे। वे अहिल्या को दुःख देते। प्रजा व राजकार्य की अवहेलना करते। युद्ध अभियानों से बचते रहते।···लेकिन उनकी माँ अहिल्याबाई होल्कर राजकार्य में व्यस्त रहती थी। अपने बेटे पर ध्यान नहीं दे पाती थीं।"

"ओह!"

"अरे, लोगों की छोड़ो अहिल्याबाई ने अपने जीवन के आखिरी समय में जब उनकी बेटी मुक्ताबाई को एक पुत्र हुआ। उसे देखकर आत्मग्लानि करते हुए उन्होंने स्वीकार किया कि वह अपने बेटे मालेराव को अच्छे से नहीं पाल पाईं। अपनी व्यस्तताओं के कारण वे उसे संस्कारित नहीं कर पाई हैं, लेकिन अब वे अपने नाती नैथ्या को अच्छे से संस्कारित करेंगी।

"सही में?" काकीजी ने पूछा।

"हाँ, यही तो महान् लोगों की विशेषता होती है कि वह अपनी गलतियों को स्वीकार करते हैं। अहिल्याबाई का यह पश्चात्ताप बहुत सारी महिलाओं को सीख दे गया। बहुत सी बहुएँ अपने बच्चों की परवरिश पर ध्यान देने लगी थीं। नौकरी से छुट्टियाँ लेकर अपने बच्चों को पूरा समय देने लगीं।"

"अच्छा।"

"हाँ, अहिल्याबाई की जीवनी ने कइयों का जीवन बदल दिया। कई लोगों से उनसे प्रेरित होकर अपने लक्ष्यों को नए तरीके से परिभाषित किया।" बुआ ने ऊँचे स्वर में कहा।

"सही में अच्छे सीरियल, अच्छे उदाहरण के साथ, अच्छी जीवनियाँ बताकर सबका मनोबल बढ़ा जाते हैं। जीवन-संग्राम को सरल बना जाते हैं।"

"आप सही कह रही हो।" कहकर बुआजी काकी के समीप आकर फुसफुसाती हुई बोली, "हमारे पड़ोस में रहने वाली एक बहू का इकलौता बेटा खत्म हो गया था। उसकी सास यह सोचकर खूब रोई कि उसका वंश समाप्त हो गया।"

लेकिन उसकी बहू ने हिम्मत से काम लिया। बेटा गुजरने के सवा महीने बाद अपने आँसू पोंछते हुए उसने सबके सामने कहा, "मैं अहिल्या हूँ, मुझ पर शिवजी की कृपा है। मैं हारने वाली नहीं हूँ। मुझे समस्या से जूझना आता है।"

"क्या?" काकी के मुँह से जोर से निकला।

बुआजी ने संयमित होकर कहा, "हाँ···भाभीजी?"

"अरे, कहीं वह पगला तो नहीं गई थी?"

"नहीं। भाभीजी, वह पहले शिवजी के मंदिर गई, फिर वहीं से सीधे लेडी अस्पताल जाकर अपना ऑपरेशन खुलवा आई।"

"फिर क्या हुआ?" काकी ने उत्सुकतावश पूछा।

"अरे फिर···उसे शिवजी की कृपा से···9 महीने में···एक नहीं दो-दो बेटे हुए।"

"यानी जुड़वाँ?" काकीजी ने धीरे से पूछा।

"हाँ।"

"अरे वाह! ऐसा भी होता है···यह तो उसे पता ही नहीं था, परंतु गजब की हिम्मत है आज की महिलाओं में!"

"हूँउउउउउ। अहिल्याबाई की कहानी से प्रेरित होकर महिलाओं में बहुत हिम्मत आ गई थी।"

"सच में। यह तो बहुत बड़ी बात बताई आपने।"

बुआजी उत्साहपूर्वक कहने लगीं, "बदलाव तो और भी आए होंगे। बहुतों ने माता अहिल्या के जीवन से कुछ-न-कुछ सीखा होगा। उन्हें अपना आदर्श बनाकर जीवन की जंग जीती होगी। अपनी समस्याओं का सुलझाया होगा। मैंने तो बस उन

लोगों के ही बारे में बताया जिनको मैं जानती थी।"

काकीजी कहने लगीं, "यह सब शिवजी की कृपा का ही प्रतिफल है। ईश्वर की इच्छा के बिना कुछ नहीं होता है।"

"हाँ भाभी, आप सही कह रही हो। उन दिनों शिवभक्तों की संख्या बहुत बढ़ गई थी। कई लोग आपस के अभिवादन में भी 'हर-हर महादेव' का उच्चारण करने लगे थे।"

काकीजी थोड़ा चिंतित स्वर में कहने लगीं, "लेकिन दीदी···मैंने महसूस किया है कि भगवान् अच्छे लोगों की बहुत परीक्षा लेते हैं। उनकी जल्दी सुनते भी नहीं हैं, यह बात तो मेरी समझ के परे है। जाने भगवान् ऐसा क्यों करते हैं!"

"दरअसल भगवान् को पता रहता है कि हमारे लिए क्या उचित और क्या अनुचित है। महादेव को सबकी चिंता रहती है।" बुआजी यह बात ऐसे कह रही थीं मानो वे खुद ही भगवान् की प्रतिनिधि हों, खैर!

वैशाली ने ये सारी बातें कान लगाकर सुनीं। उसे उन दोनों की बातें किसी सत्संग से कम नहीं लगीं।

बुआ के मुँह से इतनी सारी अहिल्यामय बातें सुनकर काकीजी चिंतित स्वर में कहती हैं, "इतना अच्छा सीरियल निकल गया और मुझे पता ही नहीं चला।"

काकीजी की बात का जवाब देते हुए बुआजी तपाक से बोलीं, "भाभीजी, आप ठहरीं नौकरीवाली, आपके पास सीरियल वगैरह देखने का न तो समय होता है और न ही आपकी रुचि रहती है···।"

अपनी याददाश्त पर जोर डालते हुए वह बोलीं, "···और हाँ···जब यह सीरियल चल रहा था, आप साक्षी बहूरानी की डिलिवरी के सिलसिले में अमरीका गई हुई थीं।"

"अरे हाँ, सही कह रही हैं आप।" काकीजी ने मुसकराते हुए कहा।

बुआजी ने फिर वैशाली की ओर देखा। वह आँख बंद किए हुए है। उसे देखकर बुआजी कहने लगीं, "अरे, उस सीरियल के करीब 700 एपीसोड थे···। पूरा बताते-बताते कई रातें बीत जाएँगी।"

काकीजी बोलने लगीं, "सही है···लेकिन सच कहूँ अहिल्या का चरित्र अद्भुत है। प्रेरणादायी है। उनसे जीवन से निश्चित तौर पर कई लोगों ने प्रेरणा ग्रहण की होगी। 300 साल बाद भी उनका यह प्रभाव वंदनीय है।"

"सही है।"

"दीदी, आपके बताने का ढंग भी रोचक है। सुनकर बहुत अच्छा लगा। ये यूट्यूब पर तो अब भी होगा न!" काकीजी से बुआजी को टटोलते हुए पूछा।

"हाँ, होना तो चाहिए।"

"ठीक है, अब मैं भी यह सीरियल देखने का प्रयास करूँगी।"

"जी, जरूर देखिए, लेकिन ध्यान रखिए। निर्देशक अपने सीरियल को रोचक बनाने के लिए घटनाओं को थोड़ा बढ़ा-चढ़ाकर बताते हैं। इसलिए यदि आप सही में अहिल्याबाई के जीवन की वस्तुस्थिति को जानना चाहती हैं। उन्हें अपने जीवन में समाहित करना चाहते हैं तो उनसे संबंधित पुस्तकें भी पढ़िए।"

"जी।"

बुआजी थोड़ा मुसकराकर बोलीं, "फिर आप तो प्रोफेसर साहिबा हैं। आप अपने संपर्क में आने वाले विद्यार्थियों को भी देवी अहिल्याबाई के व्यक्तित्व व कृतित्व से परिचित करवा सकती हैं। यह भी एक प्रकार की समाज-सेवा है··· देश-सेवा है।"

काकीजी हँसते हुए बोलीं, "आज लग रहा है, कर्नल साहब की धर्मपत्नी बोल रही हैं।" इस बात पर बुआजी भी उनके साथ-साथ हँस पड़ती हैं। फिर धीरे से वे बोलीं, "ओह! सॉरी, कहीं बच्ची न जाग जाए!"

उनकी बात सुनकर वैशाली मन-ही-मन मे सोचने लगी, 'ये दोनों कितनी प्यारी हैं। बहुत ध्यान रखती हैं मेरा। सच है, मैं चाहे कितनी बड़ी भी बड़ी हो जाऊँ परंतु इनके लिए तो हमेशा बच्ची ही रहूँगी।···36 साल की बच्ची··· ।'

आज उसे यूँ बच्ची होना भी सुखदाई लग रहा है। सच में बड़ों के होने से मन बच्चा बनकर आनंद के सागर में गोते लगाने लगता है।

रात को बुआजी व काकीजी गहरी नींद में सो गईं परंतु वैशाली की आँखों से नींद कोसों दूर है। उसके दिमाग में बारंबार यही बात गूँज रही है···'यदि आप सही में अहिल्याबाई के जीवन की वस्तुस्थिति को जानना चाहती हैं तो इतिहास की पुस्तकों को पढ़िए।'

'अहिल्या'···'अहिल्या' और 'अहिल्या' बस एक यही शब्द वैशाली के दिमाग में घर कर गया। अस्तु, उनके ही बारे में सोचते-सोचते, एक अबोध बालिका की भाँति वह नींद के आगोश में समा गई।

उसी रात सपने में उसे उसकी माँ दिखती हैं। वे वैशाली से कहती हैं, 'बेटी, तुम अकेली नहीं हो। देवी अहिल्या तुम्हारे साथ है। अब तुम अहिल्या पथ पर अग्रसर हो।'

इसके बाद एकाएक उसकी नींद खुल जाती है। वह खुद को अपने ही बिस्तर में पाती है। तभी कुछ लोगों के बात करने की आवाजें आने लगीं। वह सोचने लगी, 'ये कौन से लोग हैं, जो रात के दो बजे तक जाग रहे हैं?'

तभी अपना नाम सुनकर वह सतर्क हो गई।

वैशाली धीरे से पलंग से उठी। उसने देखा बुआजी व काकीजी दोनों गहरी नींद में सो गई हैं। हौले से बिस्तर से उठकर वह खिड़की से बाहर झाँकने लगीं, परंतु पेड़ों की झुरमुट की आड़ हो जाने से कुछ भी दिखाई नहीं दिया। बस कुछ लोगों की बातें ध्वनि बनकर उसके कानों तक आने लगीं। कुछ लोग वैशाली के घर के पीछे बने लॉन में बैठकर आपस में बतिया रहे हैं।

एक व्यक्ति कह रहा है, "अब तुम वैशाली की शादी विक्रांत से करवा दो। वैसे भी उसका तलाक हो ही चुका है, वह भी अकेला है। शादी हो जाने पर उसे वैशाली का साथ और हाथ दोनों मिल जाएगे।"

"क्या मतलब?" दूसरे व्यक्ति ने पूछा।

"अरे, मेरा मतलब है, वैशाली के ही हाथ में है सारी दौलत···अपने मायके और ससुराल···दोनों पक्ष की भी···समझे?" वह हँसते हुए बोला।

तभी धड़ाम की आवाज आई और सारे घर की बिजली गुल हो गई। इनवर्टर से बँगले के कुछ बल्ब झिलमिलाने लगे।

इसके साथ ही लॉन में बैठे लोगों की वार्त्ता के विषय बदल गए। वो लोग सीधे बिजली व उससे जुड़ी व्यवस्थाओं की बातें करने लगे।

वैशाली काफी देर तक खिड़की के पास खड़ी होकर उनकी बातें सुनती रही। उन्हें पहचानने की कोशिश कर रही थी, लेकिन वह नहीं पहचान पाई। अंततोगत्वा वह वापस अपने बिस्तर पर आकर बैठ गई।

उन लोगों की बातों ने वैशाली के सामने जीवन की वास्तविकता को खोलकर रख दिया था। वो कौन लोग है, यह तो उसे नहीं पता, लेकिन उसका भविष्य असंमजस में हैं। इस बात का आभास वैशाली को होने लगा।

वह यह भी समझ रही है कि आज के युग में पुनर्विवाह संभव है। इसलिए लोग

मेरी पुनः शादी की बात भी कर रहे हैं। मेरी संपत्ति पर निगाह रख रहे हैं। यह एक स्वाभाविक मनोभाव है।

वह सोचने लगी कि 'हाँ, सही है। अब भी मेरा नया घर बस सकता है। मैं चैन की जिंदगी गुजार सकती हूँ। संतान-सुख भी फिर से मिल सकता है। जीवन फिर से बहाल हो सकता है···लेकिन क्या यह सब मेरे लिए ठीक होगा? या कोई और ठगर है मेरी··· ?'

सोचते-सोचते वह अपने बिस्तर पर हौले से लेट गई। तभी जाने कहाँ से हवा का एक शीतल झोंका आया और 'कल की चिंता को' अपने साथ उड़ाकर ले गया। नींद ने आँखों में अपना पहरा दे दिया और वैशाली सुंदर सपनों में खो गई।

4

समय-चक्र सदैव चलायमान होता है। हर परिस्थिति में वह चाँद और सूरज की भाँति निरंतर चलता रहता है, कभी ठहरता नहीं है। कोई रहे या न रहे, उसे भला क्या फर्क पड़ता है! कभी-कभी तो ऐसे लगता है, मानो उसे सुख और दुःख की पहचान ही नहीं है। वह अपनी ही गति में मग्न हर स्थिति में आगे ही आगे बढ़ता रहता है। ···और पीछे छोड़ जाता है, अमिट स्याही से लिखा हुआ इतिहास। इतिहास वक्त की वह लकीरें है, जो समूची मानवजाति का पथ प्रदर्शन करती है।

वक्त की इन्हीं लकीरों को उकेरने की दृढ़ता शनैः-शनैः वैशाली के मन-मस्तिष्क में अंकुरित होने लगी। 'मानव मन' भी प्रभु की अद्‌भुत रचना है। वह इतना निर्मल व कोमल है कि इस मायालोक में उभरे प्रत्येक घाव को वक्त के हवाले कर देता है। वक्त की मन से गहरी मित्रता है इसलिए वह मन को अपनी रफ्तार के भँवर में घुमाकर उसे हलका-फुलका बना देता है। तभी तो अपने परिजन या मित्रजन की मौत का घाव भी वक्त के साथ भर जाता है। वैशाली के मन के घाव भी वक्त के साथ भरने लगे।

उसने काफी सोच-विचारकर तय किया कि वह औरों से अलग कुछ करके दिखाएगी। इस ध्येय की पूर्ति के लिए उसने सर्वप्रथम माँ अहिल्या के जीवन में आए तमाम उतार-चढ़ाव को जानने की ठानी। जाने क्यों उसे इस बात का यकीन होने लगा कि माँ अहिल्या के व्यक्तित्व व कृतित्व में उसके जीवन का सार छुपा है।

वैशाली को एकाएक इंदौरवाली सुनिधि का स्मरण आता है। उसने ही सबसे पहले देवी अहिल्या का उल्लेख किया था। अगले ही क्षण खुद पर कोप हुआ कि क्यों उसने पहले कभी यह नाम नहीं सुना था। सामान्य ज्ञान के अभाव का भान होने पर वह खुद को कोसने लगी। फिर एकाएक उसकी की आत्मा से एक आवाज आई, 'नहीं, खुद को मत कोसो। यह ठीक नहीं है। तुम तो प्रारंभ से ही पढ़ने में अच्छी रही हो। स्कूल व कॉलेज में अव्वल रही हो। ग्रेट ब्रिटेन के वारविक विश्वविद्यालय में होटल प्रबंधन का अध्ययन कर प्रवीण सूची में आई हो। इसके बाद स्वदेश लौटकर अपने पापा का व्यवसाय सँभाल रही हो। सबको सब पता हो, यह जरूरी नहीं है।'

वैशाली खुद से कहती है, 'हाँ। सही है।'

उसे अपने पापा की याद आने लगी है। वह अकसर कहा करते थे कि 'मेरी बेटी लक्ष्मी, सरस्वती और दुर्गा तीनों का मिश्रित रूप है। मुझे भरोसा है कि मेरी बेटी हर परेशानी से उभरकर आगे बढ़ेगी। जग में मेरा नाम रोशन करेगी।'

"मैम साहब, गाड़ी लग गई है।" आया दीदी ने कहा।

अपने अतीत से बाहर निकलकर वर्तमान के द्वार पर खड़ी आयादीदी की बात पर सुनकर 'हूँउउउ' और फिर चल दी अपने कार्यालय की ओर। बेटी के जाने के बाद वह आज पहली बार घर से निकली थी। उदासी बादल की भाँति उसके चेहरे पर मँडरा रही है, परंतु वह एकदम स्थिर व शांत है।

चालक अपनी धुन में कार चला रहा है। सफेद रंग के पैंट-शर्ट पर काले रंग का बेल्ट और सफेद रंग में काली पट्टी वाली पी कैप में वह अनुशासित लग रहा है। यूँ तो वह पूरे समय सामने की ओर देख रहा है, परंतु कभी-कभी वह काँच से पीछे की ओर भी देख लेता है।

वैशाली का ध्यान पता नहीं कहाँ है। वह कार की पिछली सीट पर बैठी अपनी ही धुन में गुम है। बाहर की ओर देख रही है। सतर्क व समझदार मालिक कभी भी अपने चालक को अपने गंतव्य स्थान का पता पहले से नहीं बताते हैं। वैशाली ने ये सारे गुण अपने पापा ने सीख लिए थे। अस्तु, थोड़ी देर के बाद वह एकाएक चालक से कहती है, "पहले मंदिर चलेंगे।"

"जी, कौन से?"

"शिव मंदिर…।"

"जी, ये पास वाले या…?"

जवाब देने के पहले वैशाली थोड़ा सोचने लगी। दो-तीन मिनट सोचने के बाद वह कहती है, "दूर वाले।"

गाड़ी रामेश्वर मंदिर की ओर बढ़ने लगी। तभी उसके मोबाइल की रिंग बजने लगती है। उसका मैनेजर पूछता है, "मैडम, आप कब तक पहुँचेंगी?"

"एक-डेट घंटा लगेगा। जीवन के एक बड़े संग्राम से उभरकर पहली बार आफिस आ रही हूँ। इसलिए पहले शिवजी के दर्शन करने का मन कर रहा है। रामेश्वर मंदिर की ओर जा रही हूँ।"

"जी मैम। बहुत बढ़िया। मैं भी आ जाऊँ?"

"नहीं, अकेले ही जाने का मन कर रहा है।"

"जी, ठीक है। मैं वहाँ के पुजारी को फोन कर देता हूँ, वह आपको अच्छे से दर्शन करवाकर विधि-विधान से पूजा करवा देगा।"

"नहीं, धन्यवाद! आज मैं एक साधारण भक्त बनकर उनके द्वार पर सिर्फ दर्शन करने जा रही हूँ।"

मैनेजर ने बड़े अदब से कहा, "जी।"

वैशाली ने मोबाइल बंद कर दिया। अपनी यादों में खो गई। उसे याद आने लगा वह दिन जब वह छोटी थी। मंदिर जाते समय रास्ते में पापा बताया करते थे कि रामनाथस्वामी शिव मंदिर बारह ज्योतिर्लिंग मंदिरों में से एक है। इस लिंगम् की स्थापना श्रीराम ने की थी। यह चार धाम तीर्थस्थलों में से एक है। इस मंदिर का विस्तार पांड्य राजवंश द्वारा 12वीं शताब्दी में किया गया था। मंदिर के गर्भगृह का जीर्णोद्धार जाफना साम्राज्य के राजा जयवीरा सिंकैयारियन और उनके उत्तराधिकारी गुणवीरा सिंकैयारियन ने किया था। यहाँ नयनार, अप्पार, सुंदरार और तिरुज्ञान संबंदर ने अपने गीतों में इस मंदिर की महिमा का गुणगान किया है।"

"मैडम जी, मंदिर आ गया।"

चालक की बात ने उसे सचेत कर दिया। उसने खिड़की से बाहर देखा भक्तजनों की भीड़ अपनी-अपनी धुन में आ-जा रही है। उसने बड़ी श्रद्धा के साथ भगवान् शिव को नमन करते हुए, अपने पाँव कार के बाहर जमीन पर रखे। यह भूमि उसके लिए दुनिया की सबसे पवित्र भूमि है। उसके सारे सुख-दुःख इसी जमीन से जुड़े हैं। उसका बचपन की हर स्मृति इस मंदिर से जुड़ी है। कुछ सोचकर उसकी आँखों में आँसू छलकने लगे।

अपने आँसुओं को छुपाने के लिए उसने अपनी आँखों पर काला चश्मा चढ़ाया और चल दी मंदिर की ओर।

मंदिर के द्वार क्रमांक एक से उसने मंदिर में प्रवेश किया। कतार से प्रसाद विक्रय वाले की दुकानें देखकर वह एक दुकान के सामने रुक गई। उसने वहाँ से प्रसाद खरीदा। जब तक दुकानदार वैशाली के लिए प्रसाद तैयार कर, एक पत्ते में बाँधने लगा। तब तक वैशाली ने यूँ ही अपने बाईं ओर देखा तो दीवार पर तमिल में लिखी उस जानकारी पर जाकर उसकी नजर थम गई 'रामेश्वरम् ज्योतिर्लिंग की पूजा के लिए अहिल्याबाई द्वारा स्थापित किए गए ट्रस्ट से ही गंगाजल पहुँचाया जाता।'

यह पढ़कर उसे ऐसा लगा मानो जहाँ-जहाँ वह जा रही है, वहाँ-वहाँ माँ अहिल्या की छाया उसके साथ-साथ चल रही है। उसने अपनी पलकें झपकाकर उस जानकारी को दो-तीन बार पढ़ा।

"अम्मा···प्रसाद।" दुकानदार ने कहा।

"जी।" कहकर उसने दुकानदार से प्रसाद की थैली अपने हाथ में ली और वह जैसे ही सिर नीचे कर मुसकराते हुए आगे बढ़ी। एक वृद्ध पुजारी से टकराते-टकराते बची। क्षमा माँगते हुए उसने उनसे पूछा, "पुजारीजी, दीवार पर जो लिखा है, वह सच है।"

"हाँ बेटी। यह परंपरा आज भी जारी है। इंदौर की अहिल्याबाई होल्कर ने देश भर के धार्मिक स्थलों पर मंदिरों का जीर्णोद्धार घाटों व कुएँ-बावड़ी का निर्माण कराया। साथ-ही-साथ ज्योतिर्लिंगों की पूजा की विशेष व्यवस्था भी की। वे बहुत बड़ी शिवभक्त थी।" इतना कहकर वह पंडितजी शीघ्रता से आगे बढ़ गए।

वैशाली सोचने लगी। इसके पहले भी वह कई बार इस में मंदिर आई है, लेकिन उसने यह सब कभी नहीं जाना। खुद के सिर पर हाथ मारते हुए वह मुसकराकर खुद से बोली, 'बुद्धू कहीं की।'

एक लंबी लाइन में खड़ा होने का उसका पहला अनुभव है, परंतु उसे अब इन सब बातों से कोई फर्क नहीं पड़ता है। समय ने उसे इतने बड़े-बड़े घाव दिए हैं कि यह सब बातें अब उसे छोटी लगती हैं। वह सोचने लगी, "शिवजी के दरबार में तो सभी समान हैं, फिर मैं विशेष कैसी?···यही कि मेरे पास पैसा है।···लेकिन इन पैसों से मैं कुछ भी तो नहीं बचा पाई, फिर इन पैसों का कैसा गुरूर? नहीं, बिल्कुल नहीं, मैं विशेष नहीं हूँ।'

वह मन-ही-मन में खुद से प्रश्नोत्तर करती रही। खुद में गुम कतार में आगे बढ़ती गई। जैसे ही उसके कान में आवाज आने लगी 'हर-हर महादेव' वह सोचने लगी। अरे, बड़ी जल्दी देवालय आ गया। कतार में खड़े-खड़े कुछ लोग अपनी गरदन उठाकर तो कुछ लोग अपनी एड़ियाँ को ऊँचा करके शिव के दर्शन करने लगे।

वैशाली ने भी यही किया। शिव को देखकर उसे ऐसा लगा मानो वे उसे देखकर मुसकरा रहे हों। कह रहे हों, बेटी बहुत दिनों में आई हो।'

कतार आगे बढ़ती जा रही है और कुछ ही पलों में उसने खुद को शिव प्रतिमा के एकदम सामने खड़ा पाया। उसने प्रसाद की थैली पंडितजी को थमाते हुए अपने दोनों हाथ जोड़कर उनके दर्शन किए। दर्शन करते हुए उसे ऐसा लगा मानो उसे कोई अपना मिल गया हो। वह भाव-विभोर हो गई। आँसू की लड़ियाँ उसके गालों में लुढ़क आईं।

"चलिए-चलिए···आगे बढ़िए···।"

पंडितजी की आवाज सुनकर वैशाली भगवान् की प्रतिमा को अश्रुपूर्ण निगाहों से देखते हुए, अपने प्रसाद की थैली पंडितजी से लेकर आगे बढ़ गई। ताकि अन्य भक्तों को भी भगवान् शिव के दर्शन हो सकें।

मुख्य मंदिर के बाहर जाकर उसने जमीन पर सिर टिकाकर पैर पड़े। फिर पास में खाली स्थान देखकर जमीन पर बैठ गई। जमीन पर बैठते ही उसे याद आने लगा···यदि उसकी अम्मा होती तो कहती, 'वैशाली बस इतनी देर तक जमीन पर नहीं बैठो।'

अभी वो पिछले 10 मिनट से जमीन पर बैठी है, लेकिन अब कोई भी उसे रोकने-टोकने या कुछ भी कहने वाला नहीं है। इतनी बड़ी दुनिया में किसको किसकी परवाह है ? किसी को नहीं।

जब तक उसका मन किया वह वहीं बैठी रही। उसे वहाँ बैठकर ऐसे महसूस हो रहा था, जैसे वह एक सुरक्षित स्थान पर बैठी हो। भगवान् के द्वार पर बैठे-बैठे उसका मन एकदम शांत होने लगा। वह खुद को हलका-फुलका सा महसूस करने लगी।

उसके पापा कहा करते थे कि 'भगवान् को सब पता रहता है कि उनके द्वार पर आए भक्त के मन में क्या है। उन्हें सबका ध्यान रहता है। समय आने पर वह सबकी इच्छा पूरी भी करते हैं। इसलिए कभी भी भगवान् से कुछ माँगना नहीं चाहिए न ही

उनसे कोई शिकायत करना चाहिए। उन्होंने अपने को दर्शन दिए। इस बात का उन्हें धन्यवाद देना चाहिए। उनके प्रति आभार व्यक्त करना चाहिए।'

पापा आगे कहते, "जैसे हम लोग सबसे नहीं मिलते। इसी प्रकार भगवान् भी सबको अपने दर्शन नहीं देते हैं। इस दुनिया में कई लोग ऐसे भी हैं, जो चाहकर भी भगवान् के दर्शन नहीं कर पाते हैं। वे ताउम्र उनके दर्शन लाभ से वंचित रहते हैं। इसलिए यदि हमें दर्शन हो रहे हैं तो हमें खुद को सौभाग्यशाली मानते हुए भगवान् के प्रति दिल से कृतज्ञ होना चाहिए।'

पापा की बात याद आने पर वह भगवान् का आभार व्यक्त करती है और एक बार फिर अपना माथा जमीन पर टिकाकर वही प्रसाद ग्रहण कर मंदिर के बाहर आ जाती है।

मंदिर से वह सीधे अपने निजी कार्यालय गई। पूरा दिन उसका बड़े ही शांतपूर्वक बीता। उसने पूरे मनोयोग से इहलौक के समस्त दायित्वों का निर्वहन किया। उसकी एक बहुत अच्छी आदत है…वह जो भी कार्य करती है, दिल लगाकर करती है। पिछले दिनों से लंबित बहुत से कार्यों को उसने पूरा कर दिया।

शाम को जब वह घर पहुँचती है तो फिर वही बातें उसे कचोड़ने लगती हैं। उसे सुनिधि की याद आती है। वह उससे बात करने का सोचकर उसका विजिटिंग कार्ड ढूँढ़ने लगती है, परंतु लाख कोशिशों के बाद भी वह नहीं मिला। वह थोड़ा मायूस हो जाती है।

वह थककर हताश सी सोफे पर बैठ जाती है। तभी कुछ सोचकर उसके होंठों पर मुसकान ऐसे बिखर जाती है मानो बादल छँटने पर एकाएक धूप निकल आई हो। वह झटपट अपने सारे कार्य करके सोने चली जा जाती है।

दूसरे दिन वह थोड़ा जल्दी उठकर जल्दी ऑफिस जाती है। सबसे पहले वह रिसेप्शन से सुनिधि के फॉर्म को निकलवाती है। उसमें दिए गए मोबाइल को देखकर उसे ऐसा लगता है, मानो उसने एक बड़ी सी जंग जीत ली हो। वह लगभग चहकते हुए उसे फोन लगाती है…परंतु वह फोन बंद आता है। यह स्थिति उसे ऐसे लगती है, मानो वह आसमान से गिरकर खजूर में लटक गई हो।

वह सोचने लगी, 'एक ही मुलाकात में बनी मित्र सुनिधि देवत्व गुणों से भरपूर थी। कितनी आसानी से उसने मुझे तनाव से बाहर निकाल दिया था। उसका यूँ मिलना फिर चला जाना, सब सपना सा लगता है।'

फिर वह खुद से कहती है 'सपना कहाँ? वह हकीकत ही तो था। उसने अपना कार्ड देते हुए बड़े ही प्यार से कहा था कि जब कभी मेरे लायक कोई काम हो तो याद करना।'

वह सोचने लगी, 'यह सब मेरी ही गलती है। मैंने ही उसका कार्ड गुमा दिया। हो सकता है, उस कार्ड में दिया गया मोबाइल नंबर, फार्म में दिए गए नंबर से अलग हो। अब उसे कहाँ ढूँढ़ूँ? यह सोचकर वह झुँझला सी जाती है।

तभी उसे अपनी बुआजी की वह बात याद आती है, "अहिल्याबाई कभी परेशान नहीं होती थी। वह तो हर समस्या का समाधान निकालने में विश्वास रखती थीं।

वह बुदबुदाती हैं, 'माँ अहिल्या की जय हो।'

फिर सोचने लगती है, परंतु इसका क्या समाधान? खुद ही खुद को जवाब देती है, 'समाधान मिलेगा''''जरूर मिलेगा समाधान। मेरा मन कहता है कि देवी अहिल्या की अवधारणा एकदम सही थी। हर चीज का समाधान होता है। मुझे भी अपनी इस समस्या का समाधान अवश्य मिलेगा।'

दूसरे दिन, वह अपने केबिन में एकदम अकेले उदास बैठी है। उसका लैपटॉप सामने खुला रखा है, लेकिन कुछ करने का मन नहीं कर रहा है। एकाएक उसे सुनिधि की वह बात याद आने लगी "आप माँ अहिल्याबाई होल्कर की जीवनी पढ़िए। उनका जीवन आपको नव ऊर्जा प्रदान करेगा। उनके व्यक्तित्व व कृतित्व में वह शक्ति है कि आपके जीवन की दशा व दिशा दोनों बदल जाएँगी।'

उसने तुरंत अपने लैपटॉप के गूगल सर्च पर 'माँ अहिल्याबाई होल्कर' लिखा और सर्च बटन दबा दी। क्षण भर में उनसे संबंधित जानकारियाँ प्रकट हो गईं।

अचानक उसकी नजर लेपटॉप के स्क्रीन के बाईं तरफ पड़ी। माँ अहिल्या से संबंधित एक विज्ञापन आ गया जिसमें लिखा है, 'लोकमाता अहिल्याबाई पर 10 दिवसीय राष्ट्रीय स्तर की कार्यशाला का पंजीकरण जारी है। स्थान : देवी अहिल्या विश्वविद्यालय, इंदौर।'

"अरे''''ये क्या? क्या सच में''''।" कहते हुए वह बुदबदाती है, "इंटरनेट महोदय को कैसे पता चल गया कि मैं ऐसा ही कुछ ढूँढ़ रही हूँ?

वह मन-ही-मन में सोचने लगती है, 'यार, ये तो गजब हो गया!'

वैशाली बड़ी ही शीघ्रता से उस विज्ञापन को ध्यानपूर्वक पढ़ती है। उस विज्ञापन पर दी गई लिंग पर अपना ऑनलाइन पंजीकरण करती है।

उसके बाद वह अपने मैनेजर से फोन पर कहती है, "मैंने आपको व्हाट्सअप कुछ जानकारी भेजी है। उसके हिसाब से मेरे आने-जाने, इंदौर में रहने, खाने, इत्यादि की व्यवस्था करवा दीजिए।"

"जी, मैडम।"

थोड़ी देर बाद मैनेजर का फोन आता है। वह कहता है, "मैम, लेकिन उसी तारीख को आपकी बैंगलोर के उद्योगपति मि. करण सिंह के साथ बैठक है।"

"हूँउउउउ।" थोड़ा सोचने लगती है।

वह कुछ कहती उसके पहले ही मैनेजर बीच में बोल पड़ता है, "मैडम, क्षमा करें मैंने अभी डायरी देखी···उन्हीं दिनों अपने नए होटल की ओपनिंग भी होना प्रस्तावित है। सांसद महोदया व उद्योग मंत्री नायडूजी से बात भी चल रही है।"

यह सुनकर वह एक गहरी साँस लेकर कहती है, "ओह!"

कुछ देर सन्नाटा सा छा जाता है।

फिर निर्णात्मक स्वर में वैशाली कहती है, "नारायणजी, मेरा इस कार्यशाला में जाना बेहद जरूरी है, इसलिए फिलहाल तो यह सारे कार्यक्रम व बैठकें स्थगित कर दीजिए। वहाँ से वापस आकर देखते हैं।"

"जी, मैडम।" कहकर वह फोन काटता है और सोचने लगता है, 'जाने क्या है उस कार्यशाला में···जो इतनी महत्त्वपूर्ण बैठकें स्थगित करवा रही हैं।'

कार्यशाला में पंजीकरण करवाकर वह बहुत खुश है। वह सोचने लगी हो सकता इंदौर में सुनिधि से भी मुलाकात हो जाए।'

उसे अपनी माँ की याद आने लगी। वह कहती थीं, 'ये धरती भरोसे पर टिकी है। इस पूरी दुनिया का मूलाधार भी एक भरोसा ही है। इसलिए भरोसा रखो। भगवान् पर और खुद पर।'

5

अंततोगत्वा उद्योगपति वैशाली नायडू एक अध्ययनकर्ता के रूप में अध्ययन करने के लिए चेन्नई हवाई अड्डे पर पहुँचती है। वह पहली बार इंदौर जा रही है। इसके पहले वह जहाँ भी गई, वहाँ पर कोई-न-कोई सहायक उसके साथ में रहता था, लेकिन इस बार वैशाली एकदम अकेली निकली है। एक अज्ञात

भय उसे सताने लगा। लेकिन शिवजी के स्मरण मात्र से वह भय कपूर की भाँति हवा में उड़ गया।

चेक-इन के बाद वह विमानतल पर स्थित पुस्तक भंडार जाती है। देवी अहिल्या से संबंधित पुस्तकें ढूँढने लगती है। वहाँ पर अरविंद जावलेकर की पुस्तक 'लोकमाता अहिल्याबाई' को पाकर व बेहद खुश हो जाती है। उस पुस्तक को उत्सुकतापूर्वक खरीदकर तुरंत पढ़ने लगती है। करीब दो घंटे की विमान यात्रा के दौरान वह उसी पुस्तक को पढ़ती रही।

अंततोगत्वा उसके कानों में जब विमान परिचारिका की उद्घोषणा आकर टकराई कि 'देवी अहिल्याबाई होल्कर अंतरराष्ट्रीय हवाई अड्डा पर आपका स्वागत है।'...तब उसे लगा 'ओह! बड़ी जल्दी इंदौर आ गया।'

यही तो जीवन की खूबसूरती है, जब हम व्यस्त रहते हैं तो समय भी हमारे साथ व्यस्त रहता है। वह खुशबू की भाँति कब उड़ जाता है पता ही नहीं चलता। वैशाली के साथ भी यही हुआ। वह इंदौर की राजमाता अहिल्या के बारे में जानने में इतनी व्यस्त थी कि विमान उड़कर कब इंदौर आ गया, उसे पता ही नहीं चला।

देवी अहिल्याबाई होल्कर का नाम सुन वह रोमांचित होकर जिज्ञासावश विमान की खिड़की से बाहर की ओर देखने लगी। विमानतल पर पाँच-छह विमान खड़े हैं। एक बड़ी सी काँच की नई इमारत दिखी। सुरक्षा की दृष्टि से चारों ओर दीवारें दिखीं, साथ ही एक पुराना सा भवन देखकर, उसे लगा कि शायद यह पुराना हवाई अड्डा रहा होगा।

चारों तरफ उत्सुकतावश देखते हुए वह विमान से उतरकर हवाई अड्डा भवन के अंदर प्रवेश करती है। सामने ही राजवाड़ा का एक बड़ा सा चित्र और माँ अहिल्या की प्रतिमा देखकर अभिभूत हो जाती है। उसे ऐसा लगा मानो उसे कोई अपना सा मिल गया हो।

उसे इंदौर की धरती में आत्मीय संतोष व आनंद की प्राप्ति हो रही है। अपनेपन की अदृश्य डोर में वह सिमटी जा रही है। उसके लिए यह शहर, यहाँ के लोग अनजान हैं, फिर भी उसे लगता है मानो वह सबको जानती है।

मैनेजर ने टैक्सी पहले से आरक्षित कर रखी थी, अस्तु वह हवाई अड्डा से सीधे एक सात तारा होटल पहुँचती है। अंतरराष्ट्रीय दर्जे की इस होटल में उसके लिए पहले से ही सारी सुविधाओं की व्यवस्था कर दी है।

यूँ तो कार्यशाला कल से प्रारंभ होने वाली है, लेकिन वह एक दिन पहले आ गई है। शाम को वह होटल परिसर के लॉन में ठहलते हुए दीवार पर बने एक बड़े से चित्र को देखती है। नदी के किनारे बना एक भव्य खूबसूरत किला और उसके सामने मध्य में माँ अहिल्या का चित्र है।

बड़ा ही मनभावन चित्र है। वैशाली उसे देर तक देखती रहती है। सोचने लगती है कि 'काश, यह स्थान भी वह देख पाए!'

दूसरे दिन समय से पहले वैशाली कार्यक्रम स्थल पर पहुँच गई। हमेशा जींस पैंट, शर्ट, कोट व खूबसूरत ड्रेस में रहने वाली वैशाली आज सामान्य से सलवार-कुरते में है। इस साधारण कपड़ों में भी वह बला की खूबसूरत लग रही है। लंबे सिल्की बाल, आसमानी रंग की सलवार-कमीज जिसमें औरगेंजा का सफेद-आसमानी प्रिंटेड दुपट्टा उसकी छवि को निखार रहा है। वह काले रंग के चश्मे में किसी फिल्मी हीरोइन से कम नहीं लग रही है, जब वह होटल की बी.एम.डब्ल्यू से उतरी तो सबकी नजरें उसकी ओर उठने लगीं।

वहाँ लगे फ्लेक्स को देखकर वह सीधे कार्यक्रम स्थल की ओर बढ़ती है। वहाँ पर स्वागत के लिए खड़ी लड़कियाँ, अतिथि के माथे पर कुमकुम लगाकर सबका स्वागत कर रही हैं। वे वैशाली को भी कुमकुम लगाती हैं। पास में खड़ी एक अन्य लड़की ने उस पर फूलों की पँखुड़ी बरसाई।

एक प्यारी सी मुसकान के साथ 'धन्यवाद' कहकर वैशाली जरा सा आगे बढ़ी तो साड़ी पहने एक प्यारी सी लड़की ने वैशाली से पूछा, "दीदी, आपका पंजीकरण हो गया है क्या?"

"हाँ, जी। ऑनलाइन करवा लिया था।"

"जी, यह लीजिए। कार्यशाला की अध्ययन सामाग्री, बैग और बैच वगैरह।"

उसके द्वारा दिए गए बैग को लेकर उसने जैसे ही कार्यशाला के सभागार में कदम रखा ठंडी हवा का झोंका उसके आँचल से लिपटकर मुसकरा दिया। मुसकान वैशाली के चेहरे पर जाकर बिखर गई।

हर्षित होकर उसने चारों ओर नजर दौड़ाई कि शायद कोई जाना-पहचाना सा मिल जाए, परंतु कोई भी ऐसा नहीं दिखा। फिर भी सभी उसे अपने से प्रतीत हो रहे हैं। शायद सबका संबंध माँ अहिल्या के कार्यक्रम से है, यही इसकी एक ठोस वजह है।

इसकी एक और वजह है। वह यह कि रामेश्वर से निकलते समय वैशाली सकारात्मकता की चादर ओढ़कर आई है। उसने सोच रखा है कि वह हर स्थिति में सकारात्मक रहेगी। किसी भी अवस्था में नकारात्मकता को अपने नजदीक नहीं आने देगी।

मनोवैज्ञानिक कहते हैं कि यह सब मन की अवस्थाएँ हैं, जब यह ठान लिया जाता है कि हर स्थिति में खुश रहना है तो मन खुश ही रहता है। जब सकारात्मक रहने का मन बना लिया जाता है तो हर बात, स्थिति और व्यक्ति का व्यवहार सकारात्मक ही प्रतीत होता है। इसलिए वैशाली को इंदौर का सबकुछ भला सा लग रहा है।

कार्यक्रम एकदम सही समय पर शुरू हो गया।

कार्यक्रम का संचालन करने के लिए एक महोदया ने मंच के डायस पर आकर माइक को ठीक करते हुए कहा, "सभागार में उपस्थित सभी अतिथियों को मैं डॉ. यशिता चौधरी अहिल्याबाई समिति की ओर से, आप सभी का माँ अहिल्या की नगरी इंदौर में स्वागत, वंदन व अभिनंदन करती हूँ।"

मुख्य अतिथियों को मंच पर आमंत्रित किया गया। माता अहिल्याबाई होल्कर की प्रतिमा पर मुख्य अतिथियों के द्वारा माल्यार्पण करवाया गया। माँ सरस्वती का वंदन व दीप प्रज्ज्वलित कर 10 दिवसीय कार्यशाला का विधिवत् शुभारंग किया गया।

अतिथि स्वागत के उपरांत शाब्दिक स्वागत व विषय परिचय के लिए इस कार्यक्रम की संयोजक व इतिहास विभाग की विभागाध्यक्ष प्रो. अक्षिता सिंह को आमंत्रित किया गया।

प्रो. अक्षिता ने प्रारंभिक औपचरिक अभिनंदन के बाद विषय परिचय देते हुए कहा, "माँ अहिल्या की 300वीं जयंती के उपलक्ष्य में 'माँ अहिल्याबाई होल्कर के व्यक्तित्व व कृतित्व के विभिन्न पक्ष व प्रभाव' विषय पर आयोजित इस राष्ट्रीय कार्यशाला की मुख्य अतिथि व संस्कृति मंत्री माननीया डॉ. अरुणाजी, भारतीय शिक्षण मंडल, मालवा प्रांत के अध्यक्ष माननीय डॉ. राजमोहनजी, शहर के महापौर माननीय श्री श्रीनिधि शर्माजी, देवी अहिल्या विश्वविद्यालय, इंदौर की कुलपति आदरणीय प्रो. स्मिता चौधरीजी और अहिल्या उत्सव समिति की अध्यक्ष्या आदरणीय चौरसियाजी और भारत के विभिन्न हिस्सों से पधारे विद्वानों, प्राध्यापकों, शोधकर्ताओं व अन्य प्रतिभागियों का इस कार्यशाला में स्वागत करती हूँ। आत्मीय अभिनंदन करती हूँ।"

मंचासीन अतिथियों व सभागार में बैठे समस्त लोगों की ओर एक नजर डालते हुए वे प्यारी सी मुसकान के साथ हर्षित स्वर में अपनी बात को आगे बढ़ाते हुए कहती हैं, "यह बहुत ही प्रसन्नता का विषय है कि माँ अहिल्या की नगरी इंदौर में आयोजित इस कार्यशाला में भारत के विभिन्न हिस्सों से प्रतिभागियों का आगमन हुआ है। यह कार्यशाला सभी के लिए खुली रखी गई थी। इसलिए इसमें देश के विभिन्न हिस्सों से करीब 200 से ज्यादा प्रतिभागियों ने अपना पंजीकरण करवाया है। इनमें शैक्षणिक व गैर-शैक्षणिक दोनों क्षेत्रों के प्रतिभागी सम्मिलित हैं। यह कार्यशाला हाइब्रिड मोड पर होगी। यानी ऑफलाइन और ऑनलाइन दोनों स्वरूपों में होगी।

"इस कार्यशाला का मुख्य उद्‌देश्य देवी अहिल्या के जीवन-दर्शन के प्रति समाज में जागरूकता का प्रसार करना, ताकि उनका जीवन समूचे समाज, खासकर महिलाओं के लिए प्रेरणादायी बन सके। इस अवसर पर लोकमाता के जीवन के व्यक्तिगत, धार्मिक, सामाजिक, सांस्कृतिक व राजनीतिक जीवन के सैद्धांतिक पक्षों के साथ ही व्यावहारिकता पर भी जोर दिया जाएगा। सभी प्रतिभागियों को लोकमाता की कर्मस्थली इंदौर के राजवाड़ा व महेश्वर नगरी ले जाया जाएगा। ताकि वे अपने व्यावहारिक ज्ञान का भी संवर्द्धन कर सके।"

वह थोड़ा रुककर हलका सा हँसते हुए बोलीं, "और···इसी बहाने आप सभी भारत के स्वच्छतम शहर इंदौर की स्वच्छता और स्वादिष्ट व्यजंनों का आनंद भी उठा पाएँगे।"

यह सुनते ही सभी ने जोरदार तालिया बजाईं, लेकिन सभागार कक्ष में वैशाली के आगे वाली कतार मैं बैठी एक प्रतिभागी ने अपने बगल में बैठी साथी से हौले से कहा, "हूँहूँहूँहूँ, इंदौर की हैं, इसलिए इंदौर का गुणगान किए जा रही हैं मैडमजी।"

"अरे, अच्छा है न···इतनी दूर आए हैं तो यहाँ के खाने का स्वाद भी तो लेंगे। थोड़ा घूमेंगे-फिरेंगे।" उसकी साथी ने उसका हाथ दबाते हुए धीरे से उत्तर दिया।

संयोजिका महोदया ने आगे कहा, "और हाँ कार्यशाला के अंत में सभी प्रतिभागी माँ अहिल्या पर एक परियोजना कार्य भी तैयार करके जमा करेंगे।" प्रो. अक्षिता सिंह की यह घोषणा सभागार में उपस्थित समस्त प्रतिभागियों के कानों में विशेष रूप से गूँजने लगी।

उनके बाद कुलपति प्रो. स्मिता चौधरी ने अपने संबोधन में कहा, "माँ अहिल्या की कर्मभूमि में उनके नाम पर स्थापित विश्वविद्यालय की कुलपति के बतौर, उन्हीं पर आयोजित कार्यशाला को संबोधित करते हुए रोमांचित महसूस कर रही हूँ। यह मेरे लिए सौभाग्य का विषय है कि उनके विषय में अपने विचार व्यक्त करने के लिए आप सबके सामने खड़ी हूँ।

"सच कहूँ तो मैं जब-जब जीवनरूपी संग्राम में हारने लगती हूँ, थकने लगती हूँ, प्रशासन की तमाम चुनौतियों से घबराने लगती हूँ, तब-तब अपने कक्ष की दीवार पर टँगी माँ अहिल्या की तसवीर को देख लेती हूँ। उनके दर्शन मात्र से मन ऊर्जावान हो जाता है।"

यह सुनते ही सभी ने जोरदार तालियाँ बजाईं।

वे आगे बोलीं, उन्हें देखकर ऐसा लगता है, मानो वो चुपके से कानों में आकर कह जाती हैं हिम्मत रखो, सब ठीक होगा।"

यह सुनकर फिर करतल ध्वनि से पूरा सभागार गूँजमान हो उठा।

कुलपति थोड़ा रुकीं फिर उन्होंने आगे कहा, "मैं आप सभी से भी यह आग्रह करना चाहूँगी कि माँ अहिल्या के व्यक्तित्व व कृतित्व को अपने जीवन में यथासंभव उतारने का प्रयास करें। तभी इस कार्यशाला की उपयोगिता साबित होगी। मात्र संगोष्ठियाँ, कार्यशाला या उनकी जयंती इत्यादि का आयोजन व उनका स्मरण ही पर्याप्त नहीं हैं।

"उन्होंने अपने काल व परिस्थिति के अनुसार अपना श्रेष्ठ दिया। अब आपकी बारी है। मेरा विश्वास है कि इतिहास विभाग द्वारा आयोजित इस कार्यशाला से निश्चित तौर पर आप सभी कुछ-न-कुछ अपने साथ लेकर जाएँगे। इस कार्यक्रम की सफलता के लिए ढेर सारी बधाई व शुभकामनाएँ।"

वैशाली बड़े गौर से उनकी बातें सुन रही थी। उसे लगा कुलपति महोदय बिल्कुल सही कह रही हैं। सिर्फ किसी के चरित्र का गुणगान करने से कुछ नहीं होता, बल्कि उनके सिद्धांतों को अपने जीवन-रूपी आँगन में उतार लेने में ही उसकी सार्थकता है।

अतिथि डॉ. अरुणाजी ने अपने वक्तव्य में कहा, "मालवा प्रांत की यशस्वी महारानी माता अहिल्याबाई होल्कर को मेरा शत-शत नमन। इतिहास साक्षी है कि नारी शक्ति ने भारतीय समाज की दशा व दिशा बदलने में अहम भूमिका का निर्वहन किया है। माँ अहिल्या इस तथ्य का श्रेष्ठ उदाहरण हैं।

"मैं बस यही कहूँगी कि उनसे संबंधित विभिन्न वक्तव्यों को ध्यान से सुनिए और जैसा कि कुलपति चौधरीजी ने अभी-अभी अपने वक्तव्य में कहा है कि जहाँ तक संभव हो, उनके आदर्शों को अपने जीवन में समाहित करने की कोशिश करिए। उनके जीवन-दर्शन को अपने इर्द-गिर्द प्रचारित करें।"

"मेरा ऐसा मानना है कि इससे बेटियों का उत्साहवर्धन होगा। हो सकता है, माता अहिल्याबाई से प्रेरित होकर उनकी जैसी ही कोई साहसी लड़की उनके कुछ गुण लेकर हमारे बीच आ जाए। अंत में, यही कहूँगी कि हम सब मिलकर अपने-अपने हिस्से का कार्य करें। राज्य व समूचा समाज अपने आप अहिल्यामय हो जाएगा।"

उनके बाद जब इंदौर शहर के महापौर को अपने संबोधन के लिए आमंत्रित किया गया। महापौर श्रीनिधि ने कहा, "माता अहिल्या की नगरी इंदौर में आप सभी का स्वागत है। मेरा ऐसा मानना है कि इंदौर का विकास माता अहिल्याबाई होल्कर के आशीर्वाद का प्रताप है। आज हम 7वीं बार भारत के स्वच्छतम शहर के रूप में खुद को स्थापित कर पाए हैं। इसकी बहुत खुशी होती है, लेकिन इससे भी ज्यादा खुशी तब होती है, जब हम खुद को माँ अहिल्या की नगरी से जोड़कर देखते हैं।"

उनकी इस बात पर सभी ने तालियाँ बजाईं।

वे आगे बोले, "आज से करीब ढाई सौ साल पहले ही इंदौर में विकास-यात्रा की नींव रख दी गई थी। यह अनुकरणीय है। इस अवसर पर मैं यही कहूँगा कि माता अहिल्याबाई के जीवन से सीख लेकर अपने जीवन को बेहतर बनाने का प्रयास करें। परहित को प्राथमिकता दें। तभी हम एक सुखद समाज की संरचना कर सकेंगे।"

वह आगे बोले, "इसके साथ ही मैं यह भी कहना चाहूँगा कि एक सुखद समाज के निर्माण के लिए 'सबका साथ, सबका विकास' की अवधारणा भी कारगर साबित होगी। इसके साथ ही मैं अपने शब्दों को विराम देता हूँ।"

कार्यक्रम के मुख्य अतिथि डॉ. राजमोहन जी ने अपने संबोधन में कहा, "लोकमाता, यशस्विनी, युगंधरा अहिल्याबाई होल्कर को सादर नमन। उनके विषय में बोलते हुए मैं भाव-विभोर हो रहा हूँ। जरा सोचिए, एक छोटे से गाँव के चरवाहा परिवार की लड़की कैसे एक दिन होल्कर घराने की रानी बनी होगी? उनका पूरा जीवन संघर्ष की एक जीवंत कहानी है। उस कहानी को सबके सामने आना चाहिए। उससे नवपीढ़ी को प्रेरणा मिलेगी।"

"लोकमाता के त्रिशताब्दी के पावन असवर पर आयोजित इस महत्त्वपूर्ण कार्यशाला से निश्चित रूप में जागरूकता बढ़ेगी। आप सभी को उनके बारे में विस्तार से ज्ञान प्राप्त होगा। मैं इतिहास विभाग की विभागाध्यक्षा प्रो. अक्षिताजी व उनके सभी सहयोगियों को साधुवाद देता हूँ कि उन्होंने इतिहास के विराट पटल से एक प्रेरणादायी व्यक्तित्व चुनकर इस कार्यशाला का आयोजन किया है।"

सभी ने उनके वक्तव्य के बाद जोरदार तालियाँ बजाईं।

अंत में कार्यक्रम की अध्यक्षता कर रही अहिल्या उत्सव समिति की अध्यक्षा आदरणीया चौरसियाजी को अपना संबोधन देने के लिए आमंत्रित किया गया।

उन्होंने औपचारिक संबोधन के उपरांत सभागार में उपस्थित सभी प्रतिभागियों एक नजर डालने के उपरांत सभागार में बैठी वैशाली की ओर देखते हुए कहा, "देवी अहिल्याबाई होल्कर महिला सशक्तीकरण का आधार हैं। प्रेरणापुंज हैं। यदि उनके जीवन को अपने जीवन में उतार लिया जाए तो आज 300 साल बाद फिर एक नई अहिल्या पैदा हो सकती है और उसे भी कोई देवी होने से रोक नहीं सकता।"

पूरा सभागार करतल ध्वनि से गूँज उठा।

"यह भारतभूमि है जिसे भारतमाता कहकर संबोधित किया जाता है। यहाँ पर माँ का दर्जा सबसे श्रेष्ठतम है। यह भारत की गौरवमयी संस्कृति है कि यहाँ पर नारियों के विविध रूपों को पूजा जाता है। माँ अहिल्या का अनुगमन करने वाली नारी भी पूजनीय हो सकती है, परंतु इसके लिए सामर्थ्य जुटाना पहली चुनौती होगी। यदि आपमें से कोई भी देवी अहिल्या के जीवन का एक गुण भी अपने जीवन में शामिल कर लेता है तो कार्यशाला सफल साबित होगी।"

उनका ओजस्वी भाषण सुनकर वैशाली मंत्रमुग्ध हो गई। उनकी बातों में शामिल ओजस्व को महसूस कर वैशाली को सुनिधि की याद आ गई। वह सोचने लगी कि सुनिधि भी माता अहिल्या के जीवन को महिला सशक्तीकरण का आधार मानती थी। उसने ही तो कहा था कि अहिल्या माता को जानो सब ठीक हो जाएगा। मन-ही-मन वह ईश्वर से प्रार्थना करने लगी कि काश, वो मिल जाए!

मंच पर विराजमान अतिथियों को माँ अहिल्या की प्रतिमावाले प्रतीक चिह्न दिए जाने लगे। सिर पर पल्लू, हाथ में शिवलिंग थामे, सफेद साड़ी में लोकमाता अहिल्याबाई होल्कर देवीतुल्य लग रही हैं। वे हैं ही देवीस्वरूपा तभी तो इस

विश्वविद्यालय का नाम देवी अहिल्या रखा है। उनके विचारों व कार्यों ने उन्हें देवी, माँ, माता, राजमाता व लोकमाता का दर्जा दिया है। उनका प्रभाव युगों-युगों तक यूँ ही बना रहेगा है।

वैशाली इस कार्यक्रम में आकर अभिभूत है। उसके अंदर उमंग की तरंगें उमड़-घुमड़ रही हैं। तभी किसी ने पीछे से आकर उसके कंधे पर हाथ रखकर कहा, "वैशालीजी।"

अपना नाम सुनकर वैशाली ने अचकचाकर पीछे मुड़कर देखा तो वही अध्यक्षा महोदया चेहरे पर अपनेपन की मुसकान लिये खड़ी दिखीं।

वैशाली ने उसे गौर से देखा। वह यह जानने की कोशिश कर रही थी कि आखिर इस अजनबी शहर में उसे पहचानने वाला कौन है। उसकी मन:स्थिति का अंदाजा लगाए बिना ही सुनिधि हँसते हुए कहती है, "देवी अहिल्याबाई होल्कर की नगरी में आपका हार्दिक स्वागत है।"

वैशाली मुसकराते हुए कहती है, "अरे, साड़ी में आप बहुत अलग रही हो। मेरा मतलब प्यारी लग रही हो।"

"सच!"

वैशाली कहती है, "हाँ।"

"हर नारी पर फबती है साड़ी।" कहकर वह हँसती हुई वैशाली से लिपट गई। दोनों जी भरकर गले मिलीं। वैशाली को ऐसा लगा मानो ईश्वर ने उसकी सुन ली हो। वह खुशी से चहकते हुए बोली, "आप मंच पर थी, लेकिन मैं आपको साड़ी में पहचान ही नहीं पाई।"

"ओह···मैंने आपको जो कार्ड दिया था, उसमें मेरा परिचय लिखा तो था। उसमें मेरा फोन भी था, लेकिन आपने तो आने की सूचना ही नहीं दी···कोई बात नहीं···यदि आप बता देतीं तो ये सरप्राइज कैसे मिलता···।" सुनिधि एक ही स्वर में सारा कह गई।

उससे वैशाली कुछ कह पाती···इससे पहले ही एक व्यक्ति सुनिधि के पास आकर कहता है, "दीदी, अंदर आदरणीय कुलपति मैडम आपका इंतजार कर रही हैं।"

उसकी बात जवाब दिए वगैरह वह वैशाली की ओर देखकर कहती है, "आइए, आपको सबसे मिलवाती हूँ।"

उद्घाटन समारोह के बाद स्वल्पाहार की व्यवस्था की गई है। अस्तु, सभी लोग सभागार के बाहर लॉन की ओर जाने लगे। मंच के पीछे स्थित एक कक्ष विशेष अतिथियों के लिए सुरक्षित रहता है।

अस्तु, विश्वविद्यालय की परंपरानुसार मुख्य व अन्य अतिथियों को वहाँ जलपान करवाया जाने लगा। सभी लोग स्वल्पाहार के साथ आपसी बातचीत का भी आनंद उठा रहे हैं। तभी सुनिधि, वैशाली को अपने साथ लेकर उस विशेष कक्ष में हर्षित भाव से प्रवेश करती है।

वहाँ जाकर वह बड़े ही उल्लास के साथ सबसे वैशाली का परिचय करवाते हुए कहती है, "यह है रामेश्वरम् की प्रसिद्ध उद्योगपति व मेरी मित्र वैशाली नायडू।" वैशाली की मोहक आभा से सभी प्रभावित हुए। वैशाली को भी सबसे मिलकर अच्छा लगता है। मन-ही-मन में वह सुनिधि के अपनत्व को महसूस कर, उसके प्रति कृतज्ञता व्यक्त कर रही है। वह सोचती है, 'सुनिधि का पुनः मिलना उसकी सफलता का पहला मुकाम है।'

इस अंतराल के बाद सभी अतिथि प्रस्थान करने लगे। सुनिधि भी वहाँ पर एक अतिथि ही थी। अतः उसने भी वैशाली से कहा, "चलिए मैं आपको व्याख्यान कक्ष तक छोड़ दूँ।"

रास्ते में चलते हुए वह वैशाली से कहती है, "बहुत अच्छे-अच्छे वक्ता बुलवाए गए हैं। उन्हें सुनकर आपको अच्छा लगेगा।"

"जी।" मुसकराकर वैशाली ने कहा।

"वैसे आप कहाँ रुकी हैं।"

" होटल मैरियट।"

"अरे, यह तो मेरे घर के एकदम पास है। चलिए मिलते हैं शाम को।"

वह आगे बोली, "मैं फोन लगाकर आऊँगी। अरे, परंतु मेरे पास तो आपका नंबर ही नहीं है। अपना मोबाइल नंबर बताइए।"

जब सुनिधि अपने मोबाइल पर वैशाली का नंबर सुरिक्षत कर रही थी, वैशाली सुनिधि को बड़े प्यार से देखते हुए सोचने लगी, 'इनसे मिलकर ऐसा क्यों लगता है जैसे हम वर्षों से एक-दूसरे का जानते हों।"

सुनिधि के जाने के बाद वैशाली ने शिवजी को धन्यवाद देते हुए कहा, "ईश्वर आप बहुत दयालु हैं।"

कक्ष क्रमांक दो के सामने वैशाली को छोड़कर सुनिधि कहती है, "अच्छा अब मैं चलती हूँ। अब आप अपनी कार्यशाला का आनंद लीजिए।"

जब तक वह नजरों से ओझल नहीं हो गई वैशाली उसे जाते हुए देखती रही। इसके उपरांत वह व्याख्यान कक्ष में प्रवेश करती है।

वातानुकूलित कक्ष में कतार से लगी मेज के पीछे रखी लाल रंग की आरामदायक कुरसियों को देखकर उसे अच्छा लग रहा है। एक छोटे मंचनुमा स्थान के ऊपर डायस रखा है। उसके पीछे दीवार पर लगे एक फ्लेक्स पर लिखा है—'लोकमाता देवी अहिल्याबाई होल्कर के जन्मोत्सव के उपलक्ष्य में 10 दिवसीय राष्ट्रीय कार्यशाला' आयोजक-इतिहास विभाग, देवी अहिल्या विश्वविद्यालय, इंदौर।

मंच के ऊपर दाहिनी ओर लगे डायस में भी ऐसा ही एक छोटा सा फ्लेक्स लगा है। सफेद रंग से पुती बाकी की तीन दीवारों पर बड़े-बड़े रंगीन चित्र लगे हुए हैं। उन्हें देखकर लग रहा है, मानो यह कक्ष इसी कार्यशाला के लिए विशेष रूप से तैयार किया गया है।

इतना व्यवस्थित कक्ष देखकर प्रतिभागियों के चेहरों पर प्रसन्नता के भाव तैर रहे हैं। कक्ष में प्रवेश करते ही प्रतिभागीगण उत्सुकतावश पहले यहाँ-वहाँ देखते, फिर वह झट से अपने निकटतम खाली पड़ी कुरसी पर जा-जाकर बैठने लगे।

वैशाली भी एक खाली कुरसी पर जाकर बैठ गई। पलक झपकते ही एक अन्य महिला प्रतिभागी उसके बगल वाली कुरसी पर आकर बैठी तो उसे देखकर वैशाली ने एक हलकी सी मुसकान दी। फिर वह अपने बाईं ओर लगे चित्रों को निहारने लगी।

देवी अहिल्या के विविध आयु वर्ग के चित्र के ठीक पास एक बड़े से महल का चित्र है। लाल रंग में रँगा सात मंजिले इस खूबसूरत आयताकार महल के चारों कोनों पर बेलनाकार बुर्ज हैं। सुंदर कारीगरी से बने झरोखे व मध्य में एक बड़ा सा दरवाजा है। चित्र के नीचे लिखा है 'राजवाड़ा'। उसे देखकर वैशाली को याद आया कि ऐसा ही चित्र उसने इंदौर हवाई अड्डे के प्रवेश द्वार पर भी देखा था।

इसके बाद एक सुंदर मनमोहक छवि वाले राजा का चित्र टँगा हुआ है। बड़ी-बड़ी आँखें, चौड़ा माथा, रोबदार मूँछें, गले में कीमती मोतियों की माला, सिर पर नीले रंग का साफा जिसमें हीरे-जवाहरात की कामदार लड़ियाँ जड़ी हैं। हाथ में तलवार व पुरुषार्थ के भाव से लबालब चेहरे के स्वामी को देखकर हर

कोई मोहित है। इस चित्र के नीचे लिखा था 'होल्कर राजवंश के स्थापक महाराज मल्हार राव होल्कर"।

इसके बाद तीसरा चित्र है, जिसमें चार बेहद खूबसूरत रानियाँ हैं। चित्र के नीचे लिखा है—गौतमाबाई होल्कर साहिब, द्वारकाबाई होल्कर साहिब, बानाबाई होल्कर साहिब और हरकूबाई होल्कर साहिब।

चौथे क्रमांक पर लगा हुआ चित्र एक राजकुमार का है। जो देखने में बेहद मासूम हैं। उनके चित्र के नीचे लिखा है, 'खंडेराव होल्कर' (देवी अहिल्याबाई होल्कर के पति व मल्हार राव के पुत्र)

पाँचवें क्रमांक पर लगा है, एक चंचल बालिका का चित्र, जो घाघरा-ब्लाउज में बड़ी प्यारी लग रही है। उसके दाहिनी ओर मराठी साड़ी-परिधान में एक महिला और बाईं ओर कुरता-धोती-साफा धारण किए हुए एक व्यक्ति खड़ा है। इस चित्र के नीचे लिखा है—'बालिका अहिल्या और उनकी माता सुशीलाबाई शिंदे व पिता मानकोजी शिंदे पाटिल'।

छठे क्रमांक पर माँ अहिल्याबाई होल्कर के विवाह का चित्र लगा हुआ है, जिसमें उनके साथ उनके पति खांडेराव होल्कर के अलावा ससुरजी मल्हार राव होल्कर व उनकी चारों सासुबाई एक महल के सामने खड़ी नजर आ रही हैं।

सातवें क्रमांक के चित्र में अहिल्याबाई होल्कर की गोद में एक बालक खेलता हुआ दिखाई दे रहा है। वह माता अहिल्याबाई की ओर मुसकराकर देख रहा है। चित्र के नीचे लिखा है—'माता अहिल्या की गोद में बेटा मालेराव'।

आठवें क्रमांक पर राजगद्दी पर बैठी लोकमाता अहिल्याबाई होल्कर का राजदरबार बताया गया है। इस चित्र में वे अपने राजकीय कार्य में व्यस्त हैं। संतरी व कुछ मंत्रीगण मराठा संस्कृति के पहनावे में उनके सामने बैठे हैं।

नौवें क्रमांक पर महेश्वर का घाट, कुएँ, छतरियों व मंदिरों आदि के बहुत सारे छोटे-छोटे चित्र दिखाई दे रहे हैं। चित्र के नीचे लिखा है—'लोकमाता अहिल्याबाई होल्कर द्वारा भारत के विभिन्न हिस्सों में करवाए गए निर्माण कार्यों की झलक'।

वैशाली की भाँति अन्य प्रतिभागी भी बड़े कौतूहल के साथ इन चित्रों को देख रहे हैं। ऐसा नहीं है कि उन सभी ने इसके पहले यह चित्र नहीं देखे होंगे। संभवतया देखे होंगे। इंटरनेट के इस युग में जहाँ गूगल जैसा आभासी गुरु हो, वहाँ पर ज्ञानार्जन की प्रक्रिया सरल प्रतीत होती है, लेकिन इस कार्यशाला के अध्ययन कक्ष में इतनी

सुनियोजित तैयारी देखकर सभी अचंभित व प्रफुल्लित हैं।

इतना ही नहीं, वैशाली ने देखा कि सबकी मेज पर एक-एक फाइल रखी हुई है, जिस पर माता अहिल्या का चित्र छपा हुआ है।

वैशाली ने अपनी मेज पर रखी हुई फाइल पर बने माँ अहिल्याबाई के चित्र को बड़ी श्रद्धा से देखा। उसे ऐसा लगा मानो देवी अहिल्या खुद चलकर उसके पास उसे हिम्मत देने आ गई हैं।

फिर बड़े ही सम्मान से उसने उस फाइल को खोलकर देखा तो उसके अंदर रखी डायरी के मुख्य पृष्ठ पर भी माँ अहिल्याबाई का चित्र है। यह देखकर वह और प्रसन्न हो गई।

वैशाली ने अपने साथ बैठी प्रतिभागी की ओर देखते हुए कहा, "बहुत बढ़िया व्यवस्था है।"

"जी, इन सारी व्यवस्थाओं को देखकर लग रहा है कि हम लोग खास किस्म की कार्यशाला में आए हैं।"

"जी, आप सही कह रही हैं। मैं भी यही सोच रही थी।" वैशाली ने कहा।

"हूँउउउउउ। मुझे लगता है बाकी के लोग भी ऐसा भी महसूस कर रहे होंगे।"

"बिल्कुल ऐसा ही होगा। देखो न सभी के चेहरों पर खुशियाँ दिखाई दे रही हैं।" वैशाली के अपने इर्द-गिर्द बैठे लोगों की ओर देखते हुए हौले से कहा।

सभागार में बैठे प्रतिभागी प्रसन्नचित् होकर एक-दूसरे से बातें कर रहे हैं। पीछे से एक प्रतिभागी कह रही हैं, "मैंने बी.एड. के साथ पीएच-डी. भी किया है।" बाजू वाली एक मैडम से एक महाशय कह रहे हैं, "अरे, यह तो बहुत बढ़िया है, आप इंदौर की ही हो।"

उन सबको आपस में परिचय लेते-देते देखकर वैशाली कहती हैं, "अरे, हाँ। हम लोगों ने तो एक-दूसरे को अपना परिचय दिया ही नहीं और इतनी सारी बातें कर लीं।"

"जी। वैसे हमारा यह परिचय कम है कि हम माता अहिल्या को अपना आदर्श मानते हैं और अब हम दोनों एक ही कक्षा के दो विद्यार्थी हैं। वैसे मैं रीता नासिक से आई हूँ।" उससे बड़े ही मजाकिया अंदाज में कहा।

"ओह! सही है···और मैं वैशाली नायडू रामेश्वर से आई हूँ।" उसने भी लगभग उसी अंदाज में अपनी बात कहने की कोशिश की।

"आप तो बहुत दूर से आई हैं।"

समर्थन में अपनी गरदन हिलाते हुए वैशाली कहती है, "हूँउउउउ।"

व्याख्यान कक्ष में बैठे सभी प्रतिभागियों में से कोई दीवारों में लगे चित्रों को निहार रहा है तो कोई मेज में रखी फाइल को खोलकर देख रहा था। कुछ लोग आपस में बात कर रहे थे जैसे वैशाली और रीता।

तभी एकाएक कार्यशाला के कक्ष का दरवाजा खुला और इस कार्यशाला की संयोजिका प्रो. अक्षिता व उनके साथ एक सज्जन ने प्रवेश किया। उन्हें देखकर सम्मानवश सभी प्रतिभागी खड़े हो गए।

सभी प्रतिभागियों की ओर एक मीठी मुसकान के साथ देखते हुए वे कहने लगीं, "साथियो, आज की इस कार्यशाला में आप सभी का स्वागत है।···और आज हमारे साथ हैं प्रो. विष्णुप्रसाद भार्गव, इतिहास के प्रख्यात विद्वान् व शिक्षाविद्···जो कि इलाहाबाद से पधारे हैं। आप माँ अहिल्याबाई होल्कर के प्रारंभिक जीवन पर सविस्तार प्रकाश डालेंगे।"

सभी ने कतरल ध्वनि से उनका स्वागत किया।

अपना वक्तव्य देने के पहले उन्होंने सभी की ओर बड़े ही स्नेह से देखा। सबका परिचय जाना और संयोजिका महादेया से कहने लगे, "अरे, आपने एक ही छत के नीचे पूरे भारत को एकत्रित कर दिया है। यहाँ पर कश्मीर से लेकर रामेश्वर व बंगाल से गुजरात तक के प्रतिभागी विराजमान हैं।"

संयोजिका ने अपने हाथ जोड़कर मुसकराते हुए कहा, "जी। यह भी एक सुखद संयोग है।"

"जी। सही है···यह तो बहुत अच्छी बात है। दरअसल लोकमाता अहिल्याबाई होल्कर का जीवन था भी इतना विराट् कि उसका प्रभाव भारत के हर कोने में देखने को मिलता है। आज मैं इस बात का प्रयास करूँगा कि माँ अहिल्या का प्रारंभिक जीवन आप सबके समक्ष एक कहानी की भाँति प्रस्तुत कर सकूँ ताकि यह कहानी, इस कक्षा से बाहर, आपके साथ-साथ चलती हुई, आपके अपने शहर पहुँचे, जहाँ आपकी आवाज से, वहाँ की हवा में मिलकर, औरों के जहन में भी समा सके।"

प्रो. भार्गव की बात सुनकर सभी प्रतिभागी एक-दूसरे की देखकर हर्षित स्वर में कहने लगे, "वाह, क्या बात है!"

तभी प्रो. अक्षिता ने उठते हुए अपने जोड़कर उनके कहा, "आदरणीय, यह कक्षा अब आपके हवाले···मुझे इजाजत दीजिए।"

"जी।" कहते हुए प्रो. भार्गव ने उनकी ओर देखा।

संयोजिका महोदया के जाते ही उन्हें ऐसा लगा मानो अब वे खुलकर मोरचे पर आ गए हों। अपने बाएँ हाथ की आस्तीन को दाहिने हाथ से पकड़कर उसे ऊपर चढ़ाते हुए बोले, "तो अब अपने इतिहास के आँगन में विचरण करने चलते हैं, ठीक है?" बात करते-करते उन्होंने दूसरे हाथ की आस्तीन भी ऊपर चढ़ा ली। अपनी आँखों में चढ़ा नजर का चश्मा उतारकर अपने सामने की मेज पर रख दिया फिर बोले, "अब ठीक है।"

थोड़ा ठहरकर वे बोले, "इतिहास वक्त की रफ्तार से टपकते हुए नन्हे लमहों की दास्ताँ है, जो तिथियों में पंक्तिबद्ध होकर स्मृतियों के आँगन में विचरण करती है।" उनकी पहली पंक्ति ही इतनी प्रभावशाली थी कि सभी मुग्ध हो गए।

वे आगे बोले, "अब मैं अहिल्याबाई होल्कर के जन्म की बात बताता हूँ। ज्येष्ठ कृष्णपक्ष की सप्तमी शक 1647 अर्थात् 31 मई, 1725 को सूर्य देवता गरमी का कहर बरसा रहे थे। बादल बहुत दूर से पृथ्वी को ताक रहे थे। वे मौन धारण कर देख रहे थे कि कैसे सूर्य देवता महाराष्ट्र के अहमद नगर के पास बसे छोटे से गाँव चांडी में सुशीलाबाई को अपनी गरमाहट से व्याकुल कर रहे थे। जल देवता उनकी प्यास बुझा-बुझाकर उन्हें शीतलता प्रदान करने का प्रयास कर रहे थे।

प्रसव-पीड़ा से कराहती सुशीलाबाई की आवाज सुनकर उनके पति माणकोजी शिंदे कमरे के बाहर बेचैन होकर यहाँ से वहाँ जा-आ रहे थे। दाई व माई अन्य स्त्रियों के साथ मिलकर प्रसूता की मदद कर रही थीं।

तभी नवजात के रोने की आवाज आई तो माणकोजी को ऐसा लगा मानो मई माह की गरमी में शीतल हवा का झोंका उन्हें छू गया हो।

दाई ने बाहर बरामदे में आतुर होकर टहल रहे माणकोजी से कहा, "पाटिल तुम्हारे घर बिटिया आई है।"

"अहो!" कहते हुए उन्होंने एक प्यारी सी मुसकान दी फिर थोड़ा ठहरकर पूछा, "और सुशीला कैसी है?"

दाई ने अपने एक हाथ को हवा में लहराते हुए मुसकराकर कहा, "जच्चा-बच्चा दोनों ठीक हैं।" तुम फ्रिक न करो।

फिर माणकोजी की आँखों में आँख डालकर दाई ने बड़े लाड़ से कहा, "आप इस गाँव के पाटिल हो, हमें इनाम नहीं दोगे क्या?"

"देंगे, देंगे क्यों नहीं।" कहते हुए माणकोजी ने अपने हाथ से सोने की अँगूठी उतारकर दाई को दे दी। वह खुश होकर अंदर चली गई।

माता-पिता ने इस बच्ची का नाम अहिल्या रखा। वृंदावनलाल वर्मा अपनी पुस्तक 'अहिल्याबाई' प्रभात प्रकाशन, नई दिल्ली, 2022 के पृष्ठ क्रमांक 10 पर लिखते हैं कि "अहिल्याबाई के नाम पर कुछ विवाद चला था—सही नाम अहिल्याबाई है अथवा अहल्याबाई? इंदौर की अहिल्योत्सव समिति के मंत्री डॉ. उदयभानुजी से मैं सहमत हूँ कि उनका सही नाम अहिल्याबाई है। इसके लिए मैं उनका कृतज्ञ हूँ।"

अहिल्या का जन्म भारतीय इतिहास के मध्यकाल में हुआ। डॉ. कृ.अ. आचार्य, भा.कृ. आपटे की पुस्तक 'मध्ययुगीन भारत', महाराष्ट्र विद्यापीठ ग्रंथनिर्मिति मंडल, नागपुर से प्रकाशित, के पृष्ठ 134-35 में उल्लेखित किया गया है कि उस समय भारत में मुगल सम्राट् मुहम्मदशाह (1719-48) का राज्य था। वह औरंगजेब का परपोता था।

उल्लेखनीय है कि औरंगजेब की मृत्यु के उपरांत मुगलवंश का सिंहासन डाँवाँडोल होने लगा था। कहा जाता है कि कोई भी राजा या सम्राट् चाहे कितना भी पराक्रमी हो, लेकिन यदि उसका उत्तधिकारी कमजोर है तो उसकी सारी मेहनत पर वह पानी फेर देता है। औरंगजेब के बाद यही हुआ।

दूसरी ओर मराठाशाही का बीजारोपण होने लगा था। यह वह युग था, जबकि मराठा राज्य संक्रमण काल से गुजर रहा था। वे मुगलों से जूझकर अपने लिए जमीन तैयार कर धीरे-धीरे अपनी जड़ों को मजबूत करने की कोशिश कर रहे थे।

इसी काल में मराठों में सत्ता का विकेंद्रीकरण भी शुरू हो गया था।

उस काल में स्त्रियों के नाम के बाद 'बाई' लगाकर पुकारा जाता था। अरुंधती सिंह चंदेल 2024 में प्रकाशित अपनी पुस्तक 'शिवकामिनी महादेवी अहिल्याबाई' के पृष्ठ क्रमांक 18 में लिखती हैं कि "मराठी समाज में 'बाई' शब्द का उपयोग अत्यधिक सम्मानपूर्वक किया जाता है, जैसे—जोधाबाई, लक्ष्मीबाई इत्यादि। आज भी अनेक स्थानों में 'बाई' शब्द का उपयोग किया जाता है।"

प्रो. भार्गव के संदर्भ सहित व्याख्यान से सभी प्रतिभागी प्रभावित होकर उन्हें बड़े से ध्यान से सुन रहे हैं।

प्रो. भार्गव आगे कहते हैं, "विभिन्न लेखकों व इतिहासकारों के चित्रण से स्पष्ट होता है कि अहिल्या बचपन में एक चंचल जिज्ञासु बालिका थीं। शिवजी पर उनकी

अथाह आस्था थी। वे जो भी कार्य करतीं शिवजी का आदेश समझकर करती थीं। उनके ज्यादातर कार्य व प्रयास दूसरों की भलाई या यूँ कहें कि खुशियों से जुड़े रहते। वे एक निर्भीक बालिका थीं, जो सत्य व सरलता के मार्ग पर चलती थीं। उन्होंने सखियों के संग खेतों-खलिहानों में बाल्यावस्था के खूब खेल खेले, लेकिन अपनी भेड़-बकरियों के संग चरवाहा का दायित्व भी निभाया। अपनी गाय कपिला से उनको विशेष प्रेम था।

"अहिल्या की माँ सुशीलाबाई शिंदे अपने नाम के अनुरूप सुशील थीं। पूजा-पाठ, कथा-वार्त्ता सुनना, ईश्वर की आराधना करना उनका नित्यकर्म था। उन दिनों लड़कियों का पढ़ाने की परंपरा नहीं थी। अस्तु माणकोजी ने अपनी लाड़ली बेटी अहिल्या को घर पर ही अपने संस्कारों के अनुरूप शिक्षा दी। वे अहिल्या को जीवनोपयोगी बातें बड़े प्यार से समझाकर बताते। उन्हें जीवन की रीत बताते। हर अच्छी-बुरी बात के भावार्थ समझाकर उन्हें उदाहरण देते। अहिल्या को भी लगता कि उसके पिताजी उसके सबसे बड़े शुभचिंतक हैं।"

वे आगे कहते हैं, "अहिल्या के दो भाई थे···महादजी व शहाजी। दो भाइयों के बीच बढ़ी-पली अहिल्या को बड़े लाड़-प्यार से उसके माता-पिता ने पाला था। जब कभी उनकी आई उन्हें खाना बनाने व घर के काम करने को कहती हैं तो वे रूठ जाया करती थीं। वे अपनी माँ से पूछतीं कि 'आई मुझे ही क्यों घर के सारे काम सीखना है दादा और भाउ को क्यों नहीं?'

"उनकी माँ सुशीला बड़े प्यार से मुसकराते हुए अपनी बेटी अहिल्या से कहतीं, 'क्योंकि तुमको ससुरालवाडी जाना है इसलिए।'

"अहिल्या रुठकर कहती, 'मैं नहीं जाऊँगी ससुरालवाडी।'

"यह सुनकर उनकी माँ हँस देती, लेकिन यह तो सभी जानते हैं कि भारतीय सामाजिक व्यवस्था में बेटियों को तो एक न एक दिन ससुराल जाना ही पड़ता है। यह बात उस समय नन्ही अहिल्या को समझ में नहीं आ रही थी, लेकिन उसे इतना तो समझ में आ रहा था कि उसके और उसके भाइयों की परवरिश में भेदभाव हो रहा है। इसलिए वह अपने आई और बाबा से जब-तब प्रश्न करती रहती। कई बार रूठ भी जाया करती थी।"

यह सुनकर पिछली सीट पर बैठी एक प्रतिभागी बोली, "अरे, वाह अहिल्याजी तो बचपन से ही जागरूक थीं, विरोध भी जतातीं।"

उस प्रतिगाभी की बात प्रो. भार्गव तक नहीं पहुँच पाई। उसने बहुत हौले से अपने पास बैठी एक अन्य साथी से कही थी।

प्रत्युत्तर में दूसरी साथी ने अपनी गरदन हिलाकर उसका समर्थन किया।

प्रो. भार्गव थोड़ा रुककर एक गहरी साँस लेते हैं, फिर कहते हैं, "पता है, उन दिनों बाल विवाह प्रथा का प्रचलन था। 5-6 साल में ही लड़की की शादी कर दी जाती थी। इसलिए अपने साथ खेलने वाली सब लड़कियों में अहिल्या ही सबसे बड़ी थी। इसलिए उनके माता-पिता अहिल्या के विवाह को लेकर चिंतित थे।

"अहिल्या का परिवार धर्मपरायण था। हिंदू सनातन धर्म की रीति-रिवाज का दृढ़ता से पालन करते थे। अपनी संस्कृति को अक्षुण रखना उन्हें आता था। चूँकि उनके पिता गाँव के पाटिल यानी मुखिया थे, अस्तु उनका पूरे चौणडी गाँव में अच्छा-खासा मान-सम्मान था। अहिल्या भी बचपन से ही शिवजी की पूजा करती थी। उसे शिवजी पर अथाह आस्था थी। उनके गाँव में एक शिव मंदिर था, जिसमें वह रोजाना पूजा करने जाती थी। उनकी आराधना करती।"

वीरेंद्र तँवर ने लिखा है कि "खांडेराव सूबेदार मल्हार राव का इकलौता पुत्र था। पूरे परिवार का लाडला था। वह गुस्सैल व जिद्दी था। शैतानी करना उसके स्वभाव में शामिल था। शिक्षा ग्रहण करने में मन नहीं लगता था। पिता ने हथियार व युद्ध विद्या सिखाने का प्रयास किया, परंतु वह नहीं सीखा, क्योंकि उसमें भी उसकी कोई रुचि नहीं थी। दोस्तों के साथ मिलकर मस्ती करना, खाना-पीना व मौज करना ही उसका मूल स्वभाव था। इसलिए मल्हार राव ने सोचा कि इसकी शादी कर दी जाए तो शायद सुधर जाएगा।"

इसलिए मल्हार राव ने एक योग्य कन्या की तलाश जारी रखी।

विनया खड़पेकर ने अपनी पुस्तक 'ज्ञात अज्ञात देवी अहिल्याबाई होल्कर' मध्य प्रदेश हिंदी ग्रंथ अकादमी, भोपाल, 2010 के पृष्ठ क्रमांक 54 पर लिखा है कि "1733 में सूबेदार मल्हार राव किसी राजनीति कार्य से पुणे जा रहे थे। रास्ते में वे सीणा व हरण नदियों के संगम में बसे चौंडी गाँव में रुके। गाँव में स्थित शिव मंदिर के पास ही उनका पड़ाव था।"

शाम के वक्त उन्होंने देखा कि एक 8 वर्षीय बलिका पूजा की थाली हाथ में लिए वहाँ से गुजरी। उन्हें इस बात का आश्चर्य हुआ कि वह नन्ही सी लड़की मंदिर के पास उपस्थित सैनिक व हाथी-घोड़े व अन्य ताम-झाम को देखकर

बिल्कुल भी विचलित नहीं हुई। उसने सीधे मंदिर में प्रवेश किया। दीया जलाकर आरती की। दीये की लौ से निकलती रोशनी से अहिल्या का मुखमंडल आलोकित हो रहा था।

"पूजा में लीन नन्ही अहिल्या को नहीं पता था कि सूबेदार मल्हार राव उन्हें देख रहे हैं। मल्हार राव खुद भी शिवभक्त थे। इसलिए पूजा-पाठ करने के उपरांत अहिल्या तो अपने घर लौट गई, लेकिन मल्हार राव के मन से उसकी छवि अमिट छाप छोड़ गई। अस्तु, अहिल्या के माता-पिता से बात करके 1733 में उन्होंने अपने बेटे खांडेराव के साथ अहिल्या का विवाह करवा दिया।"

विनया खड़पेकर आगे लिखती हैं कि "कई चरित्रकारों का मानना है कि चौंडी गाँव में पड़ाव के दौरान पेशवा बाजीराव भी सूबेदार मल्हार राव के साथ थे और उनकी मध्यस्थता में यह विवाह तय हुआ और बाद में पुणे में जाकर बड़े धूमधाम से विवाह समारोह आयोजित किया गया था। पेशवा बाजीराव ने अहिल्याबाई को दो सौ तोला सोने के गहने पहनाए थे।"

मराठी लेखक वा.दा. गोखले ने अहिल्याबाई पर लिखी पुस्तिका में उल्लेख किया है कि "गडरिया कुल में श्रेष्ठ कुल है पाटिल। इसलिए चौंडी गाँव के पाटिल माणकोजी शिंदे की बेटी को मल्हार राव ने बहू के रूप में पसंद किया। विवाह के समय अहिल्या मात्र 8 साल की और खांडेराव 12 साल के थे।"

प्रभाकर पानट ने अपनी पुस्तक 'अष्टावधानी' के पृष्ठ क्रमांक 9 पर लिखा है कि विवाहोपरांत पेशवा बाजीराव की पत्नी काशीबाई ने अहिल्या की माँ सुशीलाबाई को भी कुमकुम-हल्दी लगाकर साड़ी भेंट की थी।

शादी के बाद विदाई के अवसर पर पेशवा बाजीराव ने अहिल्या के माता-पिता से कहा था, "आप चिंता न करें। आपकी कन्या राज करेगी। उसके दरवाजे पर हाथी झूमेंगे।"

उनके यह वचन सुनकर अहिल्या के पिता के आँसू छलक आए, उन्होंने अपने आँसुओं को पोंछते हुए कहा, "स्वामी की कृपा है। उनके स्पर्श से मेरी बच्ची सोना हो गई।"

विदाई के समय अहिल्या की माता को बेटी का वियोग सहन नहीं हो रहा था। अस्तु, उन्होंने हाथ जोड़कर रुँधे गले से अहिल्या की सास गौतमाबाई होल्कर से कहा, "बच्ची अभी छोटी है। आपकी गोद में डाली है, उसे सँभाल लेना।"

उसे ढाढस बँधाते हुए गौतमाबाई ने कहा, "अहिल्या अब मेरी बेटी है और स्वामी तो उसे अपना बेटा ही कहते हैं। मैं नहीं, कल आपकी अहिल्या ही हम सबको सँभालेगी। आप निश्चिंत रहें।"

प्रो. भार्गव बोलते-बोलते थोड़ा रुके, मेज में रखी पानी की बोतल से अपने गले की प्यास बुझाई फिर अपने हाथ में बँधी घड़ी को देखते हुए कहा, "ओह! इतनी जल्दी समय निकल गया। कोई बात नहीं।"

"तो···यह थी लोकमाता अहिल्याबाई के जीवन की प्रारंभिक कहानी। मुझे भरोसा है कि आप सभी को यह कहानी समझ में आ गई होगी।"

"सभी ने अपनी गरदन समर्थन में हिला दी।"

इसके बाद एक प्रतिभागी डॉ. हरीश ने खड़े होकर कहा, "आदरणीय आपके समझाने का तरीका बहुत अच्छा है। ऐसा लग ही नहीं रहा था कि हम इतिहास जैसे किसी बोझिल विषय को पढ़ रहे हैं। एक अच्छे कहानीकार की भाँति आपने सारी बात हम सभी को अच्छे से समझा दी। हम सब प्रतिभागियों की ओर से आपका बहुत-बहुत धन्यवाद और आभार।"

व्याख्यान कक्ष से बाहर निकलते ही रीता ने वैशाली से कहा, "प्रोफेसर साहब ने देवी अहिल्या के बारे में खास-खास बातें बताईं, यदि आप उनके बचपन को और विस्तार से देखना चाहती हों तो टीवी श्रृंखला 'पुण्यश्लोक अहिल्याबाई' को देख सकती हो।"

उसकी बात सुनकर वैशाली को अपनी बुआ की याद आ गई। उसे चुप देखकर रीता ने पूछा, "क्या सोचने लगीं आप?"

"ओह, हाँ। मेरी बुआजी भी इस सीरियल के बारे में बता रही थीं।"

"ओह!" कहकर रीता मुसकराई।

पहले दिन का व्याख्यान समाप्त होने के उपरांत वैशाली अपने होटल चली गई। बाकी प्रतिभागी भी अपने-अपने स्थानों पर चले गए।

6

शाम को सुनिधिजी का फोन आते ही वैशाली की प्रतीक्षा की घड़ी समाप्त हुई। उसने चहकते हुए कहा, "मुझे आपका ही इंतजार था।"

"जी, तो मैं आऊँ आपको लेने…।"

"जी…लेकिन…।"

"लेकिन क्या? यही न हम कहाँ जा रहे हैं…कब आएँगे…वगैरह, वगैरह…ठीक है, मैं आती हूँ फिर वहीं मिलकर तय करेंगे कि क्या करना है।" सुनिधि ने एक साथ सारी बात कह दी।

उसकी बात सुनकर वैशाली ने अपनी सहमति व्यक्त करते हुए धीरे से कहा, "जी, ठीक है। आइए।"

होटल आकर सुनिधि ने बताया, "इस समय मैं माँ अहिल्या की जीवनी पर काम कर रही हूँ। चूँकि अहिल्या जन्मोत्सव समिति का दायित्व भी है, इसलिए पूरे साल विभिन्न स्थानों पर निबंध व अन्य प्रतियोगिताएँ भी आयोजित करवाना है। आजकल मेरा आधे से ज्यादा समय पुस्तकों के बीच ही गुजरता है।"

"पुस्तकें?"

"हाँ, माँ अहिल्या से संबंधित पुस्तकों का अच्छा-खासा सा संग्रह हो गया है अब मेरे पास।" सुनिधि सहज भाव से बोली।…लेकिन उसकी बात वैशाली के लिए विशेष थी। क्षणिक चुप्पी के बाद वह बोली, "ठीक है, आपके घर ही चलते हैं, इसी बहाने आपकी पुस्तकें भी देख लेंगे।"

"अरे, वाह! तो आपको भी पढ़ने का शौक है।"

"था नहीं…अब हो गया है।…मेरा मतलब आपसे मिलने के बाद यह शौक भी परवान चढ़ने वाला है।"

वैशाली की यह बात सुनकर सुनिधि जोर से हँस दी।

दोनों बतियाते हुए निकल पड़ीं होटल से और पाँच मिनट में घर पहुँच गईं। सुनिधि के अध्ययन कक्ष को देखकर वैशाली अचंभित हो गई। उसकी बड़ी सी मेज पर देवी अहिल्याबाई होल्कर के चित्र वाली ढेरों पुस्तकें रखी हैं…यह देखकर वह गद्गद हो गई…लेकिन अगले ही क्षण वह उदास भी हो गई…क्योंकि ये सभी पुस्तकें हिंदी में हैं।

दरअसल उसकी मातृभाषा तेलगू है। अंग्रेजी भाषा में उसने पढ़ाई की है। इसके अलावा उसे तमिल व कुछ-कुछ कन्नड़ भी आती है, लेकिन हिंदी पढ़ना व लिखना नहीं आता है।

"हाँ, उसकी काकीजी उत्तर प्रदेश की हिंदीभाषी हैं और उसकी बुआजी दिल्ली

में ब्याही हैं, इसलिए उन्होंने हिंदी सीख ली है। उन दोनों से ही वैशाली का विशेष लगाव है। इसलिए उनके साथ रहते, बात करते-करते वैशाली को भी हिंदी से प्रेम हो गया।"

इसलिए वैशाली हिंदी बोल व समझ लेती है, लेकिन पढ़ने व लिखने में उसे कठिनाई होती है। वह जानती है कि किसी भी विचार को आत्मार्पित करने के लिए उस भाषा में पकड़ होना आवश्यक है। अस्तु, उसने अपनी इस भाषागत कमजोरी को स्वीकार किया और कुछ सोचकर मुसकरा दी।

इसके बाद वह पूरी रुचि के साथ देवी अहिल्या की पुस्तकों को उलट-पलटकर देखती रही। हिंदी के अक्षरों को आँखें गड़ा-गड़ाकर समझने का प्रयास करती रही। उसने भगवान् शिव को याद किया और मन-ही-मन कहने लगी, 'हे प्रभु, आपका ही सहारा है। आप मुझे यहाँ तक लाए हैं तो कुछ अच्छा ही होगा। मुझे आप पर पूरा भरोसा है, आप जो करेंगे मेरी भलाई के लिए ही करेंगे।"

वैशाली ढेरों पुस्तक के बीच खड़ी है, लेकिन उदासी ने छटहरे बादलों से उसे घेर रखा है। तभी सुनिधि कमरे में आते हुए कहती है, "चलिए, पहले आप भोजन कर लें।"

फिर वैशाली के चेहरे पर नजर पड़ते ही पूछने लगती है, "अरे, आपका चेहरा क्यों मुरझा गया? सब ठीक हो है न?"

वह उदास स्वर में आकर बोली, "आपके अध्ययन कक्ष में आकर अच्छा लगा और माता अहिल्या की पुस्तकें देखकर तो मेरा मन बागबाग हो गया, लेकिन...।"

"क्या लेकिन?"

"मैं हिंदी सिर्फ बोल और समझ तो लेती हूँ पर...।"

"पढ़-लिख नहीं पाती...। यही न...।" उसकी बात को पूरा करते हुए सुनिधि बोल पड़ी।

सिर झुकाकर उसने कहा, "हाँ।"

"तो इसमें चिंता करने की क्या बात है! वक्त आने पर पढ़ना और लिखना भी आ जाएगा।" सुनिधि ने यह बात इतनी सरलता से कह दी कि वैशाली उसके चेहरे को देखती रह गई।

"चलिए, भोजन आपका बेसब्री से इंतजार कर रहा है।" सुनिधि बोली।

दोनों भोजन कक्ष में जाकर भोजन करने लगीं। भोजन करते समय सुनिधि कहने

लगी, "पता है, पहले के लोगों को सात-आठ भाषाओं का ज्ञान होना आम बात थी। आजकल हम सब एक-दो भाषाओं के ज्ञान के साथ ही खुद को खुश कर लेते हैं।"

वैशाली ने उसकी ओर देखते हुए समर्थन में अपनी गरदन हिला दी।

मुँह के कौर को निगलते हुए सुनिधि बोली, "वैशाली, आपको यह कहावत तो याद ही होगी कि जहाँ चाह है वहाँ राह है।"

"हाँ, जी।"

"यानी तुम यदि ठान लोगी तो बस कुछ ही दिनों में हिंदी तो क्या मराठी भी सीख जाओगी।"

"हूँउउउउ। तो आप मराठीभाषी हो।" वैशाली ने मुसकराकर कहा।

"नहीं···लेकिन मुझे मराठी भी आती है।"

"माँ अहिल्या भी मराठीभाषी थीं।" वैशाली ने कहा।

"हाँ। पर आपको कैसे पता?"

"मैंने एयरपोर्ट में अरविंद जवलेकर द्वारा लिखित एक पुस्तक खरीदकर, उसे रास्ते में भी पढ़ डाली। इसलिए उनके बारे में थोड़ी-थोड़ी जानकारी हो गई है।"

"बहुत बढ़िया। इसका मतलब माँ अहिल्या का आपके जीवन में आगमन हो चुका है।"

"जी।" वैशाली ने मुसकराकर कहा।

सुनिधि कहने लगी, "सच कहूँ, आप उनके बारे में जितना ज्यादा जानती जाओगी, आपको अपना जीवन सरल व सुगम लगने लगेगा। वह जीवन के लगभग हर मोड़ पर एक ढाल सी प्रतीत होगीं। आपके सोचने का नजारिया बदल जाएगा। जीवन का रंग-ढंग बदल जाएगा।"

"जी। जितना अभी तक पढ़ पाई हूँ और अपनी बुआ के मुँह से उनके बारे में सुन पाई हूँ, उसके हिसाब से तो वे मेरी रोल मॉडल बन गई हैं···और सच कहूँ इसका श्रेय आपको जाता है। आपने ही पहली बार मैंने उनका नाम सुना था।" वैशाली ने आभार की मुद्रा में यह बात कही।

उसकी बात सुनकर सुनिधि ने विनम्रता के साथ कहा, "हम सब ईश्वर के अंश ही तो हैं। उन्हीं के अनुसार अपने शब्दों व ज्ञान का उपयोग करते रहते हैं। वे खुद तो इस धरती पर आते नहीं परंतु हममें से किसी को अपना माध्यम बनाकर मानव के कल्याणार्थ दिशादर्शन देते रहते हैं।"

"जी, सही है।" वैशाली ने हौले से कहा।

"हो सकता है भगवान् को आपके माध्यम से कुछ अच्छा कार्य करवाना हो इसलिए मुझसे यह सब कहलवा दिया। हमें आपस में मिलवा दिया।"

"हूँउउउउउ हो सकता है।" वैशाली ने कुछ सोचते हुए कहा।

"सच कहें तो कब क्या होगा? कैसे होगा? यह सब भविष्य की कोख में होता है। आज अभी सिर्फ वर्तमान की बात की जा सकती है।"

"और वर्तमान क्या कहता है?" वैशाली ने बच्चों की भाँति पूछ लिया। तो वैशाली मुसकराकर बोली, "वर्तमान यह कहता है कि सकारात्मक रहो। सब अच्छा होगा।"

"सही बात है। यही हमारे हाथ में है।"

उन दोनों ने जी भरकर बातें कीं। फिर वैशाली को उसके होटल में छोड़कर सुनिधि अपने घर आ गई।

अपने होटल में बिस्तर पर लेटी वैशाली को महसूस हुआ कि 'अरे, मैंने उसके बारे में तो कुछ पूछा ही नहीं। वो कौन है? उसके घर में कौन-कौन है? उसका पिछला जीवन कैसा था? कुछ भी नहीं पता मुझे।

'...उसने भी मेरे व्यक्तिगत जीवन में आए उतार-चढ़ाव के बारे में कुछ नहीं पूछा। उस मंदिर वाली घटना के बाद आए परिवर्तन के बारे में कोइ जिक्र ही नहीं किया, बड़ी अलग सी हैं वो।'

फिर करवट बदलकर काँच की खिड़की से बाहर आसमान की तरफ देखते हुए वह सोचने लगी, 'हम दोनों की वार्त्ता का केंद्रबिंदु माँ अहिल्या का जीवन-दर्शन और भारतीय संस्कृति ही थी।

'आमतौर पर यह कहा जाता है कि महिलाओं की बातचीत का विषय घरेलू समस्याओं का विवेचन व निंदा रस ही होता है, लेकिन अब यह अवधारणा कमजोर पड़ने लगी है। अब महिलाएँ भी वैचारिक मुद्दों पर चिंतन-मनन व बातचीत करने लगी हैं। वे भी ज्ञान की प्राचीन परंपरा की ओर बढ़ रही हैं।

'यही तो वह बदलाव है, जो भारत का गौरव लौटाएगा। भारतमाता के सिर पर विकसित राज्य का मुकुट पहनाएगा।'

विचारों के झुले में झूलते हुए, उसे कब नींद ने अपने आगोश में भरकर, सपनों के सुंदर संसार में भेज दिया, उसे पता ही नहीं चला।

7

दूसरे दिन जब वैशाली समय पर देवी अहिल्या विश्वविद्यालय के कार्यशाला स्थल पर पहुँची तो उसने देखा कि सभी प्रतिभागी एक साथ इंदौरी पोहा-जलेबी का आनंद ले रहे हैं। वैशाली ने होटल में ही नाश्ता कर लिया था। इसलिए उसे नाश्ता नहीं करना था, लेकिन हलके पीले रंग के पोहा के ऊपर पड़े प्याज, नींबू व हरा धनिया उसे ओर अपनी लुभा रहा है।

वैशाली को आते देखकर रीता झट से उसके पास आकर पूछती, "नाश्ता?"

"जी। धन्यवाद। मैं नाश्ता करके आई हूँ।"

"जी, लेकिन···यह पोहा अहिल्या नगरी का है। इसका स्वाद कुछ अलग है। थोड़ा सा पोहा स्वाद के लिए लेकर तो देखिए मन खुश हो जाएगा।"

रीता ने उसकी दु:खती नस पर हाथ रख दिया। उसे तो पहले से ही पोहा लुभा रहा था। ऊपर से रीता के आग्रह ने उसे कमजोर कर दिया। अस्तु, बिना कुछ कहे वैशाली ने थोड़ा सा पोहा ले लिया, जब उसने पोहा खाना प्रारंभ किया तो उसे लगा कि काश उसने थोड़ा ज्यादा पोहा अपनी प्लेट में ले लिया होता, खैर!

व्याख्यान कक्ष में संयोजिका मैडम और एक सज्जन आ चुके हैं। अस्तु, यह सूचना मिलने पर सभी प्रतिभागी जल्दी-जल्दी अपना-अपना नाश्ता करके कक्ष की ओर जाने लगे। वैशाली और रीता भी शीघ्रता के साथ कक्ष की ओर चल दीं।

चलते-चलते यूँ ही रीता ने पूछ लिया, "वैशालीजी, कैसा लगा पोहा?"

"बहुत स्वादिष्ट।"

"सच!"

"हाँ, इतने आग्रह के साथ इतना अच्छा व्यजंन खिलाने के लिए धन्यवाद।"

"धन्यवाद की क्या बात है। मैं तो कहने वाली थी कि जलेबी भी चखकर देखिए, परंतु आपको देखकर लगता है आप हेल्थ के प्रति जागरूक हैं। इसलिए मीठा खाने के लिए नहीं बोला।"

"अरे, ऐसा कुछ नहीं है।" वैशाली ने हँसते हुए कहा।

कक्ष में प्रवेश करते ही उसने देखा कि संयोजिका प्रो. अक्षिता सिंह महोदया आ चुकी हैं। अस्तु, वे दोनों दरवाजा पर ठिठककर, सादर अनुमति लेकर अंदर जाती हैं और अपने स्थान पर जाकर बैठ जाती हैं।

संयोजिका महोदया ने एक प्यारी सी मुसकान के साथ कहा, "उम्मीद है, अब सब लोग कक्ष में आ चुके हैं।"

कक्ष में सबसे आगे की मेज-कुरसी पर बैठे एक प्रतिभागी ने अपने स्थान से खड़े होकर कहा, "आदरणीय, अभी चार लोग बाहर हैं।"

"ओह!"

तभी कक्ष का दरवाजा खुला और बाकी के चार प्रतिभागी भी आ गए। उन्हें देखकर सबने राहत की साँस ली। संयोजिका महोदया ने सबको संबोधित करते हुए कहा, "आज के व्याख्यान में आप सभी का स्वागत है। आज हमारे बीच स्तोत्र साधक के बतौर इतिहासकार आदरणीय कृष्णकांत अस्थानाजी ग्वालियर से पधारे हैं।

"कल माता अहिल्याबाई होल्कर के जीवन के शुरुआती दिनों पर प्रकाश डाला गया। आज होल्कर वंश के संस्थापक मल्हार राव के व्यक्तित्व व कृतित्व पर विस्तार से प्रकाश डाला जाएगा। तभी आप माता अहिल्या के जीवनी को गहराई से समझ पाएँगे।

"...तो अब मैं बड़े ही आदर के साथ आदरणीय अस्थानाजी को आमंत्रित करती हूँ कि वे आएँ और अपना व्याख्यान दें।"

"जी, धन्यवाद दीदी। आपने हमें यहाँ बुलाया, इसके लिए हम आपके आभारी हैं।" वे आगे बोले, "जैसा कि इतिहास के पन्नों में दर्ज है कि मल्हार राव होल्कर मालवा प्रांत के प्रथम मराठा सूबेदार और होल्कर राजवंश के संस्थापक थे, जिन्होंने इंदौर पर शासन किया।"

सभी को हलका-फुलका करने के उद्देश से अस्थानाजी ने मजाकिया अंदाज में कहा, "परंतु तब का इंदौर आज के इंदौर से एकदम अलग इंदौर था। ये सराफा में व्यजंनों की दुकानें और 56 दुकान के 56 व्यजंन वगैरह नहीं थे।"

यह सुनकर संयोजिका मैडम व अन्य प्रतिभागी जोर से हँस पड़े लेकिन वैशाली को यह बात इतनी समझ में नहीं आई। तभी हँसते हुए संयोजिका महोदया अपने स्थान से उठीं और अस्थानाजी से अनुमति लेकर शीघ्रता से कक्ष के बाहर निकल गईं।

आदरणीय अस्थानाजी ने प्रतिभागियों की ओर देखते हुए कहा, "तो अब हम, आज से करीब तीन सौ साल पीछे चलते हैं। मध्यकाल में समूची भारतभूमि पर मुगल

साम्राज्य था, लेकिन 17वीं सदी में धीरे-धीरे वह पतन की ओर बढ़ने लगा। मुगल बादशाही की कमजोर होती नींव पर मराठा पेशवाओं ने घात लगाकर हमला किया। अस्तु, उनकी शक्ति में वृद्धि होने लगी। मराठों का बोलबाला बढ़ने लगा।

राष्ट्रीय शैक्षिक अनुसंधान और प्रशिक्षण परिषद्, नई दिल्ली से 1991 में प्रकाशित एक पुस्तक 'अहिल्याबाई' के पृष्ठ क्रमांक 3-4 पर वीरेंद्र तँवर लिखते हैं कि उन दिनों मुगल सामराज्य छोटे-छोटे राज्यों में बँटने लगा था। इन राज्यों के सरदार आपस में लड़ते रहते थे। चारों ओर विश्वासघात, षड्यंत्र और अन्याय का बोलबाला था। चोरी-डकैतियाँ सरेआम हो रही थीं। गरीब व किसानों की सुनने वाला कोई नहीं था। पुर्तगाल, फ्रांस, हॉलैंड और इंग्लैंड के व्यापारी भारत में आ चुके थे। पहले फ्रांसीसियों ने अपने पैर जमाए फिर अंग्रेजों ने धीरे-धीरे भारत के अधिकांश हिस्सों में अपना अधिकार जमा लिया।

वे आगे बोले, "मध्य प्रदेश के पश्चिम में स्थित इस मालवा के पठार की काली मिट्टी बेहद उपजाऊ है। यहाँ की जलवायु सम है। धन-धान्य से परिपूर्ण इस भूमि के बारे में कहा जाता है—

"मालवा माटी गहन गंभीर
डग-डग रोटी पग-पग नीर।"

"उल्लेखनीय बात यह है कि उस समय 'मालवा' दक्षिण व उत्तर भारत को जोड़ने वाला क्षेत्र था। यहाँ से दूर-दूर तक व्यापारिक संबंधों का संस्थापन किया जाता था। माल का आयात-निर्यात किया जाता था। इसलिए भारत के इतिहास में मालवा प्रांत का सदैव राजनीतिक महत्त्व रहा है। सांस्कृतिक दृष्टि से भी यह एक समृद्ध क्षेत्र रहा है।"

1660 में छत्रपति शिवाजी ने मराठा राज्य को विस्तार दिया। धीरे-धीरे मराठों की धाक उत्तर से दक्षिण, पूर्व से पश्चिम तक जम गई। पराक्रमी शिवाजी के कारण मुगलों को लोहे के चने चबाने पड़े। कालांतर में वीर शिवाजी के उत्तराधिकारी कमजोर साबित हुए।

विनया खडपेकर लिखती है कि 'सतारा में शिवाजी महाराज के जमाने से चलता आ रहा पेशवा का पद शाहू महाराज ने बालाजी विश्वनाथ को सौंप दिया। इस प्रकार 17 नवंबर, 1713 को बालाजी विश्वनाथ पहले पेशवा बने। उन्होंने थोरात की बगावत को खतम किया। राज व्यवस्था में अनुशासन स्थापित किया।'

भारत के पहले मराठा पेशवा बालाजी विश्वनाथ अपनी कार्यशैली के बल पर शाहू महाराज के विश्वास-पात्र बनते जा रहे थे। उनकी शक्ति में इजाफा होता जा रहा था। उन्होंने पूना को अपनी राजधानी बनाया। पहले पेशवा विश्वनाथ की मृत्यु के बाद उनके पुत्र बाजीराव को 17 अप्रैल, 1720 को पेशवा के वस्त्र दिए गए।

दूसरे पेशवा बाजीराव ने विभिन्न जातियों के सामान्य परिवारों के गुणवान् पराक्रमी लोगों को अपने युद्ध अभियानों के लिए चुना। उदाजी पँवार खानदानी मराठा थे, लेकिन मल्हार राव होल्कर गडरिया परिवार से थे और राणोजी शिंदे कुनबी परिवार से थे।

अपने इन योद्धाओं के साथ जब पेशवा बाजीराव हर-हर महादेव की गर्जना करते दक्षिण में श्रीरंगपट्णम, उत्तर में राजपूताना, बुंदेलखंड, दिल्ली व पूर्व में भोपाल इत्यादि क्षेत्रों में युद्ध अभियानों में निकलते तो धरती भी काँप उठती।

1721 से 1727 तक पेशवा बाजीराव ने मालवा पर दो बार आक्रमण कर मुगल व राजपूत राजाओं को पराजित किया। उन दिनों मालवा का सूबेदार दयाबहादुर था। उनके नाम के साथ 'दया' व 'बहादुर' शब्द जुड़ा हुआ था, लेकिन उनके कृत्यों में वह भाव विलोपित थे। वह नर्मदा नदी के उत्तरी क्षेत्र में लगान वसूली के नाम पर अत्याचार करता था।

इंदौर के लगान वसूली का दायित्व उसने अपने एक अधिकारी राव नंदलाल को सौंप दिया था। वही इंदौर की प्रजा की देख-रेख करता था। उससे विभिन्न प्रकार के लगानों की वसूली करता था।

लेखक वीरेंद्र ने अपनी पुस्तक 'अहिल्या' के पृष्ठ क्रमांक 5 पर लिखा है कि 'ऐसा माना जाता है कि राव नंदलाल ने ही इंदौर को बसाया था। जिस क्षेत्र को उन्होंने सबसे पहले बसाया था, उसे जूनी इंदौर कहा जाता है। खान नदी के किनारे बसे कुछ स्थान, जैसे—नंदलालपुरा, रावजी बाजार इत्यादि उनके नाम पर ही हैं।'

वह वीर व धर्मपराणय थे। प्रजा पर होने वाले अमानवीय व्यवहार से दु:खी रहते थे। उन्होंने कोशिश की कि सूबेदार के अत्याचार रुक जाएँ, जब ऐसा नहीं हो पाया तो उन्होंने दिल्ली जाकर मुगल बादशाह मुहम्मद शाह से शिकायत की। उस समय तक बादशाह स्वयं ही शक्तिविहीनता की करार पर आ गए थे। अस्तु, उन्होंने कोई ठोस कदम नहीं उठाया।

विवश होकर नंदराव ने मुगल बादशाह मुहम्मद शाह को पत्र लिखा कि 'आपके सूबेदार दयाबहादुर के अत्याचार असहनीय हैं, इसलिए अब प्रजा से लगान वसूला जाना मुश्किल है। अस्तु, आपको लगान भेजना भी संभव नहीं होगा।'

ऐसा पत्र लिखने के पीछे उन्हें उम्मीद थी कि इस भाँति के पत्र को पढ़कर, यहाँ की स्थिति को जानकर मुगल बादशाह कोई-न-कोई काररवाई अवश्य करेंगे, लेकिन जब ऐसा नहीं हुआ तो नंदलाल ने खुद ही कुछ करने की ठानी।

उल्लेखनीय है कि उन्हीं दिनों पेशवा बाजीराव ने हिंदुत्व की पताका लेकर अपने राज्य के विस्तार के प्रयास प्रारंभ कर दिए थे। अस्तु, काफी सोच-विचारकर नंदलाल से उन्हें पत्र लिखकर मालवा की वस्तुस्थिति से अवगत करवाया। उनसे मदद के लिए निवेदन किया।

साथ ही राव नंदलाल ने बाजीराव को आश्वासन दिया कि यदि वे मालवा पर आक्रमण करेंगे तो वह उनका पूरा साथ देगा। अस्तु, 1730 में मल्हार राव के नेतृत्व में मराठों ने मालवा पर आक्रमण कर दिया।

अरविंद जावलेकर अपनी पुस्तक 'लोकमाता अहिल्याबाई' के पृष्ठ क्रमांक 11-13 पर लिखते हैं कि 'नदंलाल का पत्र पढ़कर पेशवा ने मालवा पर आक्रमण करने के लिए मल्हार राव के नेतृत्व में बारह हजार सैनिकों की मराठा फौज भेज दी। नंदलाल ने अपने वायदा के अनुसार मराठा फौज की मदद की।

'इस हमले से मुगल सूबेदार दयाबहादुर के होश उड़ गए। उसने भयभीत होकर राव नंदलाल से आग्रह किया, लेकिन उन्होंने स्पष्ट कह दिया कि अब वह मुगल साम्राज्य को कतई बरदास्त नहीं कर सकता है।

अंतोगत्वा, दयाबहादुर ने मांडव घाट के पास अपनी सेना की मोरचाबंदी कर ली। उसके पास उस समय पच्चीस हजार मुगल सैनिक थे। उसकी फौज ने जगह-जगह सुरंगें बिछा दी थीं। इससे मल्हार राव की सेना को काफी क्षति हुई। अस्तु, नंदलाल ने विजय नीति बनाते हुए मल्हार राव को सलाह दी कि वह भैरोघाट के रास्ते से हमला करे। अस्तु 12 अक्तूबर, 1731 को घार के समीप तिरला में दोनों सेनाओं के बीच घनघोर युद्ध हुआ जिसमें मुगल सूबेदार दयाबहादुर मारा गया। बचे हुए सैनिक भाग गए। इस युद्ध में मल्हार राव की जीत हुई।

इस जीत से प्रसन्न होकर पेशवा बाजीराव ने मल्हार राव होल्कर को मालवा प्रदेश का सूबेदार बना दिया। लगभग उसी समय, पँवार को धार का और शिंदे को

उज्जैन का सूबेदार बनाकर, उन सभी को चौथ व सरदेखमुखी कर वसूलने की जिम्मेदारी सौंप दी।

इस प्रकार 1731 में मल्हार राव ने मालवा प्रांत में हिंदुत्व की पताका तले होल्कर वंश की स्थापना की। दक्षिणोत्तर में विंध्य पर्वत से चित्तौड़ व मोकुद्रा पहाड़ियों तक और पूरब में भोपाल के पूर्ण से लेकर पश्चिम में गुजरात के पास दोहद तक फैला समतल प्रदेश मालवा कहलाता है। मल्हार राव ने नंदलाल का समुचित सम्मान करते हुए उन्हें वे समस्त अधिकार पुनः दे दिए जो उन्होंने मुगल शासनकाल में प्राप्त किए थे।

होल्कर वंश के संस्थापक सूबेदार मल्हार राव होल्कर का जीवन एक अद्भुत प्रेरणात्मक कहानी है। उनका जन्म 16 मार्च, 1693 को महाराष्ट्र के पुणे जिले में जेजुरी के पास 'होल' गाँव में हुआ था।

विनया खडपेकर ने अपनी पुस्तक 'ज्ञात-अज्ञात देवी अहिल्याबाई होल्कर' मध्य प्रदेश हिंदी ग्रंथ अकादमी, भोपाल 2010 के पृष्ठ क्रमांक 47 पर लिखा है कि जेजुरी और वीर जुड़वाँ गाँव थे। मल्हार राव के पूर्वज कभी 'वीर' नामक गाँव में रहा करते थे। इसलिए उन्हें 'वीरकर' कहा जाने लगा। वहाँ से वे 'फलटण परगने' में निरा नदी के किनारे बसे गाँव 'होल' में रहने लगे। इसलिए कालांतर में उनका कुलनाम 'होल्कर' हो गया।

उनके पिताजी खांडोजी होल्कर गड़रिया जाति के थे और चौगुला अर्थात् ग्राम अधिकारी थे। गाँव में उनका बड़ा मान-सम्मान था। 1696 में उनके पिता की मृत्यु हो गई। उस समय मल्हार राव केवल तीन वर्ष के थे। पिता के बाद पारिवारिक बंधुओं में संपत्ति से संबंधित विवाद होने लगे। अस्तु, उनकी माँ जिवाई उन विवादों से घबराकर अपने बेटे मल्हार को साथ लेकर अपने मायके महाराष्ट्र, नंदुरबार जिला, सुलतानपुर परगने के तलोदे गाँव चले जाना बेहतर समझा। वहाँ पर उनके भाई भोजराज राव बारगल के संरक्षण में बालक मल्हार राव पलने-बढ़ने लगा।

उनके मामाजी के पास भेड़ों का एक झुंड व कंठाजी कदमबांडेजी की अश्वारोही सेना में पच्चीस घुड़सवारों का दल था। अपने मामा के काम में हाथ बँटाने, वे गाँव के अन्य लड़कों के साथ प्रतिदिन भेड़ों को चराने के लिए जंगल जाने लगे।

राष्ट्रीय शैक्षिक अनुसंधान और प्रशिक्षण परिषद्, नई दिल्ली से 1991 में प्रकाशित अपनी पुस्तक 'अहिल्याबाई' में वीरेंद्र तँवर लिखते हैं कि 'भोजराज ने जब

मल्हार राव को भेड़ें चराने का काम सौंपा तो वे मेषपाल कहलाने लगे।"

जब मल्हार राव थोड़ा बड़े हो गए तो उनके मामाजी ने उन्हें घोड़ों की देखभाल करने का काम सौंपा। कुछ दिनों के बाद उन्होंने ही मल्हार राव को कदमबांडेजी की अश्वारोही सेना में भरती करवा दिया। धीरे-धीरे वे एक अच्छे घुड़सवार बन गए। देखते-ही-देखते वे तलवार चलाना व भाला फेंकना भी सीख गए। उनकी प्रतिभा देखकर मामाजी समझ गए थे कि मल्हार एक असाधारण बालक है। अस्तु, उन्हें घुड़सवार सेना टुकड़ी का प्रभारी बना दिया गया।

उस समय गड़रिया समाज में बुआ के घर में लड़की देने की परंपरा थी। अतः उस परंपरा का निर्वहन करते हुए, उनके मामा ने 1717 में अपनी बेटी गौतमाबाई बार्गल का विवाह मल्हार राव से कर दिया। विवाह के समय गौतमाबाई मात्र आठ साल की थी।

कालांतर में मल्हार राव ने बानाबाई साहिब होल्कर, द्वारकाबाई साहिब होल्कर, हरकूबाई साहिब होल्कर, एक खंडा रानी से भी शादी की। यह खंडा रानी का दर्जा इस तथ्य से उपजा है कि वह एक राजकुमारी थी, उसने दिखावे के लिए विवाह किया था। विवाह में उसका प्रतिनिधित्व करने के लिए उसने अपनी खंडा अर्थात् तलवार भेजी थी।

जब मल्हार राव को छोटी-छोटी लड़ाइयों में जाने की मौका मिलने लगा तो वे अपनी वीरता का परचम फहराने लगे। 1715 तक वह खानदेश में कदमबांडे सेना में थे। 1719 में वे बालाजी विश्वनाथ द्वारा आयोजित दिल्ली अभियान का हिस्सा भी बने। 1720 की बालापुर की लड़ाई में वे निजाम के खिलाफ लड़े और बड़वानी के राजा के साथ सेवा की। 1721 में कदमबांडे की सेना से उनका मोहभंग हो जाने पर उन्होंने खुद ही अंबाजी पुरंदरे को एक पत्र लिखकर पेशवा बाजीराव की सेवा में काम करने की इच्छा व्यक्त की थी।

अपनी मेहनत के बल पर वे जल्द ही पेशवा के करीबी बन गए। टूटे हुए कगारों पर तेज घोड़ा दौडाने, चारों ओर दौड़ती सतर्क नजर व सीधे निशाने पर एकाग्रता रखने वाले मल्हार राव से पेशवा बेहद प्रभावित थे। उनकी बहादुरी व कार्यशैली देखकर पेशवा ने मल्हार राव का ओहदा बढ़ा दिया गया।

उल्लेखनीय है कि 1723-24 के दौरान पेशवा के नेतृत्व में होने वाले समस्त युद्ध अभियानों में मल्हार राव ने महत्त्वपूर्ण भूमिका निभाई। उन्होंने भोपाल राज्य व

पेशवा के साथ हुए विवाद को सुलझाने में भी एक राजनयिक की भूमिका निभाई थी। 1725 में मल्हार राव होल्कर 500 लोगों की एक सेना की कमान सँभाल रहे थे। 1727 में उन्हें पेशवा की ओर से एक बड़ा अनुदान मिला ताकि वह मालवा के विभिन्न क्षेत्रों में सेना बनाए रख सकें।

1728 की पालखेड़ की लड़ाई के दौरान उन्होंने मुगल सेनाओं की आपूर्ति और संचार को बाधित कर दिया। वे इस युद्ध में सफल हुए जिससे पेशवा की नजर में उनकी स्थिति पहले से बेहतर हो गई। अंततोगत्वा 1732 में वह समय भी आया जबकि पेशवा ने उन्हें पश्चिमी मालवा का एक बड़ा हिस्सा दिया। उनके पास हजारों लोगों की घुड़सवार सेना की कमान थी।

वे एक वफादार सूबेदार व सैनिक थे। अस्तु, मल्हार राव को पेशवा के साथ लगातार सैन्य अभियानों में जाना पड़ता था। उन्होंने अपने विश्वासपात्र सेवक गंगाधर यशवंत चंद्रचूड को दीवान नियुक्त कर उन्हें प्रशासन का जिम्मा सौंप दिया व खुद मराठा साम्राज्य के विस्तार के लिए पेशवा के साथ सैन्य अभियानों में जुट गए।

1733 में जब सूबेदार मल्हार राव किसी कार्य से पुणे जा रहे थे, रास्ते में चौंडी नामक गाँव में अपने सैनिकों सहित रुके थे। तभी उन्होंने अहिल्या को देखा। शिवभक्त अल्हड़ अहिल्या उन्हें अपने बेटे खांडेराव के लिए उपयुक्त लगी। दोनों परिवार के लोगों ने मिलकर विवाह समारोह आयोजित किया और अहिल्या शिंदे से होल्कर बन गई।

अरुंधती सिंह अपनी पुस्तक 'शिवकामिनी महादेवी अहिल्याबाई' के पृष्ठ क्रमांक 34 पर लिखती हैं कि सन् 1733 में अपनी विशेष सेवा का उल्लेख करते हुए मल्हार राव ने अपनी पत्नी गौतमाबाई को खासगी जागीर प्रदान करने हेतु पेशवा को एक पत्र लिखा ताकि वे अपनी व्यक्तिगत संपत्ति की मालिक बन सकें।

अस्तु, 20 जनवरी, 1734 को पेशवा ने छत्रपति शाहू महाराज के नाम व सील लगा हुआ एक पत्र मल्हार राव को भेजकर खासगी (निजी) और दौलत (राजकोष) जागीर को पृथक्-पृथक् करवा दिया था। पेशवा द्वारा होल्कर शासक की पत्नी को लगभग तीन लाख रुपए की जागीर में महेश्वर परगने के साथ इंदौर परगने के 9 गाँव हरसौंला, सांवेर, बरलई, हातोद, महिदपुर, जगेठी, करज व माकड़ोन शामिल हैं।

1735 में मल्हार राव ने उत्तर भारत में आगरा तक का क्षेत्र जीतकर चौथ और सरदेशमुखी स्थापित किया। इसके बाद वे पेशवा और सिंधिया के साथ दिल्ली चले

गए। 1936 में उन्होंने एक साथ मिलकर मुगलों को पराजित किया। 1738 में उनका सामना निजाम से हो गया था। कड़े संघर्ष के उपरांत निजाम ने आत्मसमर्पण कर दिया था। इससे भारत में मराठों की प्रतिष्ठा बढ़ गई थी।

सन् 1941 में मल्हार राव ने इंदौर में कान्हा नदी के पास एक विशाल महल बनवाया जिसे राजवाड़ा कहते हैं। उल्लेखीय है कि मल्हार राव होल्कर की पहली पत्नी गौतमाबाई होल्कर अपने बेटे खांडेराव होल्कर को उत्तराधिकारी घोषित करवाना चाहती थी और मल्हार राव होल्कर की दूसरी पत्नी द्वारकाबाई होल्कर अपने दामाद को राजा बनते हुए देखना चाहती थीं। अंततोगत्वा, खांडेराव होल्कर को ही उत्तराधिकारी घोषित किया गया था।

यहाँ पर उल्लेखनीय है कि जयपुर में राजा मानसिंह के निधन के उपरांत 1743 में ईश्वरसिंह ने जबरदस्ती गद्दी पर कब्जा कर लिया। अस्तु, माधवराव की माता ने मल्हार राव से मदद माँगी। सूबेदार ने मदद के लिए हाँ कह दी। यह खबर जब ईश्वरसिंह तक पहुँची तो उसने भयभीत होकर आत्महत्या कर ली। इस प्रकार युद्ध किए बिना ही सिर्फ मल्हार राव के नाम के प्रभाव से ही जयपुर के शासन पर माधवराव का कब्जा हो गया। उसने खुश होकर मल्हार राव को 60 लाख रुपया नगद और रामपुर, भानपुर व टोक परगने पर 'कर वसूली का अधिकार' भेंटस्वरूप दे दिए।

1748 में मल्हार राव ने रोहिला के नवाब वजीर के प्रांत पर आक्रमण किया। 1754 में उन्होंने गाजीउद्दीन के पुत्र मीरसाहेबृद्दीन का पक्ष लेकर दिल्ली के बादशाह की फौज को पराजित किया। मुगल बादशाह को पराजित करना एक बड़ी सफलता थी।

1754 में भरतपुर राज्य के जाट महाराजा सूरजमल के खिलाफ कुम्हेर किले की घेराबंदी के दौरान उनका बेटा खांडेराव तोप का गोला लगने से मारा गया। उनके क्रोध से भयभीत होकर भरतपुर के राजा ने सुलह की प्रार्थना की व उन्हें अपने राज्य का बहुत सारा हिस्सा दे दिया।

अपने बेटे खंडेराव की मृत्यु के बाद मल्हार राव ने खंडेराव होल्कर की पत्नी व अपनी बहू अहिल्याबाई होल्कर को सती होने से रोका। यह उनका ऐतिहासिक फैसला था। आप सोचिए यदि मल्हार राव अपनी बहू अहिल्या को सती होने से नहीं रोकते तो आज हम इस कार्यशाला में नहीं होते।

इसके बाद 1757 में मल्हार राव राधोबा के साथ उत्तर भारत के सैन्य अभियान पर निकल गए। उन्होंने अपनी बहादुरी से सुल्तान व लाहौर प्रांत जीत लिया। 1761 में पानीपत में अहमद शाह अब्दाली से मराठों का घोर संग्राम हुआ।

उस समय भारु पेशवा के हाथों में मराठा सेना की बागडोर थी। उन्होंने मल्हार राव की रणनीति विषयक सलाह नहीं मानी और मराठों को भारी हार का सामना करना पड़ा, जो मराठा साम्राज्य के साथ-साथ मल्हार राव की व्यक्तिगत छवि के लिए भी एक बड़ी हार थी। उसका सदमा उन्हें अंदर तक झकझोर गया।

इसी साल 1761 में उनकी पत्नी गौतमाबाई की मृत्यु हो गई थी।

1763 में पेशवा व निजाम का राक्षत भवन में युद्ध हुआ। तादुलजा की इस लड़ाई में मल्हार राव की बड़ी जीत हुई। अतः पेशवा ने प्रसन्न होकर उन्हें 30 लाख रुपयों की भेंट दी।

वीरेंद्र तँवर ने अपनी पुस्तक 'अहिल्याबाई' के पृष्ठ क्रमांक 25 पर लिखा कि 'ग्वालियर के पास आलमपुर नामक एक गाँव है। यहाँ पर मल्हार राव का कान दुखने लगा। बहुत इलाज करने के बाद भी उनके कान का दर्द ठीक नहीं हुआ। तब मल्हार राव को महसूस हुआ कि अब मेरा अंतिम समय आ गया है। तब उन्होंने अपने पोते मालेराव को बुलाकर कहा—'मेरे बाद तुम श्रीमंत पेशवा की सेवा करना। राधोबा दादा के हाथ में उसका हाथ देकर, वे 20 मई, 1766 को चिरनिद्रा में सो गए।'

मल्हार राव अपने खजाने में 16 करोड़ रुपया नगद और एक करोड़ की वार्षिक आय के प्रदेश छोड़ गए थे। उनकी दो पत्नियों द्वारकाबाई व बानाबाई उनके साथ ही सती हो गईं। हरकूबाई व उनके पुत्र भारमल राय अहिल्याबाई का साथ देने के लिए रह गए।

आलमपुर में आज भी मल्हार राव की छतरी बनी हुई है। यह छतरी उनकी बहू अहिल्याबाई होल्कर ने मध्य प्रदेश राज्य के भिंड जिले के लहार के आलमपुर में उनके दाह संस्कार के स्थान पर बनवाई है। उनकी समाधि को 'छतरी' कहा जाता है।

1766 में मल्हार राव होल्कर की मृत्यु के उपरांत उनका पोता अर्थात् उनके स्वर्गीय बेटे खांडेराव व अहिल्याबाई का युवा पुत्र मालेराव होल्कर इंदौर के शासक बने। वे काफी छोटे थे, इसलिए वे अहिल्याबाई के संरक्षण में राजपाट करते रहे लेकिन आठ महीनों के भीतर 1767 में उनकी भी मृत्यु हो गई।

अहिल्याबाई अपने इकलौते बेटे की मृत्यु के सदमे थी, लेकिन जब उनके राज पर खतरा मँडराने लगा तो वे खुद इंदौर की शासक बनीं।

बेटे की मौत के बाद होल्कर राज्य के अधिकार दो भागों में बँट गए। सैनिक अधिकार तुकोजी राव को दिए गए और बाकी के समस्त अधिकार अहिल्याबाई होल्कर ने खुद अपने पास रखे। 13 अगस्त, 1795 को अहिल्याबाई की मृत्यु के बाद मल्हार राव का अपना कुनबा समाप्त हो गया।

इसके बाद मल्हार राव होल्कर के दूर के रिश्तेदार व सेनापति तुकोजी राव होल्कर शासक बने। वे भी जल्दी मृत्यु को प्राप्त हुए तो उनके बड़े बेटे काशीराव होल्कर ने यह कार्य सँभाला। उनके छोटे भाई मल्हार राव व यशवंत राव में संघर्ष हुआ। मल्हार राव मारा गया व यशवंत राव होल्कर राज्य के शासक बने।

आदरणीय अस्थानाजी ने आगे बताया, "होल्कर राज्य के स्थापक मल्हार राव एक प्रभावशाली व्यक्तित्व के स्वामी थे। 1994 की हिंदी टीवी शृंखला 'द ग्रेट मराठा' में मल्हार राव होल्कर का चरित्र परीक्षित साहनी द्वारा चित्रित किया गया था। इसके बाद 2015 की बॉलीवुड फिल्म बाजीराव मस्तानी में मल्हार राव होल्कर की भूमिका गणेश यादव ने निभाई थी। 2019 के बॉलीवुड युद्ध नाटक पानीपत में रवींद्र महाजनी ने मल्हार राव होल्कर की भूमिका निभाई है।"

वैशाली सोचने लगी कि आदरणीय अस्थाना जी का ज्ञान अद्‌भुत है। उन्होंने 18वीं शताब्दी से लेकर 21वीं सदी तक की ज्ञानमाला को एक साथ जोड़ दिया।

अस्थानाजी आगे बोले, "इसी प्रकार हिंदी भाषा की टीवी शृंखला, 'पेशवा बाजीराव' में रुशिराज पवार ने एक युवा होल्कर का किरदार निभाया है और अभी कुछ दिनों पहले ही समाप्त हुए टीवी शृंखला 'पुण्यश्लोक अहिल्याबाई' में राजेश शृंगारपुरे ने मल्हार राव होल्कर की भूमिका निभाई है। उनका कार्य बहुत प्रशंसनीय रहा।"

ललिता चहककर बोली, "देखो, मैंने कहा था न कि 'पुण्यश्लोक अहिल्याबाई' सीरियल अभी कुछ दिनों तक टीवी में आता था। मैंने वह सीरियल पूरा का पूरा देखा।" वह आत्मविश्वास के साथ थोड़ा सा इतराकर बोली।

उसकी बात सुनकर वैशाली को फिर अपनी बुआजी की याद आ गई। उसने मन-ही-मन में तय किया कि आज शाम को वह भी इस सीरियल को देखेगी।

8

शाम को अपने होटल पहुँचकर वैशाली ने सुनिधि को फोन लगाया। बातों-ही-बातों में उससे दिन भर की गतिविधियाँ बता दीं। जब सुनिधि ने उससे पूछा, "आज शाम को क्या कर रही हो?" तो उसने झट से कह दिया, "आज में माँ अहिल्याबाई होल्कर का वह सीरियल देखने का सोच रही हूँ, जिसका सभी लोग बारंबार जिक्र करते रहते हैं।"

"अरे वाह! यह तो बहुत अच्छा सोचा आपने। उसे देखने के बाद आपको माँ अहिल्या के बारे में काफी विस्तार से हर घटना की जानकारी प्राप्त हो जाएगी।" थोड़ा ठहरकर वह बोली, "यूँ तो मैंने इसकी सारी श्रृंखलाएँ देख ली हैं फिर भी समय मिला तो फिर से आपके साथ देखने आ जाऊँगी।"

"जी। आप आएँगी तो मुझे अच्छा लगेगा।" कहकर मोबाइल रखते ही वैशाली ने अपने लैपटॉप पर 'पुण्यश्लोक अहिल्याबाई' सीरियल खोजा। जैसे ही उसे वह सीरियल मिला, वह बच्चों की भाँति चहक उठी।

सीरियल का पहला भाग प्रारंभ होते ही उसने स्क्रीन पर देखा कि एक मासूम सी 7-8 वर्षीय बालिका वधु के श्रृंगार में हाथ में शिवलिंग थामे मुसकराती हुई खड़ी है। उसके ठीक पीछे एक प्रभावशाली व्यक्ति राजा के परिधान में एक खड़े हैं।

इसके बाद स्क्रीन न पर एक बड़े से किले की दीवार दिखती है। अपने हाथ में तलवार थामे मल्हार राव व कुछ सैनिक को देखकर उसे अच्छा लग रहा है।

माँ अहिल्याबाई होल्कर की प्रतिमा का वही चिरपरिचित स्वरूप जिसमें वे भगवान् शिव की प्रतिमा थामे खड़ी हैं। देखकर वैशाली का मन प्रफुल्लित हो गया।

उसके ठीक बाद एक गाँव का चित्र दिखाया गया है, जहाँ पर कुछ ग्रामवासी झुंड बनाकर आपस में बतियाते हुए दिखाई दे रहे हैं।

स्क्रीन पर एकाएक सती प्रथा का दर्दनाक दृश्य सामने आते ही वैशाली का मन दुःखी हो जाता है। स्क्रीन पर इस दुःखमय दृश्य को अहिल्याबाई भी वधू की वेशभूषा में अपनी खिड़की में खड़ी होकर देख रही है।

स्क्रीन पर पुनः माँ अहिल्या की प्रतिमा के ठीक पीछे एयरपोर्ट वाले 'राजवाड़ा' का चित्र देखकर उसे अच्छा लगता है।

एक गाँव के ऊपर से लिया गया चित्र वैशाली को लुभाने लगा। उसे देखकर

ऐसा लगा रहा था, मानो चारों ओर फैले हरे जंगल के मध्य किसी ने अपनी कलम से कुछ खपरैल घर उकेर दिए हों। लाल रंग के छप्पर से कुछ सफेद दीवारें झाँकती सी नजर आ रही हैं।

इस सुंदर गाँव के बाद एकाएक स्क्रीन पर एक सफेद रंग की तख्ती पर लाल रंग से लिखा हुआ दिखता है '1734' यानी अब सन् 1734 की कहानी का चित्रण किया जाने वाला है। दरअसल, इतिहास को समझने के लिए उसे एक समय-सीमा में बाँधना आवश्यक है। तभी उसे स्मृति-पटल पर अंकित किया जा सकता है।

इतिहास समय के साथ होने वाले बदलावों का अध्ययन ही तो है और इसमें मानव समाज के सभी पहलू शामिल हैं—राजनीतिक, सामाजिक, आर्थिक, वैज्ञानिक, तकनीकी, चिकित्सा, सांस्कृतिक, बौद्धिक, धार्मिक और सैन्य विकास। ये सभी इतिहास के हिस्से हैं।

ग्रामवासी किसी सार्वजनिक पूजा की तैयारी में व्यस्त हैं। एक 7-8 साल की बालिका कढ़ाई वाले धागे को सुई में पिरोकर पीले रंग के रेशम के कपड़े पर ओम का चिह्न बना रही है। तभी उसके आँगन में एक गाय आती है। वह उठकर उसे चारा खिलाती है। नदी से उसके पिताजी एक डंडे के सहारे से दो मटकों में पानी भरकर मंदिर की ओर ले जा रहे हैं। आज पूरे गाँववासियों ने अपने-अपने घरों को गेंदे के ताजे-ताजे फूलों से सजाया है।

गाँव के पास बने शिव मंदिर में कुछ स्त्री-पुरुष पूजा की तैयारी कर रहे हैं। मंदिर भी फूलों से सजा हुआ है। एक थाल में पूजन सामग्री व भोग सामग्री रखी हुई है।

ओम बना लेने के बाद वह बालिका उसी कपड़े का एक साफा बनाकर, खुद के सिर पर उसे पहनकर बेहद खुशी महसूस करती है।

उधर एक घर के अंदर जलते हुए चूल्हे पर तवा रखा है, जिस पर रोटी जल रही है। जलती हुई रोटी देखकर मराठी परिधान में सिर पर आधा पल्ला लिए, एक साँवली सुंदर सी स्त्री का दिल जल जाता है। उस जलती हुई रोटी को अपने हाथ में उठाकर देखती है तो रोटी में जले का बड़ा सा काला छेद दिखाई देता है।

वह क्रोधित होकर जोर से पुकारती है, "अहिल्या अहिल्या…।"

उसकी आवाज सुनकर वहाँ पर एक दूसरी स्त्री दौड़ती आती है। उसने भी नौगजा साड़ी पहनकर अपने सिर पर पल्ला डाल रखा है।…वह घबराते हुए पूछती है, "क्या हुआ?"

उसकी बात का जवाब दिए वगैरह वह फिर से गुस्से में पुकारती है, "अहिल्या··· अहिल्या···कहाँ है अहिल्या ?"

"घर पर तो नहीं है। पता नहीं कहाँ गई है!" उस महिला ने जवाब दिया।

"देखो, उसने रोटी जला दी है। मैं उससे बोलकर गई थी कि रोटी बनाकर रखना और वो रोटी को तवा पर छोड़कर जाने कहाँ चली गई है!"

इतना कहकर वह गुस्से में अहिल्या···अहिल्या···चिल्लाते हुए···वह घर से बाहर की ओर जाती है। सामने से उसे एक साफाधारी व्यक्ति आता हुआ दिखाई देता है। वह व्यक्ति आँगन में रखे मटके में से थोड़ा पानी निकाल अपने पाँव पर डालते हुए अपना सिर ऊपर करके पूछता है, "क्या हो गया ? क्यों अहिल्या-अहिल्या चिल्ला रही हो ?"

"देखो, मैंने अहिल्या को रोटी बनाने के लिए कहा था। वह रोटी को तवे में ही छोड़कर जाने कहाँ चली गई!" गुस्से में उसने बताया।

"गई होगी कहीं, आ जाएगी।" बड़े ही शांत स्वर में उसने जवाब दिया।

"अरे, ऐसे कैसे ? वह बड़ी हो गई है। दूसरे घर जाएगी तो रोटी तो बनाना पड़ेगा न! कब सीखेगी रोटी बनाना ?"

"अरे, तुम फ्रिक न करो, हो सकता है, अपनी अहिल्या को रोटी बनाना ही न पड़े।"

"ऐसी बातें करके ही आप हमेशा उसे बढ़ावा देते रहते हो···।"

तभी वहाँ पर उनके दो बेटे खेलते हुए आए और उनसे लिपट गए।

कुछ ही समय में अहिल्या भी वहाँ पर आ गई। उसके सिर पर पीले रंग के कपड़े का बना साफा है। उसने साफे को कुछ इस प्रकार से पहना है कि ओम का चिह्न उसके माथे के ठीक बीचोबीच में आ गया है। उसके चेहरे को देखकर ऐसा लग रहा है मानो खुशियों का समंदर उसके अंदर समा गया हो जिसकी बूँदें छिटक-छिटककर उसके चेहरे पर आकर उसे असीम आनंद की अनुभूति दे रही हों। वह प्रफुल्लित होकर कहती है, "देखो बाबा, यह साफा मैंने बनाया है।"

"बहुत अच्छा बनाया है। इस साफा में मेरी बेटी अहिल्या महारानी लग रही है।" उसके बाबा उसकी खुशी में शामिल होकर हर्षित स्वर में उसकी आँखों-में-आँखें डालकर कहते हैं।

पास में खड़ी उसकी माँ कहती हैं, "क्या···तुम उसको बढ़ावा दे रहे हो। लड़कियाँ साफा पहनती हैं क्या ?

इसके पहले वह अहिल्या से कुछ कहते माँ ने अहिल्या को जोर से डाँटते हुए कहा, "उतार इसको।"

वह उदास होकर कहती है, "नहीं न··आई। ये मैंने खुद बनाया है।"

"नहीं, उतार इसे। गाँव वाले क्या कहेगे!" माँ ने फिर से कहा।

"पर आई मैं क्यूँ नहीं पहन सकती? भाउ ने भी पहना है ।" नन्ही अहिल्या ने अपनी माँ से प्रश्न किया।

"हाँ, उसने पहना है, लेकिन तू नहीं पहन सकती। लड़की साफा नहीं पहन सकती।" माँ ने नन्ही अहिल्या को समझाने का प्रयास किया।

थोड़ा सोचकर नन्ही अहिल्या बोली, "ठीक है आई, मैं साफा नहीं पहन सकती, परंतु शिवजी के ओम को तो माथे पर रख सकती हूँ न। देखो मैंने खुद ये ओम बनाया है। अब तो शिवजी हमेशा मेरे साथ रहेंगे। है न? आपको तो पता है कि मैं शिवजी को कितना मानती हूँ।"

माँ ने उसे घूरकर देखा, लेकिन उनको देखे वगैरह अहिल्या थोड़ा रुककर आगे बोली, "मेरे पास न इतना ही कपड़ा था यदि और होता तो मैं अपनी सारी सहेलियों के लिए भी ओम वाला ऐसा साफा बना देती। सोचो, साफा पहनकर वो सब कितना खुश होतीं··लेकिन कोई बात नहीं, मैं बाद में बना दूँगी···" ऐसा कहते हुए वह हिन्निया सी उछलती हुई आँगन से गली की ओर भाग गई।

उसकी माँ उसकी ओर देखते हुए पुकारते हुए बोली, "अरे, अहिल्या···अहिल्या सुन तो··पूजा में···।"

अहिल्या ने तो माँ की बात नहीं सुनी, लेकिन उसके पास में खड़े उसके पति मानकोजी कहते हैं, "अरे, आ जाएगी। चिंता क्यों करती हो? हमारी बच्ची अहिल्या समझदार है।"

चौंडी गाँव के सिनेश्वर शिवमंदिर में गाँववासी सामूहिक पूजा के लिए एकत्रित है। गाँव के पाटिल मानकोजी शिंदे व उनकी पत्नी सुशीलाबाई पूजा कर रहे हैं। माँ सुशीला बार-बार उदास निगाहों से यहाँ-वहाँ देखती हैं, परंतु उसकी बेटी अहिल्या नहीं दिख रही है। वह चितिंत होकर सोचती है, 'उसे अब तक तो आ जाना था, पता नहीं कहाँ है?'

तभी हँसती-खिलखिलाती हुई अहिल्या अपनी सहेलियों के साथ मंदिर में प्रवेश करती है। उन सभी के हाथ में कमल के फूल हैं। अहिल्या के कपड़े भीगे हुए हैं।

उनमें कहीं-कहीं कीचड़ भी लिपटा हुआ है। उसे इस हाल में उसके बाबा व आई ने देख लिया है, परंतु सबके सामने वे कुछ नहीं कहते हैं। वो दोनों गाँव के पाटिल होने के कारण पूजा की मुख्य चौकी में बैठे हैं। वे सारे गाँववासियों की ओर से भगवान् शिवजी की पूजा कर रहे हैं। इसलिए अपनी बेटी अहिल्या को एक नजर देखने के बाद वे दोनों राहत की साँस लेते हैं कि अहिल्या भी मंदिर आ गई है।

इसके बाद वे सुकून के साथ पूजा करने लगते हैं।

पूजा की प्रक्रिया को गति देते हुए पुजारीजी कहते हैं, "अब आज के इस शुभ मुहूर्त में शिवजी को कमल का फूल चढ़ाया जाएगा।"

इतना कहकर उन्होंने अपनी आँख बंद कर ध्यानमग्न हो मंत्रोच्चारण करना प्रारंभ किया और अहिल्या के माता-पिता भी अपनी आँखें बंद ही की थी कि तभी अहिल्या ने अपनी सहेलियों से कहा, "चल अपने शिवजी को कमल का फूल चढ़ाते हैं।"

उल्लासित नन्ही अहिल्या दौड़ते हुए शिवलिंग के करीब पहुँचती है…और जैसे ही वह अपने हाथ में थामे फूल चढ़ाने के लिए लपकती है। पंडितजी त्वरित गति से अपनी आँख खोलकर क्रोध में बोलते हैं, "ये लड़की रुक, तुम अंदर नहीं जा सकती।"

"क्यों पंडितजी?" नन्ही अहिल्या पूछती है।

"सिर्फ आदमी ही जा सकते हैं?"

"ऐसा क्यों, मैं तो हमेशा ही शिवजी की पूजा करती हूँ, फिर आज क्यों नहीं?" अहिल्या भोलेपन से पूछती है।

अहिल्या के माता-पिता अवाक् होकर यह वार्त्ता सुन रहे हैं। मंदिर में एकत्रित हुए सभी गाँववासी भी उनकी बातें सुन रहे हैं। सभी के सभी एकदम चुप हैं। उन्हें यकीन नहीं हो रहा कि एक नन्ही सी बालिका गाँव के पुजारी से ऐसे प्रश्न कर सकती है।

पंडितजी आक्रोश में अहिल्या से कह रहे हैं, "आज खास दिन है।"

"जानती हूँ, तभी तो खुद तालाब में उतरकर, यह फूल तोड़कर लाई हूँ।"

"दे दो अपने पिताजी को। आज भगवान् को सिर्फ मुखिया के हाथों से ही पहला फूल अर्पित किया जा सकता है। समझी?"

"नहीं, मैं खुद चढ़ाऊँगी।" अहिल्या जिद करती है।

बेटी अहिल्या की यह बहस व जिद्द उसके माता-पिता को शर्मिंदा कर देते हैं। पिता तो चुप रह जाते हैं, लेकिन उसकी माँ उसे डाँटते हुए बोली, "अहिल्या, एक बार बोला नहीं। नहीं···तो नहीं। अब दो ये फूल बाबा को और जाओ।"

"नहीं···मैं यह फूल नहीं दूँगी।" कहते हुए वह रोते हुए झटके से मुड़ती है और दौड़ती हुई मंदिर से बाहर चली जाती है। उसके पीछे-पीछे उसकी सारी सहेलियाँ भी बाहर चली गईं।

बाहर जाकर वह मंदिर के प्रांगण में रुआँसी होकर बैठ जाती है। उसकी सहेलियाँ भी दुःखी हो जाती हैं। थोड़ी देर बाद उसकी सबसे प्रिय सखी रेणु दुःखी स्वर पूछती है, "अब क्या करें···अहिल्या? यह फूल कहाँ चढ़ाएँ?"

अहिल्या तनिक चुप रहती है फिर एकाएक कहती है, "चलो, मेरे साथ।"

वो अपनी सखियों के साथ दौड़ते हुए नदी की ओर जाती है। वहाँ पहुँचकर मिट्टी के शिवलिंग बनाकर कहती है, "लो यह हैं हमारे शिवजी। अब इनकी पूजा करने से हमें कोई नहीं रोकेगा। चलो चढ़ाओ अपने-अपने फूल।"

शिवजी के पिंड पर फूल चढ़ाकर सभी बेहद प्रफुल्लित हैं। उन्हें ऐसा लगता है, मानो उन्होंने दुनिया जीत ली हो। उनकी खुशी परवान चढ़ती है, लेकिन तभी कानों में पड़ती घोड़ों की टापों की ध्वनि उनकी इस खुशी को दुःख में बदल देती है।

नजदीक आते घोड़ों की टाप सुनकर वे सब घबरा जाती है। सभी वहाँ से भागने लगती हैं। अहिल्या भी उनके साथ ही भागती है, लेकिन करीब 10-11 कदम आगे चलने के बाद उसे एकाएक खयाल आता है कि 'अरे, उसके शिवजी को कुछ हो गया तो?'

वह पीछे मुड़कर अपने शिवजी के पिंड को देखकर सोचती है, 'मैं ऐसे में इन्हें अकेले छोड़कर कैसे जाऊँ? मैंने ही तो इन्हें अभी-अभी बनाया है और अब इनको छोड़कर जा रही हूँ। यदि शिवजी को कुछ हो गया तो?'

अहिल्या झट से वापस मुड़ती है और शिवजी के पिंड को बचाने के लिए उससे लिपट जाती है। अपने पास आती घोड़ों की टापों को सुनकर डर के मारे अपनी आँखें बंद कर लेती है। तभी आवाजें पास जाती हैं और एकाएक लगाम कसने से अहिल्या के एकदम समीप आकर हिनहिनाता हुआ घोड़ा रुकता है।

भयभीत अहिल्या अपने शिवलिंग को बचाने के लिए उससे लिपटी हुई है। उसे इस अवस्था में देखकर वह घुड़सवार अपने घोड़े से नीचे उतरकर, नन्ही अहिल्या

के नजदीक आकर उससे पूछता है, “ऐ लड़की, कौन हो तुम ? इस शिवलिंग से क्यों लिपटी हुई हो ?”

अहिल्या से डरते हुए धीरे से अपनी आँखें खोलकर, उस घुड़सवार की ओर देखा। उस घुड़सवार ने उसने पूछा, “तुम्हें डर नहीं लगता। तुम्हारी सारी सहेलियाँ तो भाग गई हैं। तुम अभी तक यहीं हो।”

अहिल्या कहने लगी, “लगता है···मुझे भी बहुत डर लगा। घोड़ों के आने की आवाज सुनकर मैं भी डरकर भाग गई थी, मगर मेरे शिवजी को कुछ हो जाता तो यही सोचकर में वापस लौट आई और इनको बचाने के लिए इनसे लिपट गई।”

वह घुड़सवार हलका सा मुसकराकर बोला, “ओह···परंतु यह तुम्हारे शिवजी कैसे हो गए ?”

“अभी तो बनाए हैं···ये हम लोगों ने।” अहिल्या ने त्वरित गति से जवाब दिया।

“सच में ?” उस घुड़सवार ने पूछा।

“हाँ। अब गाँव के पंडितजी हमें इनकी पूजा करने से नहीं रोकेंगे। है न ?”

थोड़ी दूरी पर एक पेड़ की ओट में खड़ी अपनी सहेलियों की ओर देखते हुए अहिल्या ने बड़े गर्व से कहा।

“अरे, वाह ! वैसे तुम्हारा नाम क्या है ?”

“अहिल्या···और तुम्हारा नाम क्या है ?”

घुड़सवार के साथ वाले व्यक्ति ने गुस्से में कहा, “ऐ लड़की, तमीज नहीं है, बात करने की। जानती नहीं कौन हैं ये ?”

उसकी बात सुनकर अहिल्या सहमकर घुड़सवार की ओर देखने लगी। घुड़सवार ने अपने हाथ के इशारे से उसे बोलने से रोका, फिर उन्होंने अहिल्या की ओर देखकर मुसकराकर कहा, “इनकी बात का बुरा मत मानना। ये तो बस यूँ ही कह रहे हैं। वैसे मेरा नाम मल्हार राव है। पास के गाँव में रहते हैं। आज की रात आपके गाँव में ही डेरा डालना चाहते हैं···मेहमान बनकर।”

“हाँ···हाँ, क्यों नहीं। हमारे बाबा पाटिल है। गाँव में आने वाले सारे मेहमान हमारे घर में ही सबसे पहले आते हैं।” अहिल्या ने सहज भाव से मुसकराकर कहा।

इतना कहकर वह दौड़ती हुई गाँव की ओर चली गई। उसकी सहेलियाँ भी उसके पीछे दौड़ गईं।

जब तक वह आँखों से ओझल नहीं हो गई मल्हार राव उसे जाते हुए देखते रहे।

दरअसल, अहिल्या की शिवभक्ति के भाव व उसकी सरलता ने उनके मन में विशेष स्थान बना लिया था।

उछलते-कूदते घर पहुँचते ही अहिल्या अपने आँगन में बँधी अपनी गाय कपिला से कुछ बतियाती है। उसके बछड़े को प्यार करती है। उन्हें घास खिलाती है। फिर पास में बँधी 6-7 भेड़ों को दुलार करती है। उन्हें भी बहुत स्नेह के साथ चारा डालती है।

तब तक उसके घर के बाहर मल्हार राव भी आ जाते हैं। वह वहीं आँगन के बाहर खड़े होकर अहिल्या के पशु-प्रेम को देख रहे हैं। मंद-मंद मुसकरा रहे हैं। अहिल्या इस बात से बेखबर है कि कोई उसकी गतिविधियों पर नजर रख रहा है।

अहिल्या रोजाना की भाँति उस रोज भी शाम को शिवजी की पूजा करने मंदिर जाती है। वहाँ जाकर दीया जलाती है, सबसे स्नेह से बात करती है। यह सारे अद्‌भुत गुण देखकर मल्हार राव अहिल्या से बहुत प्रभावित होते हैं।

उनका एक बेटा था खांडेराव होल्कर। वह अहिल्या से उसकी शादी के लिए बात करते हैं। अहिल्या के माता-पिता सहर्ष तैयार हो जाते हैं, लेकिन उनके साथ आए उनके दीवान राधोदा को यह बात अच्छी नहीं लगती। उन्हें लगता है मल्हार राव के बेटे की शादी किसी राजवडे खानदान में होना चाहिए।

उधर अहिल्या भी इस शादी के लिए तैयार नहीं है। वह सोचती है कि जैसे उसकी सहेली रेणु की जिंदगी में विवाह के बाद बहुत सारी बंदिशें लग गईं, वैसे ही उसके जीवन में बंदिशें लग जाएँगी।

वह यह भी सोचती है कि शादी के बाद उसे अपनी आई, बाबा, भाउ, दादा, सहेलियों, गाँववालों, गाय कपिला व भेड़ों को छोड़कर जाना पड़ेगा। इसलिए वह बार-बार अपनी आई-बाबा से कहती है, "मुझे सासुबाड़ी नहीं जाना है। मैं आप लोगों के साथ ही रहूँगी।"

उसकी आई समझाती हैं, "मैं भी अपने आई-बाबा और गाँव को छोड़कर यहाँ आती थी। ऐसे हर लड़की को जाना पड़ता है।"

अहिल्या रोकर पूछती है, "पर लड़की को ही क्यों जाना पड़ता है?"

उसके बाबा उसे एक फूल के उदाहरण से उसे समझाने का प्रयास करते हैं, परंतु वह नहीं समझती। जब से उसकी शादी पक्की हुई है, वह पूरे समय दुःखी रहती है।

मल्हार राव को जब यह बात पता चलती है तो वह उसे समझाने के लिए उससे बात करते हैं। वे पूछते हैं, "मैं आपका पक्का दोस्त हूँ न?"

"हाँ।" अहिल्या खुश होकर कहती है।

"अगर मैं कहूँ कि होल्कर राज्य को तुम्हारी जरूरत है। मुझे भरोसा है, तुम बहू बनकर होल्कर राज्य को सँभाल लोगी।"

मल्हार राव का भरोसा देखकर नन्ही अहिल्या मुसकरा देती है।

मल्हार राव अपने तरीके से, अपने तर्कों के आधार पर नन्ही अहिल्या को सहमत करवा लेते हैं।

इसके बाद आनन-फानन में वे एक छोटे से गाँव की लड़की अहिल्या के संग अपने बेटे खांडेराव का विवाह तय कर देते हैं, जब यह खबर मल्हार राव की रानी गौतमाबाई तक जाती है तो वह भी चौंक गई कि उसके पति ने एक गाँव के चरवाहे की बेटी के साथ उसके एकमात्र बेटे की शादी कैसे पक्की कर दी?

मल्हार राव अपनी पत्नी गौतमाबाई को समझाते हैं, "अहिल्या एक होनहार कुशाग्र बुद्धि की लड़की है। खांडेराव व होल्कर राज्य की प्रजा के लिए वह शुभकारी साबित होगी।"

उस समय किसी को भी यह बात समझ नहीं आती। बेमन से यह शादी हो जाती है, लेकिन नटखट अहिल्या को उसका पति खांडेराव बात-बात पर परेशान करता है। अपनी सासू गौतमाबाई के कड़े अनुशासन से वह परेशान होने लगती है।

एक दिन वह अपनी सास गौतमाबाई से कहती है, "आप तो मेरी आई हो।"

गौतमाबाई गुस्से में कहती हैं, "नहीं, मैं तेरी सास हूँ, आई नहीं।"

लेकिन मेरी आई ने कहा था कि "अब से सासूजी ही मेरी आई हैं।"

"बहस मत करो।...और ध्यान से सुनो सास सास ही होती है। वह कभी माँ नहीं बन सकती और बहू बहू ही रहती है, वह कभी बेटी नहीं बन सकती।"

यह सुनकर अहिल्या सन्न रह जाती है, उसकी आँखों से आँसुओं की धारा बहने लगती है। तभी स्क्रीन बंद हो जाती है।

वैशाली झट से लैपटाप को पुनः चालू करने की कोशिश करती हैं, परंतु नहीं होता। वह मन-ही-मन बुदबुदाती हैं, 'ओह, इसी समय बैटरी खत्म होनी थी।'

उसने तुरंत अपने लैपटॉप को चार्जर पर लगा दिया और अपना मोबाइल उठाकर देखने लगी। तभी उसकी निगाह समय पर पड़ी तो वह हैरान रह गई कि "ओहो...रात

के दो कैसे बज गए हैं?"

बहुत देर से बैठे-बैठे उसकी कमर भी दुखने लगी थी। अतः वह बिस्तर पर जाकर चित लेट गई। छत की ओर देखते हुए सोचने लगी, 'अहिल्या की सास ने जो सन् 1734 में कहा था, वह आज भी सच है। सच में, सास सास ही होती है...और बहू बहू।'

वैशाली सोचने लगी, 'परंतु अहिल्या बहुत साहसी है। वह झटपट जवाब दे देती है। मैं तो कभी पलटकर जवाब ही नहीं दे पाई। छोटी सी अहिल्या के दिमाग में इतनी जल्दी जवाब कैसे आ जाते थे?'

"पता नहीं।...पर वह जवाब-सवाल भी ऐसे कि अच्छे-अच्छों की जवान बंद हो जाती थी। तभी तो वह होल्कर वंश की महारानी बनी। मुझे लगता है कि हर लड़की को माँ अहिल्या के बारे में जानना चाहिए, ताकि उन्हें अपनी बात तो रखना आ जाए। सभी लोग सच ही कह रहे थे कि अहिल्या का जीवन प्रेरणादायी है।'

9

"आज हमारी कार्यशाला का तीसरा दिन है और आज माता अहिल्याबाई होल्कर के ससुराल के प्रारंभिक जीवन की चर्चा करने के लिए इंदौर की ही प्रसिद्ध इतिहासकार आदरणीय प्रो. उषा तिवारीजी हमारे बीच हैं। मैं उन्हें सादर भाव से यहाँ आमंत्रित करती हूँ।" कहते हुए संयोजिका मैडम ने व्याख्यान कक्ष के डायस में लगा माइक उनको सौंप दिया।

प्रो. उषा ने मजाकिया अंदाज में कहा, "अरे, मेरी आवाज इतनी बुलंद है कि मुझे इस माइक की आवश्यकता नहीं है।"

उनकी यह बात सुनकर वैशाली उनकी ओर से आश्चर्य से देखने लगी। वह सोचने लगती है कि 'करीब 70 साल की उम्र में भी यह जोश...निश्चित तौर पर यह ऊर्जा वंदनीय है।'

वे गंभीर स्वर में अपना वक्तव्य देते हुए कहती हैं, "सुनहरे सपनों की एक बड़ी सी बरात लेकर विवाहोपरांत नन्ही अहिल्या अपनी ससुराल जाती है। वह सोचती है कि ससुराल में उसे प्यार करने वाला पति होगा और अपनेपन से भरा परिवार होगा वगैरह-वगैरह।"

सपनों के संसार के साथ जैसे ही वे इंदौर में, अपनी ससुराल पहुँचकर, डोली से उतरती हैं फूलों व शहनाई से उनका भव्य स्वागत होता है। तुकोजीराव व उनकी पत्नी ने स्वागत की बढ़िया सी तैयारी कर रखी थी। आलीशान महल की भव्यता को देखकर अहिल्या आश्चर्यचकित हो जाती है।

उसके यह हावभाव देखकर उसकी दूसरी सासूमाँ द्वारकाबाई चुपके-चुपके हँसती हैं। उन्हें लगता है कि एक छोटे से गाँव की चरवाहे की लड़की ने पहली बार ही ऐसा देखा है तो आश्चर्य तो होगा ही न।

महल के मुख्य द्वार पर पहुँचकर मल्हार राव ने सबके सामने गर्व से कहा, "आज होल्कर वंश की सुनबाई अहिल्याबाई होल्कर का इस महल में स्वागत है।" उनकी इस बात पर हर्षध्वनि हवा में घुल गई। शहनाई बज उठी, लेकिन नन्ही अहिल्या थोड़ा उदास हो गई वह सोचने लगी कि 'अब मेरे नाम के साथ लगा हुआ, आई-बाबा का उपनाम भी छूट गया। वह शिंदे से होल्कर बन गई।'

रंजना फतेपुरकर अपनी पुस्तक 'मैं अहिल्या हूँ' में लिखती हैं कि 'बड़ा सा रसोईघर और भोजन बनाने के बड़े-बड़े बरतन देखकर अहिल्या मन-ही-मन सोचती है कि 'अरे, इतने बड़े रसोईघर में तो हमारे पूरे चौंडी गाँव का भोजन बन जाएगा।'

पहले दिन उसकी सास गौतमाबाई ने होल्कर वंश की परंपरानुसार नई बहू अहिल्या से खीर बनवाई, जो परंपरानुसार पहले भगवान् शिवजी को भोग लगाई गई।

महल परिसर में स्थित शिव का मंदिर देखकर अहिल्या ने राहत की साँस ली। उसे लगा उसका परिवार व गाँव सब छूट गया लेकिन शिवजी तो उसके साथ हैं। अब वह यहाँ अकेली नहीं है। वह यहाँ पर किसी को पहले से नहीं जानती सिवाय शिवजी के, इसलिए उन्हें देखकर वह बेहद खुश होती है।

शिवजी को भोग लगाने के बाद अहिल्या के हाथ से बनी हुई खीर परिवार के अन्य सदस्यों को परोसी गई। उसके ससुराल वालों को लग रहा था कि अहिल्या खीर ढंग से नहीं बना पाएगी, लेकिन उसने बहुत अच्छी खीर बना ली। दरअसल, उसने अपने मायके में अपनी आई से खीर बनाना सीख लिया था। उसकी वह सीख यहाँ काम आ गई।

प्रो. तिवारी सबको तरोताजा करने के ध्येय से हँसते हुए बोलीं, "1733 में आजकल का यूट्यूब का जमाना तो था नहीं कि झट से सीखा और बना लिया। पहले माता-पिता व परिवार से मिली शिक्षा का ही अत्यधिक महत्त्व था। वैसे आज भी

है, यही परिवार की शिक्षा ही संस्कार बन सारी उम्र हमारे साथ चलती है। अहिल्या के साथ भी तो यही हुआ उन्होंने अपने आई-बाबा से पूजा-पाठ, आचार-विचार व व्यवहार सीख लिया था। वही उसकी ससुराल में उसके काम आए, शायद इसलिए तो माँ लोग बचपन से ही यह कहकर घरेलू जिम्मेदारियाँ सिखाती हैं कि उन्हें पराए घर जाना है।"

"यह बात तो ठीक नहीं है।" प्रतिभागी पायल बुरा सा मुँह बनाकर अपने मन-ही-मन में कहती हैं।

प्रो. तिवारी ने आगे बताया, "विवाह के बाद मुँह-दिखाई की रस्म के दौरान जब महल में आने वाली स्त्रियों ने अहिल्या का मुँह देखा तो वे अवाक् रह गईं। सच कहें तो अहिल्या का व्यक्तित्व भव्य था, रंग साँवला था। मगर उसमें अद्वितीय आभा थी। गोल चेहरा, चौड़ा ललाट और बड़ी-बड़ी आँखें थीं। उस समय की 8 वर्षीय अहिल्या की मासूमियत सबको अपनी ओर खींच रही थी, इसलिए सभी उसकी तारीफ करने लगे।

अहिल्या के मायके व ससुराल की परंपराओं में जमीन-आसमान का अंतर था। इसलिए उन्हें उसकी सास गौतमाबाई से कई बार डाँट खानी पड़ती। कई बार अपनी दूसरी सास द्वारकाबाई से उसे ताने भी सहने पड़े, फिर भी उसके ससुर मल्हार राव को भरोसा था कि एक दिन अहिल्या होल्कर घराने के अनुरूप सबकुछ सीख जाएगी।

उनकी चौथे नंबर की सासूजी हरकूबाई अहिल्या से कुछ ही साल बड़ी थीं। उनका बरताव अहिल्या से नरम था। इसलिए उनके प्रति अहिल्या के मन में काफी सम्मान था। उसे गहने पहनना पसंद नहीं थे, इसलिए जब कभी वह गहने उतार देती तो उसकी सास हरकूबाई छोटी सी बहू अहिल्या को बड़े प्यार से समझातीं।

वे कहतीं, "जैसे हम विशेष अवसर पर शिवजी को सजाते हैं। उनकी पूजा करते हैं, वैसे ही विशेष अवसर पर हमें भी तैयार होकर रहना पड़ता है। अभी तुम्हारी नई शादी हुई है, सब तुमको देखने आते हैं। इसलिए राजपरिवार को बहू को उसी के हिसाब से तैयार रहना पड़ेगा। यहाँ पसंद-नापसंद नहीं चलती है। मर्यादा के अनुरूप हमें वस्त्र व गहने पहनने पड़ते हैं।"

अहिल्या उनकी बात ध्यान से सुनती है।

छोटी सासूमाँ की बात समाप्त होने पर वह हौले से 'जी' कहकर उनकी बात मान लेती है।

बहू के रूप में अहिल्या कोशिश करती है कि परिवार के सभी लोग खुश रहें, लेकिन उनका पति खांडेराव अलग ही मिट्टी के बने थे।

अरविंद जवलेकर अपनी पुस्तक 'लोकमाता अहिल्या' में लिखते हैं कि खांडेराव को न तो राजकाज में रुचि थी और न ही युद्ध अभियानों में। पढ़ाई-लिखाई और अस्त्र-शस्त्र विद्या अर्जन से वे दूर भागते थे। संगीत में डूबे रहना। खेलकूद व आवारागर्दी करना ही उनके प्रिय शौक थे।

वह अपनी पत्नी अहिल्या को भी छोटी-छोटी बातों में तंग करते। पति की शरारतों से तंग आकर नन्ही अहिल्या रोती रहती, परंतु वह अपने पति की शिकायत किसी से न करती। कई बार उसके परिवार जन अहिल्या को उदास देखते तो उसकी वजह पूछते, लेकिन अहिल्या बताते-बताते चुप हो जाती। दरअसल उसे उसकी आई ने सिखाया है कि कभी भी, किसी से भी, अपने पति की बुराई नहीं करनी चाहिए। ऐसा करने से पति-पत्नी के रिश्ते और ज्यादा बिगड़ते हैं।

2017 में प्रभात प्रकाशन, नई दिल्ली से प्रकाशित आदरणीय सुमित्रा महाजन ताई ने अपनी पुस्तक 'मातोश्री' के पृष्ठ क्रमांक 25-26 पर लिखा कि अपने पति से मिलन की पहली रात में ही अहिल्या घबराकर, अपनी सासूमाँ गौतमाबाई के शयन कक्ष में प्रवेश करते हुए कहती है, "सासूमाँ-सासूमाँ...।" फिर वहाँ अपने ससुर को देखकर वह वहीं ठिठककर, अपने सिर पर पल्लू लेने की कोशिश करती है।

उसे अचानक अपने कमरे में यूँ देखकर गौतमाबाई अपने पति मल्हार राव को वहाँ से बाहर जाने का इशारा करती हैं, जब वह कक्ष से चले जाते हैं। तब वे अपनी बहू अहिल्या को अपने पास बिठाकर उससे पूछती हैं, "बोलो, बेटी क्या हुआ ?"

शायद उस समय अहिल्या की सहनशक्ति क्षीण हो गई थी। आई की शिक्षा उसके दर्द में दबकर कमजोर हो गई थी। उसे इतना परेशान कर दिया गया था कि वे रोते हुए बोल पड़ीं, "माँ साहब, मुझे बचा लो।"

"शांत हो बेटी, शांत हो जा। क्या हुआ ? आज तो तुम्हारे जीवन का सौभाग्यशाली दिन है तो यह रोना कैसा ? खांडेराव ने कुछ कहा, बोल मेरी बच्ची बोल, क्या हुआ ?"

"सासूमाँ उन्होंने शराब पी रखी है। हम शराब की गंध नहीं सह सकते। सच माँजी, नहीं सहन होता हमें। हमने उनसे कहा कि शराब पीकर हमारे कमरे में नहीं आएँ। हमसे बरदाश्त नहीं होगा तो वे गुस्सा हो गए। हम पर हाथ उठाने लगे। माँ जी,

क्या हमने कुछ बुरा कहा? कुछ गलत कहा? अहिल्या ने भोलेपन से सारी बात कह दी और साथ ही प्रश्न भी पूछ डाले।

अहिल्या की बात सुनकर उनकी सासूमाँ गौतमाबाई झट से कहने लगीं, "नहीं, नहीं।" फिर तनिक ठहरकर चिंतित स्वर में धीरे से बोलीं, "क्या खंडेराव ने तुम पर हाथ उठाया?"

अहिल्या शीघ्रता से बोली, "नहीं माँ नहीं, वो गुस्से में हाथ उठाने ही वाले थे कि हम बचकर यहाँ भाग आए। माँ क्या हमने गलत किया? उन्हें कुछ बुरा कहा?"

गौतमाबाई ने एक गहरी साँस लेकर अहिल्या की ओर देखते हुए हौले से कहा, "नहीं बेटी, बुरा तो नहीं कहा लेकिन बेटी, जीवन में सुख पाना हो तो फूलों की सेज पर फूलों की खुशबू के साथ यह गंध भी सहनी होगी बिटिया। सूबेदारी की भव्यता के साथ उसकी दाहकता भी उतनी ही झेलनी होगी।"

"लेकिन उनके साथ शराब ही नहीं नर्तकियाँ भी साथ⋯।"

बीच में बोलते हुए गौतमा ने कहा, "समझ गई। सुनबाई, याद रखो महल में प्रवेश करने वाली स्त्रियों को समझौता करना ही पड़ता है। मैं भी तो तीन-तीन स्त्रियों को सहन कर रही हूँ। हरकूबाई को तो अपनी बहन के समान रख रही हूँ। अपने पति की गृहस्थी चला रही हूँ।"

गौतमाबाई ने एक गहरी साँस लेकर कहा, "हम जानते हैं कि खंडेराव थोड़ा चंचल हैं, लेकिन हमें विश्वास है कि आपके मृदु मधुर व्यवहार व सात्त्विक तेज से खांडेराव में जरूर बदलाव आएगा। बेटी विश्वास रखो।"

थोड़ा रुककर अहिल्या के सिर पर हाथ फेरते हुए वे बड़े ही लाड़ से बोलीं, "हमें तो तुम पर पूरा विश्वास है।"

अपनी सासूमाँ की बातें सुनकर अहिल्या ने अपने पल्लू से आँसुओं को पोंछा और दृढ़ता के साथ कहा, "हम आपके विश्वास पर आँच नहीं आने देंगे। हम अपने साधनामय जीवन से उनमें सुखद परिवर्तन लाएँगे। होल्कर घराने का नाम उज्ज्वल रहे। इसके लिए सदा प्रयत्नशील रहेंगे। हमें आशीर्वाद दीजिए सासूमाँ।"

"आयुष्मान भव। यशस्वी भव। सौभाग्यवती भव।" कहते हुए गौतमा ने अपनी सुनबाई अहिल्या के सिर पर फिर से प्यार भरा हाथ रखकर उसे आशीर्वाद दिया।

दूसरे दिन मल्हार राव ने भी अहिल्या को समझाते हुए कहा, "अहिल्या, तुम राजघराने की बहू हो। तुम्हारी सारी जिम्मेदारियाँ, तुम्हारे कर्तव्य सबसे अलग हैं। राजघराने के व्यक्तिगत सुख-दुःख नहीं होते हैं। हमारे सुख-दुःख हमारी प्रजा से जुड़े होते हैं। उनके सुख में हमारे सुख और उनके दुःख में हमारे दुःख निर्भर रहते हैं। तुम इंदौर की भावी रानी हो। तुम्हें गृहस्थी, राजनीति, युद्धनीति सभी सीखना है। एक रानी पूरी प्रजा की माता होती है।"

अपने सास-ससुर की बातें सुनकर अहिल्या ने विपरीत परिस्थितियों में भी मार्ग को सुगम बनाने का रास्ता खोजना प्रारंभ कर दिया। वे अपने ससुराल के सभी रीति-रिवाजों को ध्यान में रखकर आचरण करतीं। अपने व्यवहार से अपने पति को सुमार्ग पर लाने की कोशिश करने लगीं। अपने ज्ञान, असीम प्रेम व सेवा-भाव से वे अपने पति को सद्मार्ग पर लाने का प्रयास करने लगीं।

रात्रि के समय अपने पति को पौराणिक कथा सुनातीं। उन्हें जीवन की रीत बतातीं। वे उन्हें युद्ध-कौशल की महत्ता बताकर युद्धकला सीखने के लिए प्रेरित करतीं। राजदरबार में जाने के लिए प्रोत्साहित करतीं, यद्यपि बदले में अहिल्या को आँसू ही मिलते। वह जब भी कोई अच्छा काम करती तो उसका उलटा ही परिणाम उन्हें भुगतना पड़ता। दुःखों का सामना करना पड़ता।

महल की दूसरी रानियाँ नहीं चाहती थीं कि खांडेराव एक योग्य शासक बने। दूसरी बात खांडेराव की संगत भी ठीक नहीं थी। उनके मित्रगण खांडेराव को बचकाना हरकतें करने से नहीं रोकते थे। उन्हें तो अहिल्या को परेशान करवाने में ही आनंद की अनुभूति होती थी। इसलिए मौका देखकर वह खांडेराव को ऐसा कुछ सिखा-पढ़ा देते कि वह अपनी पत्नी अहिल्या को परेशान करने लगता। नई नवेली बहू अहिल्या अकेले में रोती रहती, परंतु किसी से कोई शिकायत नहीं करती।

ऐसे माहौल में कोई और स्त्री होती तो हिम्मत हार जाती, लेकिन वह अहिल्या माता थीं, जिन्होंने अपनी कुशलता से स्थिति को काबू में किया और फिर अंततोगत्वा अहिल्या के प्रयासों से खांडेराव का व्यवहार बदलने लगा। वे राजकाज में रुचि लेने लगे। अपने माता-पिता की आज्ञा का पालन करने लगे। खांडेराव में आए इस सकारात्मक परिवर्तन से उनके ससुर मल्हार राव बेहद खुश थे। परिवार में अहिल्या का सम्मान बढ़ने लगा।

10

अपने ससुर मल्हार राव के प्रोत्साहन पर बहू अहिल्याबाई राजकीय कार्य में हाथ बँटाने लगी। उनका गृहस्थ जीवन भी हौले-हौले सुखमय होने लगा। 1745 में इंदौर के पास देपालपुर नामक एक स्थान पर अहिल्याबाई ने एक पुत्र को जन्म दिया। पुत्र-प्राप्ति से पूरे होल्कर परिवार में प्रसन्नता की लहर दौड गई। मिठाइयाँ बाँटी गईं। मंगल गीत गाए गए। मल्हार राव व गौतमाबाई की खुशी का तो ठिकाना न रहा। दादा-दादी बनना एक सुखद अनुभूति होती है। अस्तु, उनका यूँ खुश होना स्वाभाविक था।

मल्हार राव ने अपने पोते के जन्म के अवसर पर महल में एक भव्य आयोजन किया जिसमें अहिल्याबाई के पुत्र का नाम 'मालेराव' रखा गया।

करीब तीन साल के बाद 1748 में अहिल्या ने एक बेटी को जन्म दिया जिसका नाम मुक्ताबाई रखा गया। सभी कहते थे कि मुक्ता बिल्कुल अपनी माँ की भाँति दिखती थी। दोनों बच्चों के जन्म के बाद पूरे महल का वातावरण खुशनुमा हो गया।

खांडेराव अपने पिता के साथ युद्ध के मैदान में जाने लगे। मल्हार राव को अब अपने बेटे के युद्ध-कौशल पर विश्वास होने लगा था। उन दिनों ऐसा कहा जाने लगा कि जब-जब खांडेराव युद्ध करने के लिए मल्हार राव के साथ जाते हैं, उस युद्ध में विजय मिलती ही है। मल्हार राव बेहद खुश थे, अहिल्याबाई ने भी राहत की साँस ली।

वीरेंद्र तँवर अपनी पुस्तक 'अहिल्याबाई' के पृष्ठ क्रमांक 14 पर लिखते हैं कि एक बार मल्हार राव अजमेर गए। साथ में खांडेराव व अहिल्या भी थीं। मल्हार राव वहाँ चौथ वसूलना चाहते थे। चौथ एक भाँति का कर था, जो मराठों के द्वारा अधीनस्थ राज्य के राजा से वसूला जाता था। उस समय राजस्थान में भरतपुर के आसपास जाटों का राज्य था। सूरजमल जाट कुंभेर के दुर्ग में रहता था। वह काफी वीर था। मल्हार राव को उसने चौथ देने से मना कर दिया। अस्तु, मल्हार राव के पुत्र खांडेराव ने उन्हें समझाने की कोशिश की कि "आपकी भलाई इसी में है कि आप चौथ दे दें।"

सूरजमल जाट ने अपनी प्रजा की सहमति से स्पष्ट कह दिया, "हम मर जाएँगे लेकिन चौथ नहीं देंगे।"

अत: विवश होकर मल्हार राव ने जाटों के विरुद्ध युद्ध की घोषणा कर दी। मराठों ने कुंभेर का किला घेर लिया। 'हर-हर महादेव' के नारे लगाए जाने लगे। जाट

व मराठा दोनों ही लडाकू जातियाँ हैं। अस्तु, कई दिनों तक घमासान युद्ध होता रहा, कोई भी पीछे नहीं हटा।

वीरेंद्र तँवर ने अपनी पुस्तक 'अहिल्याबाई' के पृष्ठ क्रमांक 14 पर उल्लेखित किया है कि राजा सूरजमल के दरबारी कवि सूदन ने अपने ग्रंथ 'सूदन चरित' में मल्हार राव की वीरता का वर्णन इस प्रकार किया—

"हारे देखि हाडा मन सारे कमधज बंस,
कूरम पसारे पायँ। सुनत नगारे के।
केते पुर जोर केते नृपति संहारे,
तेई जोरि दल भारे, ब्रज भूमि में हंकारे के।"

अर्थात् बड़े-बड़े राजपूत राजा जिनके भय से थर-थर काँपते थे, ऐसे प्रतापी मल्हार राव अनेक शहरों को जलाते, कई राजाओं को मारते हुए, भारी दल को लेकर ब्रज भूमि पर चढ़ आए¨।

प्रो. आगे बताते हैं कि यूँ तो अहिल्या इंदौर में रहकर ही राजपाट सँभालती थीं, लेकिन जब कभी अपने ससुर व पति के साथ युद्धक्षेत्र में जातीं तो गोला-बारूद, बंदूक-तोप व रसद की व्यवस्था का दायित्व भी सँभालने में कुशल थीं।

भरतपुर के युद्ध में भी वह यही जिम्मेदारी सँभाल रही थीं। वे घुड़सवारी भी सीख गई थीं। राजकीय प्रबंधन के साथ-साथ वे युद्ध संचालन के दाँव-पेच भी जानने लगी थी।

अरविंद जवलेकर अपनी पुस्तक में लिखते हैं कि "24 मार्च, 1754 को जब खांडेराव घोड़े पर सवार होकर अपनी सेना को वीरतापूर्वक लोहा लेने का आह्वान कर रहे थे, तभी अचानक दुश्मन की फौज द्वारा छोड़ा गया एक गोला सनसनाता हुआ उनके सीने में आ लगा। वहीं उसी समय उनकी मृत्यु हो गई।"

खांडेराव की मौत के संबंध में विनया खड़पेकर ने अपनी पुस्तक 'ज्ञात-अज्ञात देवी अहिल्याबाई होल्कर' में लिखा है कि "17 मार्च, 1754 की दोपहर थी। खांडेराव होल्कर भोजन के पश्चात् डेरे के बाहर निकले। उन्होंने भाँग पी ली थी। वे सतर्क नहीं थे, जैसा कि रणभूमि में होना चाहिए था। अपनी ही धुन में गुम, लड़खड़ाते हुए वे मोरचे के निशाने पर आ गए¨अचानक¨तोप से निकला गोला सनसनाता हुआ आया। उसने खांडेराव को अपना निशाना बनाया।"

जब यह खबर मल्हार राव तक पहुँची तो वे आगबगूला हो गए। उन्होंने भरतपुर

को चकनाचूर कर देने की कसम खाई।

कहते हैं, उनके गुस्से से भयभीत भरतपुर राज्य ने तुरंत चौथ देना स्वीकार कर लिया, लेकिन अब चौथ का कोई मोल नहीं था। युद्ध रुक चुका था, लेकिन मल्हार राव के आँसू रुकने का नाम नहीं ले रहे थे। अपने पुत्र की मृत्यु की खबर से व्यथित मराठों के सेनानायक मालवा के सूबेदार मल्हार राव बच्चों की भाँति फूट-फूटकर रो पड़े। उनकी यह दशा देखकर सभी को रोना आ रहा था।

उनकी यह हालत देखकर राघोबादादा ने उन्हें शांत करने के लिए ब्रह्मज्ञान और हिम्मत दी। वे कहने लगे, "यह मर्त्य भूमि है। हर एक को किसी-न-किसी दिन जाना ही है, हिम्मत जुटानी होती है।"

इसके बाद भी मल्हार राव के शोक का पारावार नहीं था। वे अपनी छाती पीट-पीटकर रो रहे थे। तभी उनके पास खबर आई कि "खांडेराव की पत्नी अहिल्या सती होने की तैयारी कर रही हैं।" यह खबर सुनकर मल्हार राव अपना दर्द भूलकर बहू अहिल्याबाई के डेरे में आए।

प्रो. तिवारी ने गौर किया कि कक्ष में मौजूद प्रतिभागी आपस में बातें करने लगे हैं। उन्होंने तुरंत अनुमान लगाया और कहने लगीं—"उन दिनों सती प्रथा प्रचलित थी। सती प्रथा का मतलब था पति की मृत्यु होने पर उसकी पत्नी को भी जिंदा जलना होता था। विधवा स्त्री को नहलाकर, नए वस्त्र पहनाकर, समस्त गाँव वालों के सामने अग्निकुंड में पति की चिता के साथ बिठा दिया जाता था। कई बार छोटी-छोटी उम्र की स्त्रियों को भी सती होना पड़ता था। यदि किसी की चार पत्नी हैं तो चारों को सती होना पड़ता था। जिंदा जलती स्त्रियों की चीख को दबाने के लिए जोर-जोर से ढोल मृदंग बजवाए जाते थे। यदि कोई स्त्री भयभीत होकर अग्निकुंड से भागने की चेष्टा करती तो उसे पुनः अग्निकुंड में धकेलने के लिए पहलवान तैनात किए जाते थे। वे डंडे की मदद से उस स्त्री को पुनः अग्निकुंड में धकेल देते ताकि वह स्त्री पति के साथ चिता में जलकर मोक्ष को प्राप्त करे।

रीता ने अपने बाजू में बैठी, ध्यान से व्याख्यान सुन रही, वैशाली की ओर गरदन घुमाए बिना हौले से कहा, "सच में यह बड़ा ही दर्दनाक दृश्य होता रहा होगा। उसके बारे सोचकर ही शरीर में रोंगटे खड़े हो रहे हैं।"

"हूँउउउउउउउ। सच में···मेरे भी।" वैशाली ने उसी के अंदाज में रीता को धीरे से जवाब दिया।

"खांडेराव का शव जब डेरे में लाया गया तो अहिल्याबाई अपने पति का शव देखकर बिलखती हुई उनके शव से लिपटकर जोर-जोर से विलाप करने लगीं। वह बिन पानी की मछली की भाँति तड़प रही थीं। अभी-अभी तो उनका गृहस्थ जीवन सुखमय हुआ था और विधाता ने ये क्या किया? रोते-रोते वे बेहोश हो गईं। अहिल्या की करुणामयी दशा देखकर युद्धभूमि में मौजूद सभी लोग उन्हें सांत्वना दे रहे थे।

कुछ सोचकर अहिल्या ने खुद को सँभाला। उन्होंने अपने पति की चिता के साथ सती होने का निर्णय ले लिया। उनकी तीन सौतनें भी अहिल्याबाई जैसे ही सती होने का निर्णय लेती हैं। उस समय सती प्रथा का बोलबाला था, इसलिए ज्यादातर स्त्रियाँ सती होती ही थीं।

अहिल्याबाई और सती होने वाली अन्य स्त्रियों को अपने-अपने डेरे में तैयार किया जाने लगा। दरअसल पति की चिता के साथ अग्निकुंड में सती होने वाली स्त्री को खूब महिमामंडित किया जाता था। सबसे पहले सोलह श्रृंगार किया जाता, फिर पति की चिता के साथ-साथ वे कतारबद्ध होकर अग्निकुंड तक जाती हैं। जहाँ पर पंडित मंत्रों के साथ विधि-विधान से सती होने की प्रक्रिया संपन्न करते हैं।

खांडेराव की अन्य विधवाओं के समान अहिल्याबाई भी अपने डेरे में सती होने की तैयारी कर रही थीं। मल्हार राव बाहर खड़े अहिल्या की प्रतीक्षा कर रहे हैं। थोड़ी देर में कतारबद्ध होकर खांडेराव की चारों विधवाएँ सती होने के लिए निकलीं।

मल्हार राव झट से अहिल्या के सामने अपने दोनों हाथ जोड़कर खड़े हो गए। गिड़गिड़ाकर कहने लगे, "बेटी, तू सती होने का विचार छोड़ दे। खंडू तो धोखा देकर चला गया। अब तू ही मेरा बेटा है। बेटी, ये राजपाट, धन-दौलत सब तेरा है। यह सब मैं नहीं सँभाल पाऊँगा। तुझे ही सँभालना पड़ेगा। अभी तक तू ही सारा काम देखती आई है। तेरे बिना तो मैं बेजान हो जाऊँगा। तू रहेगी तो मुझमें हिम्मत रहेगी। तू ही मेरे लिए खंडू है। मेरी दशा उखड़े पेड़ जैसी हो गई है। जिंदगी के चंद दिन बचे हैं। तू सती हो जाएगी तो मैं अंधा हो जाऊँगा। सती होकर हम सबको अनाथ न कर। अपनी प्रजा, अपने बच्चों, इस बूढ़े बाप के लिए तू जिंदा रह। इस बूढ़े पर तरस खाओ।"

मल्हार राव रोते हुए अहिल्या के पाँव के पास गिर गए।

अपने ससुर की यह हालत देखकर, बहू अहिल्याबाई का मन हिल गया। वह दुविधा में पड़ गई। एक तरफ पुराणों के संस्कार उससे कह रहे थे कि 'गृहस्थी मिथ्या है। सती पुण्य स्वर्ग के द्वार खोल देगा।'

दूसरी ओर महापराक्रमी ससुर का आग्रह व अपने दो नन्हे बच्चों की जिम्मेदारी उसके मार्ग में आ खड़ी हुई। चेतनाहीन सी खड़ी अहिल्या अपने पास खड़ी सौतनों की ओर देखकर सोचने लगी कि 'इनके तो बच्चे नहीं हैं, इसलिए इनके सामने कोई दुविधा नहीं है, लेकिन मैं क्या करूँ? स्वर्गलोक में जाऊ? या इहलोक में रहूँ?"

उसकी दुविधा देखकर मल्हार राव फिर गिड़गिड़ाकर कहने लगे, "तुम पर मातृत्व का बोझ है। उनके पालन की जिम्मेदारी है। बेटी, यह जिद छोड़ दे। मत जा मुझे छोड़कर। बेटी, मत हो सती...।"

उन्होंने तिरछी निगाहों से अपने ससुर को देखा, वे अब भी सिर नीचे किए, उसके सामने, जमीन पर, घुटने के बल, दयनीय अवस्था में बैठे हैं। आँसुओं की धारा अब भी उनकी आँखों से निरंतर बह रही है। उनकी यह दशा देखकर अहिल्या स्थिरचित्त से बोली, "ठीक है ससुरजी...अगर शिवजी की यही इच्छा है तो हम अपना यह विचार त्याग देते हैं।"

यह सुनते ही मल्हार राव के चेहरे पर खुशी के भाव तैरने लगते हैं। वे कहने लगे, "अहिल्या, तुम धन्य हो। तुमने इस बूढ़े की लाज रख ली बेटी। मेरा आशीर्वाद तुम्हारे साथ है। मुझे विश्वास है कि तुम अपने व्यवहार से पूरे समाज में एक आदर्श स्थापित करोगी। आने वाली पीढ़ी तुम्हारे त्याग व कर्तव्यपरायणता के यशगान करेगी।"

उनकी बात सुनते-सुनते अहिल्या अपने ससुरजी मल्हार राव के चरणों पर गिर गई। माथा टेककर वह बोली, "जिस प्रकार कुरुक्षेत्र में भगवान् श्रीकृष्ण के शब्द अर्जुन को आज्ञा समान थे, वैसे ही मेरे लिए आपके शब्द भी...।" कहते-कहते अहिल्या अचेत हो गई।

शाम का वक्त हो गया था। खांडेराव के अंतिम संस्कार ही की तैयारी प्रारंभ हो गई। बड़ी संख्या में लोग एकत्रित हो गए, चिता तैयार की गई। खांडेराव का शव लाया गया। उनकी दो अन्य रानियाँ पार्वतीबाई जो कि गावडे परिवार की थी और दूसरी सुरताबाई, इसके अलावा खांडेराव की कुछ अन्य स्त्रियाँ जैसे साहेबकुँवर, नखुबाई, पोपाबाई, प्रेमकुँवर, गंगाबाई, कुँवरबाई, राजकुँवरबाई तथा सुंदरबाई खांडेराव के साथ सती हो गईं। परंपरानुसार खांडेराव का सिर उनकी गोद में रखा था। चारों ओर से जनसमुदाय ने सती माताओं का जयघोष किया। चिता धधकने लगी। भयानक चीख से चारों ओर खलबली मच गई। नगाड़े तेज-तेज बजने लगे। सारी ध्वनियाँ चरम-सीमा पर पहुँच गईं, फिर सब शांत हो गया। एकदम शांत। चारों ओर नीरवता छा गई।

अहिल्या निष्प्राण सी अपने डेरे में श्वेत वस्त्रों में बैठी शिवजी का स्मरण करने में तल्लीन हो गई। दरअसल, व्यथित अहिल्या ने अपना शेष जीवन शिवजी के हवाले कर दिया था। उनका हर निर्णय अब उसे स्वीकार था।

खांडेराव के क्रियाकर्म से संबंधित समस्त कार्य संपन्न हो गए। उनकी आत्मा को शांति मिले, इसके लिए मल्हार राव ने खूब दान-धर्म किया। कुंभेरी में ही खांडेराव की छतरी भी बनवाई गई। फिर भी मल्हार राव जब भी याद आता वे रोने लगते हैं। सही भी है, बेटे की मौत से बढ़कर एक पिता के लिए कौन सा दर्द हो सकता है ?

राधोबादादा की मध्यस्थता में सूरजमल जाट का विवाद सुलझा लिया गया। सूरजमल ने भी मानवीय व्यवहार करते हुए अपनी शोक संवेदना व्यक्त की और अहिल्याबाई व उनके पुत्र मालेराव को एक-एक परगना भेंट किया।

इसके उपरांत मल्हार राव इंदौर वापस आ गए। उनके साथ वापस आ गई उनकी सुनबाई अहिल्या। भरतपुर अहिल्या के जीवन का एक महत्त्वपूर्ण पड़ाव था। इसके बाद उन्होंने राजसी सुखों को त्याग दिया। कीमती वस्त्रों व गहनों को भी त्याग दिया, वे सफेद साड़ी में रहने लगीं।

यह भी एक संयोग की बात है कि अहिल्या को बचपन से ही सँजना-सँवरना पसंद नहीं था। वे शुरू से ही सादा जीवन उच्च जीवन का सिद्धांत अपनाती आई थीं।

इतना कहकर प्रो. तिवारी ने अपना व्याख्यान पूरा करते हुए सारे प्रतिभागियों से पूछा, "यदि आप लोगों के कोई प्रश्न हों पूछिए।"

कोई कुछ नहीं बोला। जाने क्यों आज सभी थोड़े से उदास से हो गए थे। तिवारी मैडम भी मंच पर रखी कुरसी पर आकर निढाल सी बैठ गईं। उन्होंने अपनी मेज पर रखी बोतल का पानी पिया, फिर प्रतिभागियों की ओर देखने लगीं।

एक प्रतिभागी अपने स्थान से उठा और उसने सभी प्रतिभागियों की ओर से मैडम तिवारी को धन्यवाद देते हुए उनका आभार माना।

इसके बाद बाहर जाकर सभी प्रतिभागियों ने चाय ली। चाय की चुस्कियों के साथ-साथ माता अहिल्याबाई के जीवन की भी चर्चा होने लगी।

एक प्रतिभागी ने अपने साथ खड़े दूसरे प्रतिभागी से कहा, "इसलिए सोच-समझकर अपनी इच्छा-अनिच्छा का निर्धारण करना चाहिए।"

"सही है, कई जैसा सोचो वैसा ही हो जाता है।"

"लेकिन एक बात समझ में नहीं आई कि मल्हार राव ने अपनी बाकी बहुओं को सती होने से क्यों नहीं रोका?"

"उन्हें अहिल्याबाई से विशेष स्नेह रहा होगा।"

एक तीसरा प्रतिभागी बोला, "मल्हार राव को पता था कि उनका राजपाट सिर्फ अहिल्याबाई ही सँभाल सकती है।"

"ठीक हैं, लेकिन बाकी की बहुएँ उनके राजकार्य में कुछ-न-कुछ सहयोग तो दे ही सकती थीं।"

"हाँ, उन्हें भी राजकीय कार्यों का प्रशिक्षण दिया जा सकता था।"

"देखिए, होने को कुछ भी हो सकता है, लेकिन अभी यह समझना है कि वे कौन सी परिस्थितियाँ थीं, जिसमें अहिल्याबाई एक साधारण बहू से होल्कर राज्य की शासक बनीं।"

"सही, बात है।"

उनसे थोड़ी दूरी पर खड़ी वैशाली को यह सब सुनकर ऐसा लगने लगा कि सारा माहौल ही अहिल्यामय हो गया है। कक्षा के अंदर व बाहर सभी जगह अहिल्याबाई ही चर्चा का विषय बन गई हैं।

दरअसल, अहिल्याबाई की समूची जीवनी ही प्रेरणादायी है। उनके जीवन का हर पक्ष कुछ-न-कुछ सिखाकर जाता है। यह भी यह एक अद्‌भुत तथ्य है कि लगभग सभी प्रतिभागी बहुत ही रुचि के साथ व्याख्यान सुनते हैं। इस कार्यशाला के समस्त स्रोत साधक बहुत अच्छी तरह से घटनाक्रम को समझाते हैं। उनको सुनकर ऐसा लगता है मानो कोई कहानी सुन रहे हों। इतिहास के पन्नों से ली गई सत्यता पर आधारित एक ऐसी कहानी जो आज भी हर किसी के मन को छू जाती है।

11

कार्यशाला से वापस आने के बाद वैशाली अपने होटल के कमरे में यूँ तो अकेले हैं, लेकिन विचारों के संसार में वह अब भी 18वीं सदी में विचरण कर रही हैं। आज सुनिधि 'अहिल्याबाई जन्मोत्सव समिति' की बैठक में शामिल होने के लिए भोपाल गई हुई है, इसलिए वैशाली को अपने खयालों में गुम होने का मौका मिल गया है।

वह एक गरम कॉफी लेने के उपरांत अपने बिस्तर में निढाल होकर लेट जाती है। कभी-कभी ऐसा करना भी असीम सुखदाई होता है।

बिस्तर में पड़ी-पड़ी वह सोच रही है कि घर में किसी बड़े का होना सौभाग्य की बात होती है। यह बात मुझसे अच्छा कौन जान सकता है! वे सब दुर्भाग्यशाली होते हैं जो अपने घर के बुजुर्गों की कद्र नहीं करते। उनके ज्ञान का उपयोग नहीं करते, उनका आशीर्वाद नहीं लेते।

अपने दोनों हाथों पर अपने चेहरे को थामकर, खिड़की से बाहर हरे-हरे वृक्षों को देखते हुए सोचती है, 'यदि अहिल्या के घर में उनके ससुरजी नहीं होते या वो अपनी बहू को सती होने से नहीं रोकते तो भारत का इतिहास ही अलग होता।"

'यदि अहिल्याबाई के पति सद्‌गुणी होते, उसे प्यार करते, अपने पिता मल्हार राव की भाँति पराक्रमी होते, जीवित रहते! उस स्थिति में भी इतिहास कुछ और ही होता।

'...हो सकता है, उस स्थिति में उनके ससुरजी उन्हें सती होने से नहीं रोकते? क्योंकि यदि उनके अपने बेटे में सामर्थ्य होती तो वो बहू को एक सशक्त स्त्री बनाने का बीड़ा क्यों उठाते?'

वह खुद से कहती है, 'हाँ, यह भी संभव है। एक सामान्य व्यक्ति का समूचा व्यवहार स्वहित से प्रेरित होता है। मल्हार राव को पता था कि उनका बेटा योग्य नहीं है। इसलिए उन्होंने अहिल्या जैसी बुद्धिमान्, चतुर व समझदार लड़की को अपनी बहू बनाया, ताकि वह उनके बेटे का सँभाल सके। राजकार्य में उसका साथ दे सके।

'अहिल्याबाई ने उनकी अपेक्षाओं के अनुरूप कार्य किया। इसलिए तो उन्हें अहिल्याबाई के वजूद की कद्र थी। राजकीय आवश्यकता के भाव ने मल्हार राव को प्रेरित किया और उन्होंने बहू अहिल्या को सती नहीं होने से बचा लिया।

'इसका मतलब यह है कि हर किसी को अपनी क्षमताओं को निखारने का हर संभव प्रयास करना चाहिए। पता नहीं कौन सा हुनर कहाँ काम आ जाए!

वैशाली सोचने लगी कि 'सच तो यह भी है कि जीवन में जो कुछ होना होता है, उसकी रूपरेखा ईश्वर खुद ही पहले से तय कर देते हैं।'

थोड़ा रुककर शून्य में डूबते हुए वह सोचने लगी, 'मेरे जीवन में न जाने क्या होने वाला है! मेरे साथ न तो देवी अहिल्या की भाँति दिशादर्शक पितातुल्य ससुर हैं

और न ही कोई संतान है जिसके लिए मुझे जीना है। प्रजापालन का कोई सार्वजनिक बोध भी नहीं है।'

'तो?'

'फिर तो?'

'क्या है, मेरी तकदीर में?'

इतने सारे प्रश्न करके वह उनके उत्तर तलाशने लगी। आने वाले कल की चिंता में लीन वैशाली एकदम शांत होकर सोचने लगी। तभी मोबाइल की रिंग ने उसके चिंतन में विघ्न पैदा कर दिया। उसने बेमन से पास में रखे मोबाइल को उठाया।

देखा तो सुनिधि की कॉल थी। वह चहककर बिस्तर से उठकर बैठ गई। उत्साहित स्वर में बोली, "हेलो!"

"हेलो, कैसी हो!"

"ठीक हूँ…आप कैसी हैं?"

"मैं तो ठीक हूँ, परंतु मैं जानती हूँ कि आपने अभी तक खाना नहीं खाया होगा।" सुनिधि आत्मविश्वास के साथ बोली।

"अरे, आपको कैसे पता?" वैशाली ने हँसकर पूछा।

वह भी हँसते हुए बोली, "आपके दिमाग में अभी क्या विचार आ-जा रहे हैं… मुझे यह भी पता है।"

तभी दरवाजे की घंटी बजने लगी।

सुनिधि ने फोन पर कहा, "दरवाजा खोलिए, आपके लिए इंदौर के दाल-बाफले तैयार हैं।"

"क्या?"

"जी, अब आप दरवाजा खोलिए। डिनर आपका इंतजार कर रहा। उम्मीद है, आपको यह खास भोजन पसंद आएगा।"

"ओहो!"

तभी उसके कमरे की घंटी बजती है। वह मुसकराकर फोन रखते हुए दरवाजा खोलती है। सामने एक व्यक्ति उसका रात्रिकालीन भोजन लेकर खड़ा है।

खाना अंदर लाकर वह सोचने लगती है, 'शिवजी ने सुनिधि को मेरे जीवन में भेजकर जाने किस बात का इशारा किया है, वह एक बड़ी बहन की भाँति मेरा बहुत ध्यान रखती है! न जाने उसका कर्ज मैं कैसे उतार पाऊँगी!'

वैशाली सोचने लगी, 'कई लोग देवदूत की तरह होते हैं, जैसे—सुनिधि···मुझे भी ऐसा ही कुछ करके दूसरों के जीवन में खुशियाँ लाने की कोशिश करना चाहिए। तभी माता अहिल्या के आदर्शों की तिलमात्र खानापूर्ति होगी।"

12

"आज हमारी कार्यशाला का यह चौथा दिन है। उम्मीद है, आप सभी माँ अहिल्या के जीवन के विविध आयामों से परिचित हो रहे होंगे।" संयोजिका मैडम ने वही अपने चिर-परिचित अंदाज में मुसकराकर प्रतिभागियों से पूछा।

सभी प्रतिभागियों ने जोश के साथ अपनी-अपनी गरदन हिलाई।

उन्होंने मुसकराकर आगे कहा, "क्षमा करें, आप लोगों को एक बात बताना रह गई है।" यह सुनकर प्रतिभागी एक-दूसरे की ओर देखने लगे फिर वे संयोजिका मैडम की ओर गौर से देखने लगे।

वे बोलीं, "इस कार्यशाला के आखिरी दिन आप लोगों से फीडबैक लिया जाएगा और आप लोगों के ज्ञान का स्तर जानने के लिए एक थोड़ी सी लिखित परीक्षा भी ली जाएगी।"

यह सुनते ही सबके फूल से खिले चेहरे एकाएक मुरझा गए।

यह प्रतिक्रिया देखकर संयोजिका महोदया हँसते हुए कहने लगी, "अच्छा हुआ न मैंने अभी बता दिया। यदि आखिरी दिन बतातीं तो आप सभी स्तब्ध रह जाते।"

सभी को लगा सही बात है, परंतु परीक्षा तो परीक्षा है। इसलिए सभी ने मन-ही-मन तय किया कि अब और अधिक ध्यान से व्याख्यानों को सुनेंगे। सभी की ओर देखते हुए संयोजिका बोलीं, "इसी परीक्षण के आधार पर आप सभी को श्रेणी···।" अपनी बात पूरी कर पातीं इसके पहले ही वहाँ पर एक मैडम आ गईं।

उन्हें देखकर संयोजिका मैडम अपनी कुरसी से उठकर दरवाजे की ओर लपकीं, उनका हाथ जोड़कर अभिवादन करने के बाद वे उन्हें मंच तक लाईं। उन्हें निर्धारित कुरसी पर सम्मान से बिठाया।

इसके बाद संयोजिका मैडम ने अतिथि विद्वान् महोदय का परिचय देते हुए बोलीं, "आप है प्रो. किरण मोरेजी। आप दिल्ली से सीधे यहीं पर चली आ रही हैं। आपके निदेशन में दो शोधार्थियों ने माँ अहिल्या पर शोधकार्य किया है। आपकी इस

विषय पर काफी अच्छी पकड़ है। 'अहिल्याबाई : एक प्रशासक' विषय पर आज आप अपना व्याख्यान देंगी।"

इतिहास की वरिष्ठ प्रो. मोरे ने प्रारंभिक औपचारिकताओं के बाद अपनी बात रखना प्रारंभ की। वे बोलीं, "पूत के पाँव पालने में ही दिखाई दे जाते हैं।" अहिल्याबाई जब मात्र पाँच-छह साल की थीं तभी से वे अपनी सखियों के संग राजा व रंक का खेल खेलतीं। द्वार लगातीं व न्याय करतीं। उनमें इतना साहस था कि वे बचपन से ही उन व्यवस्थाओं के प्रति आवाज उठातीं जो उन्हें भेदभाव से परिपूर्ण दिखाई देतीं। फिर चाहे वह उनके अपने बाबा, आई, मंदिर के पुजारी या कोई और क्यों न हो। वह अपनी जिज्ञासा के अनुरूप प्रश्न करती थीं। कई बार तो उनके प्रश्न और उत्तरों की दलील सुनकर बड़े-बड़े लोग हैरान रह जाते थे।"

वे आगे कहती हैं, "जब वे 8 साल की अवस्था में विवाहोपरांत अपनी ससुराल में आईं तो एक दिन वे जिद करके अपने राजमहल के दरबार की काररवाई देखने के लिए गईं। उनके ससुर मल्हार राव को उनकी यह जिद अच्छी लगी, क्योंकि उनके अपने पुत्र खांडेराव की इसमें कोई रुचि थी नहीं, इसलिए उन्होंने सोचा, 'अच्छा है, बेटा नहीं तो बहू में तो राजकार्य सीखने की ललक है।'

यद्यपि उनकी सासूमाँ गौतमाबाई को यह बात ठीक नहीं लगी। उन्हें लगता था कि स्त्रियों को सिर्फ रसोई व घर के कामों में ही रुचि रखना चाहिए, परंतु अहिल्या का दिल राज्य के कार्यों में ही लगता था। वह दूसरों का भला सोचतीं। परहितकारी कार्य करतीं। दूसरों के दुःख में शामिल होतीं।

ससुर मल्हार राव के सहयोग से बहू अहिल्याबाई होल्कर पहली बार राजदरबार में आते समय अचंभित है। एक बड़ा सा सुंदर सुसज्जित सभागार जिसमें भाँति-भाँति की कलाकृतियाँ मन लुभा रही हैं। बड़े से राज सिंहासन पर उसके ससुर मल्हार राव बैठे हैं। उनके सामने दोनों ओर कतार से अन्य सरदार शान से अपने-अपने स्थानों पर बैठे हैं। सामने नागरिकगण खड़े हैं। वे अपनी समस्याओं के निराकरण की उम्मीद से यहाँ आए हैं। इनमें किसी को न्याय चाहिए तो किसी को सहायता।

राजदरबार की बनावट ऐसी है कि तीन ओर झरोखे बने हैं। यहाँ पर खड़े होकर राजदरबार की काररवाई को देखा जा सकता था। अस्तु, यदि राजघराने की स्त्रियों को राजदरबार में आना होता था तो वे इन्हीं झरोखों में खड़े होकर काररवाई को देख व सुन सकती थीं।

होल्कर राज की नई-नवेली बहू अहिल्या भी इसी झरोखे में आकर खड़ी हो गई। उसके साथ उसकी तीनों सासूमाँ व राजपरिवार की एक-दो और स्त्रियाँ खड़ी हैं।

झरोखे में खड़े होकर राजदरबार को देखते हुए अहिल्या सोचती है, 'यह तो इतना बड़ा है कि इसमें मेरा पूरा चौंडी गाँव ही आ जाए।'

फिर वह मल्हार राव को सिंहासन पर बैठकर न्याय करते देखती हैं तो बड़े ही गर्व के साथ कहती हैं, "मैं भी अपने गाँव में ऐसे ही राजा-राजा खेलती थी। मैं सबको न्याय देती थी…।"

उसके बगल में खड़ी उसकी सासूबाई गौतमा कहती हैं, "अहिल्या चुप रहो। यह राजदरबार है, तुम्हारे बचपन का खेल नहीं।"

पास में खड़ी सौतेली सासूमाँ द्वारकाबाई ताने मारते हुए हौले से मुसकराकर कहती हैं, "बचपन का नहीं…छोटे से गाँव का खेल।"

अहिल्या कुछ समझ नहीं पातीं। वह सहम सी जाती हैं और एकदम चुप होकर राजदरबार की काररवाई देखने लगती हैं।

सासूमाँ को शायद यह नहीं मालूम था कि उन्होंने अहिल्या के होंठों को बंद करवाया है, उसकी आवाज को रोका है, लेकिन उसका दिमाग तो चलायमान है। वह कब शांत रहता है, वह तो निरंतर कुछ-न-कुछ सोचता ही रहता है।

अहिल्या ने देखा कि दरबार में बहुत सारे लोग न्याय माँगने के लिए आए हैं। ससुरजी मल्हार राव ने सबको उचित न्याय व सहायता प्रदान की। लगभग सभी लोग संतुष्ट होकर जा रहे थे।

कुछ समय के बाद एक गाँव के कुछ किसान भाई न्याय माँगने आए। उनके गाँव में सूखा पड़ गया था। अस्तु, वे लगान में माफी की उम्मीद लेकर आए थे। अहिल्या के ससुर मल्हार राव ने अपने एक सरदार की बात मानकर, सामान्य न्याय के सिद्धांत के आधार पर उन किसानों का लगान माफ करने से मना कर दिया।

अपनी उम्मीद के विपरीत न्याय मिलने पर वे किसान रुआँसे होकर वापस जाने लगे। तभी ऊपर झरोखे में खड़ी अहिल्या ने उनसे कहा, "रुको।"

नई-नई बहू अहिल्या के राजदरबार के न्याय में हस्तक्षेप करने से सभी दंग रह गए। सभी की नजर अहिल्या की ओर उठ गई। अहिल्या के पास में खड़ी महल की अन्य स्त्रियाँ हैरत में पड़ गईं। उसकी सासू गौतमाबाई ने ताव में आकर उससे कहा,

"अहिल्या, ये क्या कर रही हो? यह राजदरबार है, तुम्हारे गाँव के बच्चों का खेल नहीं। चुप करो।"

अहिल्या सहमकर चुप हो गई।

तभी न्याय की गद्दी पर बैठे मल्हार राव ने उसकी ओर देखा। अहिल्या ने भी सहती निगाहों से उनकी ओर देखा। मल्हार राव जानते थे कि अहिल्या का स्वभाव प्रजाहितकारी है। निश्चित तौर पर उसके मन में कुछ चल रहा है, इसलिए उसने अनायास ही आवाज उठाई। अस्तु, उन्होंने मुसकराकर अहिल्या से कहा, "कहो बेटी, क्या कहना चाहती हो?"

अहिल्या ने सहमी निगाहों से अपनी सास की ओर देखा तो उनके चेहरे का गुस्सा देखकर वे डर गईं। उन्होंने अपनी गरदन नीचे कर ली, लेकिन जब मल्हार राव ने फिर से पूछा, "अहिल्या, कहो क्या कहना है, तुमको?"

अहिल्या ने संकोचवश डरते हुए कहा, "ढलान वाले क्षेत्र विशेष होते हैं, वहाँ पर बरसात का पानी नहीं ठहरता। इसलिए इन किसानों के गाँव की स्थिति समतल खेती वाले किसानों से अलग होती है।"

नन्ही सी बहू अहिल्या की बात सुनकर ससुर मल्हार राव मुसकरा दिए, परंतु अन्य लोग अवाक् रह गए। अहिल्या की बात पर गौर करते हुए मल्हार राव ने भरे दरबार मे अपना निर्णय वापस लेते हुए उसे पुनर्विचार के लिए सुरक्षित रख लिया।

न्याय पाकर किसानों के चेहरे खिल गए। उन सभी किसानों ने मल्हार राव को ससम्मान झुककर आभार दिया, फिर उन सबने ऊपर झरोखे में अन्य पारिवारिक स्त्रियों के साथ खड़ी छोटी रानी सहिबा अहिल्याबाई को सम्मानपूर्णक हाथ जोड़कर अभिवादन कर संकेत में आभार व्यक्त किया।

ये सब देखकर सभी भौचक्के रह गए, क्योंकि आज तक राजदरबार में आने वाले प्रजाजनों ने सिर्फ अपने न्यायकर्ता मल्हार राव को ही सजदा किया था, राजघराने की किसी स्त्री को नहीं।

अहिल्या की इस न्यायिक पहल की चर्चा चारों ओर होने लगी। उसके पति व परिवार के अन्य लोगों को यह बात ठीक नहीं लगी, लेकिन मल्हार राव जानते थे कि यह अहिल्या ही है, जो उसके बाद होल्कर राज्य को भली-भाँति चला सकती है।

इसलिए ससुर मल्हार राव जब-तब अपनी बहू अहिल्या को राजकार्य से संबंधित शिक्षा देते रहते थे। वे अपनी बहू को एक अच्छा शासक बनाना चाहते थे।

इसके पीछे उनकी मान्यता थी कि यदि उनका बेटा प्रशासनिक कार्य में विफल रहा तो बहू अहिल्या उसे सँभाल लेगी।

एक बार ऐसा हुआ भी।

बात उस समय की है कि जबकि मल्हार राव की बड़ी रानी गौतमा अपने बेटे खांडेराव को होल्कर वंश का उत्तराधिकारी बनाना चाहती थीं, लेकिन मल्हार राव जानते थे कि उनके एकमात्र बेटे में प्रशासनिक अक्षमता है। होल्कर परिवार की अन्य रानियाँ भी यह जानती थीं। इसलिए मल्हार राव की दूसरी रानी द्वारकाबाई को लगता था कि उसका दामाद होल्कर राज का उत्ताधिकारी बने।

अपने समधी के सुझाव पर मल्हार राव अपने बेटे की भरे दरबार में परीक्षा लेने के लिए एक थाल में सोने के चार सिक्के रखकर चार प्रश्न करते हैं। इन प्रश्नों का उत्तर देने के लिए उसे 24 घंटों का समय देते हैं।

गौतमाबाई जानती है कि उसका बेटा खांडेराव ऐसे किसी भी प्रश्न का जवाब नहीं दे पाएगा। इसलिए वह अपने पति से लड़ाई करती कि उन्होंने ऐसी कठिन परीक्षा क्यों ली? वह अपने पति मल्हार राव पर भावनात्मक रूप से दबाव डालकर कहती हैं, "अगर आप चाहते हैं कि हमारा बेटा इस होल्कर राज का उत्तराधिकारी बने तो आपको उन चारों प्रश्नों के उत्तर अभी मुझे बताने होंगे।"

मल्हार नाराज होकर अपनी पत्नी गौतमा से कहते हैं, "तुमने ऐसे सोच भी कैसे लिया कि मैं ऐसा कर सकता हूँ। मैं अपने बेटे से प्यार करता हूँ, इसलिए दुआ करूँगा कि वही मेरा उत्तराधिकारी बने, लेकिन प्रश्नों के उत्तर बताकर मैं प्रजा व राजदरबार के साथ गद्दारी नहीं कर सकता।"

उधर अहिल्या के पति खांडेराव परेशान रहते हैं। उस समय अहिल्या अपने पत्नी धर्म का निर्वहन करते हुए प्रश्नों के उत्तर खोजने में खांडेराव की मदद करती हैं और खांडेराव होल्कर राज के उत्तराधिकारी बन जाते हैं।

जब अहिल्या के पति खांडेराव होल्कर राजदरबार में सबके सामने इस दायित्व की शपथ लेते हैं तो मल्हार राव की शिक्षा के अनुसार बहू अहिल्या भी अपने आपको अपने पति की अर्धांगिनी के रूप में मन-ही-मन शपथ को दोहराती है।

मल्हार राव के साथ परिवार के अन्य सदस्यों को भी धीरे-धीरे यह यकीन होने लगा कि अहिल्या में एक शासिका के गुण हैं। इस बात से कई लोगों को तकलीफ भी होती है कि गाँव से आई एक चरवाहे की लड़की हम सब पर शासन करने की

ओर अग्रसर हो रही है।

कहते हैं, "बदी को कौन टाल सकता है, जो जब होना है, वह होता ही है।" इसलिए तो भरी जवानी में अहिल्या को पति वियोग हो गया। उसके बाद उनकी सासूमाँ गौतमाबाई अपने पुत्र के शोक में 1761 में चल बसीं।

26 मई, 1766 को उनके ससुरजी होल्कर राज के संस्थापक सूबेदार मल्हार राव होल्कर का भी देहांत हो गया। वे उनके पितातुल्य गुरु व संरक्षक थे। ससुर के साथ ही उनकी दो सासूआई द्वारकाबाई होल्कर व बानाबाई होल्कर अपने पति के साथ ही सती हो गईं। उनकी चौथी सासूआई हरकूबाई सती नहीं हुईं। वे अहिल्या का साथ देने के लिए सदैव उनके साथ रहीं।

एक के बाद एक मौत होने से अहिल्या टूटने लगीं, लेकिन वक्त के थपेड़ों ने उन्हें जो मजबूती दी थी, उसके बलबूते पर वह अटल होकर खड़ी रहीं। उनके ससुरजी ने अपने पौत्र मालेराव को अपना उत्तराधिकारी बनाया था। मालेराव अभी अल्पवयस्क थे, लेकिन मल्हार राव को इस बात की चिंता नहीं थी, क्योंकि उन्हें पता था कि उनकी बहू अहिल्या एक कुशल शासिका है। वह अपने पुत्र को सबकुछ सिखा लेगी। प्रजाहितकारी राजव्यवस्था का स्थापन करेगी। उन्हें अपनी बहू अहिल्याबाई पर पूरा भरोसा था।

राजकीय व्यवस्था के अनुसार 23 अगस्त, 1766 को मालेराव गद्दी पर बैठे। पूना से पेशवा की ओर से उन्हें सनद मिल चुकी गई थी। बेटे मालेराव होल्कर भी अपने पिता खांडेराव की भाँति राजकार्य में नीरसता रखते हैं। उनका मन राजव्यवस्था से जुड़े कार्यों में नहीं लगता है। अस्तु, माँ अहिल्याबाई होल्कर ने मालवा प्रांत में शासन का कार्य करना प्रारंभ कर दिया। अहिल्या को उनके ससुरजी ने राजसिंहासन व प्रजाहित की तमाम शिक्षा देकर निपुण कर दिया था। वे अपने ससुर के साथ उनके समय में भी राजकार्य करती थीं, इसलिए उन्होंने द्विफॉर्मूला पद्धति अपनाई। वे अपने होल्कर राज का शासन भी करती रहीं और साथ ही अपने बेटे मालेराव को भी राजकार्य की शिक्षा देने का प्रयास करती रहतीं।

अहिल्याबाई चाहती थीं कि उनका बेटा भी अपने दादाजी मल्हार राव की भाँति वीर पराक्रमी व कुशल शासक बने। उसे समझाने की अहिल्या ने पूरी कोशिश की लेकिन उसका आचरण ठीक नहीं था। वह अपने पिता की भाँति एक अकुशल शासक थे।

मालेराव अकसर नशे में रहते। प्रजा के साथ कठोर व निर्दयतापूर्वक व्यवहार करते। ब्राह्मणों को सताते। वे दान-दक्षिणा की वस्तुओं में भी बिच्छू जैसे जहरीले कीड़े रख देते। जैसे ही ये जहरीले कीड़े काटते लोग दर्द से तिलमिला जाते। उनको तड़पते देखने में मालेराव को बहुत आनंद आता। उन्हें लोगों को परेशान करने में मजा आता था। उनकी इन्हीं बुरी आदतों से माँ अहिल्या बेहद परेशान रहती थीं।

ताई सुमित्रा महाजन द्वारा लिखित पुस्तक 'मातोश्री' के पृष्ठ क्रमांक 38 पर उल्लेख है कि माता अहिल्या याद करती हैं कि 'पिताजी मुझे देवी का रूप कहते थे फिर इस देवी की कोख से यह राक्षस कैसे पैदा हो गया? मैंने कौन से पाप किए थे। आज तो मालेराव ने राजपुरोहित की पगड़ी में ही बिच्छू रख दिया। सोचा था सूबेदार बनते पर सुधर जाएगा। हे भगवान्!'

पृष्ठ क्रमांक 39 पर ताई ने लिखा है कि "अहिल्या कहती है कि पुत्र के पाप का प्रायश्चित्त माँ को ही करना पड़ता है। मंजुला, आज अहिल्या को दूध नहीं विष का घूँट पीना पड़ रहा है।...भगवान् ने मेरे ही आँचल में कड़ुआ फल क्यों डाला? अब यह फल खाकर कैसे मुँह मीठा होगा!' अपने इकलौते बेटे मालेराव के बरताव से माँ अहिल्या बेहद दुःखी रहती थीं।

कुछ दिनों के बाद मालेराव होल्कर बीमार हो गए। बीमारी में बहकी-बहकी बातें करने लगे। माँ अहिल्या ने उनका बहुत इलाज करवाया, लेकिन वह ठीक नहीं हो पाते और 27 मार्च, 1767 को मालेराव का भी निधन हो गया। उनके साथ उनकी दोनों पत्नियाँ भी सती हो गईं।

मालेराव की मृत्यु के बारे में मतांतर पाया जाता है। विनया खडपेकर अपनी पुस्तक 'ज्ञात-अज्ञात देवी अहिल्याबाई होल्कर' के पृष्ठ क्रमांक 110-11 पर लिखती हैं कि 'मालेराव ने एक जुलाहे के साथ मारपीट की थी, जिसके कारण उसकी मौत हो गई थी। उसका प्रेत मालेराव को दिखता था। माता अहिल्या ने अपने बेटे मालेराव का यह भय दूर करने के लिए झाड़-फूँक भी करवाई परंतु कोई फायदा नहीं हुआ। मालेराव बीमार रहने लगा, कभी-कभी उसे नैराश्य के दौरे भी पड़ने लगे। माता अहिल्या ने उन्हें बचाने की कोशिश की लेकिन वह बच न सके।'

मालेराव के अंतिम दर्शन के समय दुःखी माता अहिल्या मन-ही-मन सोचती थी कि मालेराव का बरताव अच्छा होता जा रहा था। अचानक ये क्या हो गया। भगवान् आपने ये कैसा न्याय किया?

अरविंद जवलेकर भी अपनी पुस्तक 'लोकमाता अहिल्याबाई' के पृष्ठ क्रमांक 38 में यही लिखते हैं कि 'किसी के बहकावे में आकर मालेराव ने एक निरपराध की हत्या कर दी। बाद में हकीकत मालूम होने पर अपराधबोध में वे बीमार पड़ गए। अहिल्या ने पूजा-पाठ, जादू-मंतर, दवा-दारू सब करवाया लेकिन वे अपने बेटे को बचा नहीं पाईं। मात्र 22 साल की आयु में उनका देहांत हो गया।"

रंजना फतेपुरकर ने भी मालेराव की मौत का उल्लेख करते हुए अपनी पुस्तक के पृष्ठ क्रमांक 62 पर लिखा है कि मालेराव की कार्यप्रणाली में सुधार देखकर माँ अहिल्या को खुशी हो रही थी, लेकिन यह खुशी ज्यादा दिन नहीं टिकी। मालेराव बीमार रहने लगे। राजवैद्य ने उन्हें औषधियाँ दीं। मंदिर में उनके लिए पूजा चालू रखी गई। वे दिन पर दिन कमजोर होते जा रहे थे। वे अपनी माँ अहिल्या पूछते, "आई साहब, मैं ठीक तो हो जाऊँगा न? अहिल्या उन्हें दिलासा देतीं परंतु विधि का विधान कौन टाल सकता है! मात्र 22 साल में ही उनकी मृत्यु हो गई।"

लेखिका अरुंधती सिंह चंदेल ने प्रभात प्रकाशन, नई दिल्ली से प्रकाशित अपनी पुस्तक 'शिवकामिनी महादेवी अहिल्याबाई' के पृष्ठ क्रमांक 42 पर लिखा है कि 'मालेराव का निधन एक साधारण बीमारी के कारण इंदौर में हुआ।'

प्रभाकर पानट ने भी अपनी मराठी में लिखित पुस्तक 'अष्टावधानी', जो कि अरविंद जवलेकर द्वारा हिंदी अनुवादित है, के पृष्ठ क्रमांक 64 पर मालेराव की बीमारी से मृत्यु होना बताया है।"

मालेराव की मौत के बारे में वीरेंद्र तँवर का अलग मत है, वे अपनी पुस्तक 'अहिल्याबाई' के पृष्ठ क्रमांक 29 पर लिखते हैं कि 'एक बार मालेराव ने एक जड़ी-बूटी बेचने वाले को मार दिया था, वह निर्दोष था। इस बात का अहिल्या को बहुत दुःख हुआ और उन्होंने अपने बेटे मल्हार राव को हाथी से कुचलवाकर मरवा डाला।'

एक कहावत यह भी कही जाती है कि एक बार मालेराव ने गाय के बछड़े को अपनी बग्गी से कुचलकर मार दिया था। अपने बच्चे को मरा देखकर गाय आँसू बहाने लगी। गाय के दर्द की दास्तान माता अहिल्या तक पहुँची तो उन्होंने प्रजा में स्थापित अपनी न्याय व्यवस्था के अनुरूप ही अपने ही बेटे को हाथी से कुचलवाने की घोषणा कर दी।

कहते हैं कि जब हाथी मालेराव को कुचलने आगे बढ़ने लगा, तभी मालेराव की जान बचाने के लिए, वही गाय रास्ते में आकर अड़ गई, जिसका बछड़ा मालेराव

के हाथों मारा गया था। अतः महारथी को हाथी रोकना पड़ा। यह देखकर लोगों ने माँ अहिल्या ने निवेदन किया कि 'गाय माता ने ही जब छोटे साहब को क्षमा कर दिया तो आप भी उन्हें क्षमा कर दीजिए।'

सभी के कहने पर माँ अहिल्या ने अपने पुत्र को क्षमा कर दिया और इस प्रकार मालेराव की जान बच गई। इंदौर में स्थित उस स्थान को आज भी 'आडा' बाजार के नाम से जाना जाता है।

लेखक अरविंद ने भी अपनी पुस्तक 'लोकमाता अहिल्याबाई' के पृष्ठ क्रमांक 39 पर लिखते हैं कि 'मालेराव के संबंध मे जो किंवदंती प्रचलित है कि मालेराव के दुर्व्यवहार तथा अत्याचार से क्षुब्ध होकर न्यायमूर्ति अहिल्याबाई ने सजा के बतौर उसे हाथी के पैरों से कुचलवा दिया था। ऐतिहासिक तथ्यों के मद्देनजर इस किंवदंती में कोई सत्यता नहीं होते हुए भी मालवा के लोग इसे ही सच मानते हैं।'

इस किंवदंती से यह बात निर्विवाद रूप से सिद्ध होती है कि लोकमाता अहिल्या अपनी प्रजा को अपने पुत्र से भी अधिक चाहती हैं तथा लोगों को भी अहिल्याबाई की धर्मपरायणता तथा न्याय-नीति पर इतना विश्वास था कि वे ऐतिहासिक तथ्य से अधिक अपनी श्रद्धा व विश्वास की भावना को ही महत्त्व देते हैं।"

प्रो. मोरे ने कहा अभी तक यही सुना जाता रहा था कि 'माता अहिल्याबाई ने न्याय के लिए अपने ही बेटे को सजा देकर हाथी से कुचलवाकर मरवा दिया था। इसलिए मैंने इस विषय पर प्राप्त सभी मतों को आप लोगों के सामने रखा है।'

अपने बेटे मालेराव की मौत के बाद माता अहिल्याबाई टूट गई थीं। वे दुःखी होकर एकांतवास करने का विचार करने लगीं। उन्हें ये दुनियादारी व्यर्थ सी लगने लगी। इस अवस्था का लाभ लेकर राजमहल के अंदर व बाहर के लोग सिर उठाने लगे। अव्यवस्था का बीजारोपण किया जाने लगा। प्रजा में असंतोष पैदा होने लगता। सबके मन में एक ही प्रश्न था, "अब कौन होगा होल्कर वंश का शासक ? क्योंकि मालेराव के साथ ही होल्कर वंश समाप्त हो चुका था।"

प्रजा के दुःख-दर्द व चरमाती शासन प्रणाली को देखकर राजमाता अहिल्या को अपने कर्तव्य का बोध हुआ। उन्होंने खुद को सँभाला अपने ससुर मल्हार राव के उस विश्वास को याद किया, जबकि उन्होंने प्रजा व होल्कर राज्य के संरक्षण के लिए उसे सती होने से बचाया था। उन्हें अपने बाबा-आई की वह शिक्षा भी याद आने

लगी, 'तुम अपना काम पूरे ध्यान से करो और जो समझ में न आए उसे ईश्वर पर छोड़ देना चाहिए।'

अस्तु, अपने दुःखों को किनारे रखकर वे प्रजाहित व राजव्यवस्था पर ध्यान देने लगीं। राजसिंहासन पर भगवान् शिव के लिंग को रखकर नियमित तौर पर दरबार में बैठने लगीं, उन्हीं के नाम पर शासन करने लगीं।

प्रो. मोरे का व्याख्यान आज भी सबको हैरत में डाल गया। सारे प्रतिभागियों को यह जानकर आश्चर्य हुआ कि "माता अहिल्या पर एक के बाद बहुत दुःख आए लेकिन उन्होंने हार नहीं मानी। अपनी तकलीफों को भूलकर वे अपनी प्रजा व होल्कर राज्य के लिए निरंतर कार्य करती रहीं।

वैशाली के साथ अन्य प्रतिभागियों को भी अब माँ अहिल्या के जीवन संघर्ष से 'प्रेरक लौ' का भान होने लगा। यूँ तो हर किसी के जीवन में कोई-न-कोई दुःख, तकलीफ, परेशाली व चुनौती होती हैं, लेकिन जब हमें यह आभास होने लगता है कि हमारे दुःख औरों से कम हैं। तब मन ईश्वर के प्रति श्रद्धा भाव से भर जाता हैं।

...लेकिन इस व्याख्यान को सुनने के बाद आज वैशाली के घाव फिर से हरे हो गए।

13

जब कोई कहानी अपनी सी लगती है तो वह मन के किसी कोने में जाकर गहरे पैठ बैठ जाती है। आज वैशाली के साथ भी ऐसा ही हुआ। उसने आज कार्यशाला के दौरान हुए व्याख्यान को अपने जीवन में बहुत नजदीक पाया। इसलिए वह टूटन सी महसूस करने लगी और जैसे ही वह होटल वापस आई अपने कमरे के पलंग पर जाकर औंधे मुँह जा धँसी।

सुनिधि का फोन आया तो उसने एकाएक कह दिया, "तबीयत ठीक नहीं लग रही है, इसलिए सो रही हूँ।"

यह बात सुनते ही सुनिधि लगभग दौड़ते हुए सीधे वैशाली के होटल आ गई और कमरे की घंटी बजा दी। एक बार, दो बार, तीन बार घंटी बजाने पर भी वैशाली दरवाजा नहीं खोलती। चिंतातुर सुनिधि वैशाली को फोन लगाकर कहती है, "वैशालीजी, दरवाजा खोलिए, मैं बाहर खड़ी हूँ।"

"ओह!" कहते हुए वह खुद के आँसूओं से भरे चेहरे को पोंछती है और फिर दरवाजे की ओर बढ़ती है। दरवाजा पर कार्यशाला वाले कपड़ों में ही अस्त-व्यस्त सी सूजी आँखों वाली वैशाली को देखकर सुनिधि कहती है, "तो आज माता अहिल्या के दुःखमय जीवन से आपने अपने जीवन को जोड़ ही लिया।"

वैशाली हक्की-बक्की सी उसकी ओर देखने लगी। सोचने लगी कि इनको ये सब कैसे पता चला। दोनों थोड़ी देर तक एकदम चुप बैठी रहती हैं, फिर एक गहरी साँस लेकर सुनिधि कहती है, "क्या लोगी कॉफी या जूस?"

वह हौले से कहती है, "कॉफी।"

दोनों के हाथों में कॉफी का एक-एक कप है, परंतु साझा करने के लिए हजारों बातें···फिर भी दोनों चुप हैं। दरअसल उन्हें समझ में नहीं आता कि कहाँ से बात शुरू करें। उनकी कॉफी समाप्त परंतु चुप्पी नहीं। तभी एक मोबाइल कॉल ने उन दोनों को अपने दर्द की दुनिया से खींचकर यथार्थ की दुनिया में लाकर खड़ कर दिया।

सुनिधि किसी से बात करने लगती हैं, तब तक वैशाली बाथरूम जाती है। वहाँ पर अपनी शक्ल देखकर हैरान रह जाती है। उसे यकीन ही नहीं हो रहा है कि दो घंटे में ही उसका पूरा का पूरा हुलिया ही बदल गया है।

अगले ही पल वह सोचती है, 'हुलिया तो क्या मेरी तो दुनिया ही बदल गई है। एक-एक करके मुझे सब छोड़कर चले गए हैं।'

बहुत देर तक जब वैशाली बाथरूम से बाहर नहीं आई तो सुनिधि बाथरूम की ओर गई। अंदर से आती सिसकियाँ सुनकर उसने तुरंत दरवाजा खटखटाकर पुकारा, "वैशालीजी, दरवाजा खोलिए।"

थोड़ी देर में दरवाजा खोलकर वैशाली बाहर आती हैं और सुनिधि के गले से लगते हुए कहती हैं, "मैं अपने आपको खूब सँभालती हूँ पर···नहीं हो पाता है। कैसे भूलूँ··· !" कहते हुए वह जोर-जोर से रोने लगती है।

जब तक उसने जी भर के नहीं रो लिया वह सुनीधि के कंधे पर अपना सिर रखे रही। यही तो जीवन की वास्तविकता है कि हर किसी को एक कंधे की जरूरत होती है, जिस पर सिर रखकर वह जी भर के रो सके। आज वैशाली को वह कंधा मिल गया था।

जब उसका जी हलका हो गया तो उसके रोने की गति कम हो गई। आवाज धीमी हो गई। गला सूखने से खाँसी जैसे आने लगी तो सुनिधि ने उसे बड़े प्यार से वहीं सोफे पर बिठाकर, पानी पिलाया।

जब वह थोड़ा सामान्य हुई तो सुनिधि ने हौले से पूछा, "अब आपकी बेटी कैसी है?"

"वह अब नहीं रही।" कहते हुए उसके आँसू झर-झर बहने लगे।

"क्या कह रही हो?"

"हूँउउउउ।" नीचे गरदन करके बहते आँसुओं की धारा में वह सिर्फ हूँउउउ ही कह पाई। हौसला देने के लिए सुनिधि ने उसके कंधे पर हाथ रखकर थपथपाया। उसके बाद वैशाली ने रामेश्वर के शिव मंदिर में मिलने के बाद से लेकर बाद तक की सारी घटना बता दी।

उसकी दास्ताँ सुनते-सुनते सुनिधि के भी आँसू बहने लगे, लेकिन उनकी कीमत एक माँ के आँसुओं से ज्यादा तो नहीं थी, बड़ा ही दर्दनाक दृश्य था वो। उसे महसूस करके दोनों रो रही हैं। यही तो वो कुछ पल होते हैं, जो मानवीयता की एक पवित्र कसौटी की रचना करते हैं।

अपनी आपबीती सुनाने के बाद वैशाली बिस्तर पर धम से जा गिरी। सुनिधि का मन भी उसकी दर्द भरी दास्ताँ सुनकर भारी हो गया। उसे भी ऐसा लग रहा है, मानो वह जमीन पर धँसी जा रही है। अत: वो भी वहीं सोफे पर लेट गई।

दोनों सखियाँ चुपचुप नियति के खेल के सामने मूकदर्शक की भाँति आँखें खोले पड़ी थीं। कमरे में फैला सन्नाटा दोनों को अपनी गोद में दुलार सा रहा है।

बहुत देर बाद सन्नाटे का सीना चीरते हुए सुनिधि ने वैशाली से कहा, "हौसला रखना होगा। आज नहीं तो कल सब अच्छा होगा।"

वैशाली ने कोई प्रतिक्रिया व्यक्त नहीं की। वह मृत्यप्राय सी पड़ी छत को निहारती रही, न कोई हलचल न ही कोई आवाज।

सुनिधि सोचने लगी, 'मैं तो सोचती थी कि मेरा दु:ख ही सबसे बड़ा है। मैं ही इस दुनिया की सर्वाधिक दु:खी महिला हूँ, लेकिन आज वैशाली का दु:ख सुनकर लगा कि मेरा दु:ख तो बहुत छोटा है, काश! मैं उसका दु:ख कम कर पाती?'

थोड़ा ठहरकर वह खुद से कहती हैं, 'हाँ...कोशिश कर सकती हूँ। उसे हौसला देकर। जीने की नई राह दिखाने की।...शायद यही मेरी सर्वोच्च मानवीय सेवा होगी।'

वह हौले से सोफे से उठते हुए वैशाली के पास जाकर बड़े ही प्यार से पूछती है, "क्या मैं खाना ऑर्डर दूँ? बहुत भूख लग रही है।"

"जी...परंतु सिर्फ अपने लिए।"

"वैशाली मैं अकेले कैसे खा सकती हूँ, यदि आप चाहती हो कि मैं खाना खाऊँ तो आपको भी मेरे साथ खाना पड़ेगा वरना मैं भी आपकी तरह भूखी ही रह लूँगी।"

वह कुछ नहीं बोली।

थोड़ा सा ठहरकर सुनिधि ने उससे कहा, "वैशाली, सच कहूँ तो अब मेरा भी मन नहीं है खाने का⋯।"

"नहीं, ऐसा न कहें। मेरे कारण आप भूखी न रहें।" वैशाली ने तुरंत कहा।

"तो थोड़ा सा दाल-चावल आर्डर कर देती हूँ। थोड़ा-थोड़ा हम दोनों खा लेंगे?

"ठीक है?" वैशाली ने बिस्तर पर पड़े-पड़े ही बेमन से कहा।

सच तो यही था कि भोजन करने का दोनों का मन नहीं था, परंतु ईश्वर ने इनसान की ऐसी रचना की है कि वह चाहे दुःख में हो या सुख में, भूख तो लगती ही है। उसके लिए व्यक्ति को बेशर्म बनना ही पड़ता है। कई बार तो अपनों की लाश के सामने अपनों को चाय-पानी पीते देखा गया है। खैर! यह सब प्रभु की माया है।

14

दूसरे दिन वो दोनों देर तक सोती रहीं। जब नींद खुली तो सुबह के नौ बज चुके थे। तैयार होकर बिना नाश्ता किए वैशाली विश्वविद्यालय की ओर चल दी। सुनिधि ने उसका हाथ थामकर कहा, "नाश्ता जरूर कर लीजिएगा और हाँ, अपना हौसला बनाए रखिए, सब अच्छा होगा।"

उसकी बात सुनकर वैशाली ने अपना सिर 'हाँ' में हिलाया और कार में जा बैठती है। कार की पिछली सीट पर बैठी वह सोचने लगी, 'जीवन भी कितना अजीब है! कौन, कब, कहाँ मिल जाए! अपना सा बन जाए, कुछ कहा नहीं जा सकता है।' एक गहरी साँस भरकर वह सोचने लगी, 'अपनों को तो मुझसे भगवान् ने छीन लिया⋯ परंतु उसका दिल से आभार कि उसने सुनिधि जैसी दोस्त दे दी।'

वह जैसे ही विश्वविद्यालय परिसर में पहुँची तो उसने देखा कि कार्यशाला परिसर में सभी लोग नाश्ता करते हुए आपस में बतिया रहे हैं। 'वह विलंब से नहीं आई है।' यह सोचकर उसने राहत की साँस ली।

जैसे ही वह आगे बढ़ी उसकी ओर तेजी से आते हुए रीता बोली, "वैशाली, मैं तुम्हारा ही इंतजार कर रही थी, चलो जल्दी से नाश्ता कर लें।" उसने वैशाली का उत्तर

सुना भी नहीं और दो प्लेट भरकर नाश्ता ले आई।

एक प्लेट वैशाली को थमाते हुए बोली, "ये लो। मैं चम्मच लेकर आती हूँ।" कहकर वह मुड़ने लगी।

वैशाली ने तुरंत कहा, "रुकिए, मैं ले आती हूँ।"

'रात गई, बात गई' की तर्ज पर वैशाली का जीवन फिर से अपनी गति पर आ गया। उसने तो सोचा भी नहीं था कि कोई उसके हाथ में यूँ प्यार से नाश्ता लाकर रख देगा। खैर!

जब दोनों नाश्ता कर रही थीं। वहाँ पर एक प्रतिभागी वैशाली के करीब आकर कहता है, "मैडम, मैं भी तमिलभाषी हूँ, चेन्नई से आया हूँ। पहले दिन ही जब आपने अपना परिचय दिया था, तब से ही मैं आपसे मिलने का सोच रहा था।"

एक फीकी सी मुसकान देकर वैशाली ने कहा, "जी।"

"आपको भी हिंदी समझने में दिक्कत आ रही होगी।"

"नहीं, मैं हिंदी बोल और समझ तो लेती हूँ, परंतु हाँ पढ़ने व लिखने में परेशानी होती है। इसलिए अब मैं हिंदी सीखने वाली हूँ, ताकि यह समस्या भी न आए।"

"ओह, सही में क्या?"

रीता बीच में बोल पड़ी, "यह तो बहुत अच्छी बात है।" फिर थोड़ा रुककर, उसने वैशाली की ओर देखते हुए कहा, "आज तो आपको जलेबी खानी ही पड़ेगी। मीठा खाना शुभ होता है।"

"जी।" कहकर वह मुसकरा दी।

नाश्ता के बाद वे लोग अपने व्याख्यान कक्ष की ओर गए। आज कार्यशाला का पाँचवाँ दिन है। इस कार्यशाला में आए विभिन्न प्रतिभागियों में से अधिकांश लोग वैशाली से दोस्ती करना चाहते हैं। उसके नजदीक आना चाहते हैं, परंतु उसने अपने आसपास अपने मन की एक मजबूत दीवार बना रखी है, जिसे पार करके कोई नहीं आ सकता है।

वह सिर्फ और सिर्फ व्याख्यान पर ध्यान देती है। उसके मन में एक सूत्री कार्यक्रम चल रहा है 'माँ अहिल्या के बारे में ज्यादा से ज्यादा जानकारी हासिल करना।' इसलिए तो यदि कोई बात करता भी है तो वह उतना ही जवाब देती है, जितना जरूरी है। सिर्फ रीता से वह थोड़ा घुल-मिल गई है। उसका भी मुख्य कारण उसके साथ कार्यशाला के दौरान मेज साझा करना है।

"आज का विषय है 'माता अहिल्याबाई होल्कर व सत्ता संघर्ष'। प्रो. अनिल शर्माजी आज के विषय विशेषज्ञ हैं।" कहते हुए संयोजिका मैडम ने कार्यशाला का शुभारंभ किया।

प्रारंभिक औपचारिकताओं के बाद विषय पर आते हुए वे बोले कि "जिस प्रकार जब गुब्बारा फूटता है तो वायुमंडल में उसका स्थान लेने के लिए आसपास की हवा तीव्र गति से चलायमान हो उठती है, जिसके परिणामस्वरूप जोर की आवाज आती है। इसकी मूल वजह यही होती है कि गुब्बारे के अंदर का दबाव बाहर की तुलना में अधिक होता है। यही हुआ 27 मार्च, 1767 को जब कि माता अहिल्याबाई होल्कर के एकमात्र पुत्र मालेराव की मौत से उत्पन्न उत्तराधिकारी की रिक्तता को भरने के लिए उस समय की तमाम शक्तियाँ सक्रिय हो गईं।

उन्हें लगा कि एक विधवा अबला क्या शासन चला पाएगी ?

दरअसल एक के बाद एक परिवारजन के जाने से माता अहिल्याबाई होल्कर अंदर से टूट सी गई थीं। अपने पति खांडेराव होल्कर, सासूमाँ गौतमाबाई होल्कर, ससुर मल्हार राव होल्कर और बेटे मालेराव होल्कर की मौत ने उन्हें दीन-दुनिया से विरक्त सा कर दिया था। वह अपना सबकुछ त्यागकर तीर्थक्षेत्र में जाकर भगवान् का भजन करने का सोचने लगीं। उनका राजकाज से मन उचट गया। धन, दौलत व शोहरत उन्हें मायाजाल सा लगने लगा। वे इन सबसे मुक्त होना चाहती थीं। एकांत में रहकर चुप रहतीं। बचपन की बातूनी अहिल्या अब कम बोलने लगी थीं।

एक दिन अहिल्याबाई की छोटी सासूआई हरकूबाई ने बताया कि 'राज्य में अराजकता सी फैल रही है। प्रजा पेरशान हो रही है। सेना को वेतन नहीं मिल रहा है।'

यह जानकर माता अहिल्या को अपने ससुर मल्हार राव की वह शिक्षा याद आ गई कि 'अपने व्यक्तिगत दुःख के लिए प्रजा की अनदेखी नहीं की जा सकती।' उन्हें वह दिन भी याद आ गया, जबकि 'उनके ससुर ने उन्हें सती होने से इसलिए रोका था, ताकि वह होल्कर वंश की प्रजा का ध्यान रख सकें। राजव्यवस्था कर सकें...लेकिन आज उसके होते हुए भी प्रजा परेशान है।'

वे दुविधा में पड़ गईं। एक तरफ अपनों के जाने का दर्द था तो दूसरी ओर राज्य संचालन की जिम्मेदारी, प्रजा को खुशहाल रखने का मातृतुल्य दायित्व। उन्होंने चिंतन

करने के उपरांत यह निर्णय लिया कि वे प्रजा के हित के लिए अपना दुःख दरकिनार रख देंगी। अपनी सारी संपत्ति धर्म व प्रजाहित में लगा देंगी। अपनी खासगी को वह पूरी तरह से परहित के लिए समर्पित कर देंगी।

वैशाली उनकी बातों को ध्यान से सुन रही थी, इसलिए उसने झट अपना हाथ उठाया। व्याख्यान देने वाले महोदय समझ गए कि उसका कोई प्रश्न है, इसलिए उन्होंने पूछा, "जी, आपका कोई प्रश्न है क्या?"

"जी।" कहकर वैशाली ने अपना सिर हिलाया।

"पूछिए।"

वैशाली ने अपनी कुरसी से खड़े होकर पूछा, "आदरणीय, ये खासगी क्या है?"

"अच्छा प्रश्न है। उस काल में धनकर समाज में स्त्रियों को अपनी व्यक्तिगत संपत्ति व निधि को संगृहीत, सुरक्षित व व्यय करने का अधिकार दिया जाता था। उस धन पर सिर्फ उसी स्त्री का एकाधिकार होता था।

"चूँकि मल्हार राव भी धनकर समाज के थे। अस्तु, उन्होंने अपनी पत्नी गौतमाबाई व दो अन्य रानियों के व्यक्तिगत खर्चे के लिए 'खासगी' की व्यवस्था करने हुए पेशवा बाजीराव को पत्र लिखा। पेशवा बाजीराव ने होल्कर परिवार की तीनों स्त्रियों को एक-एक लाख रुपया की खासगी देने की अनुमति प्रदान कर दी।

"पेशवा के उस आदेश के पालन में उन तीनों रानियों के नाम वो जागीरें लिख दी जाती थीं, जहाँ से उन्हें सालाना एक लाख रुपए की आय होती रहे। इस जागीर से कराधान के रूप में प्राप्त होने वाली विभिन्न आय को 'खासगी' कहा जाता था। इस धन का उपयोग तीनों रानियाँ अपनी मरजी से कर सकती थीं। उन्हें खासगी पर एकाधिकार दिया गया था। इस प्रकार यह कहा जा सकता है कि खासगी स्त्री का अपना व्यक्तिगत धन था।"

वे थोड़ा ठहरकर बोले, "उस समय अहिल्याबाई के पास अपनी खुद की बहुत सारी संपत्ति थी, क्योंकि उनके पास अपनी 'खासगी' के साथ ही अपनी सास गौतमाबाई की 'खासगी' भी विरासत में मिली थी।"

"जी। धन्यवाद!" कहते हुए। वैशाली कुछ सोचने लगी।

पायल बोल उठी, "आदरणीय, यह तो बहुत अच्छी व्यवस्था है, काश, यह व्यवस्था वर्तमान में भी लागू हो जाए तो कई स्त्रियों का जीवन सुधर जाए!"

"जी," कहते हुए प्रो. शर्माजी तो मुसकराकर समर्थन कर देते हैं, लेकिन पीछे

से एक प्रतिभागी बोले, "सर, आजकल महिलाओं को खासगी देना तो दूर उसकी कमाई भी उसके पास नहीं रहने दिया जाता है। आदमी लोग उससे उसकी कमाई भी छीने लेते हैं। इसलिए तो कई महिलाओं को न्याय के लिए अदालत का दरवाजा खटखटाना पड़ता है।"

पायल तपाक से बोली, "अब मल्हार राव होल्कर जैसे महापुरुष नहीं रहे न इसलिए ये सब तो होना है। अब तो महिलाधिकारों की बातें ही होती हैं, उनका पालन नहीं। तभी तो महिलाओं की स्थिति हाथी के दाँत की भाँति है, जो खाने के कुछ और दिखाने के कुछ और···।"

स्रोत साधक महोदय मुसकराते हुए बोले, "चलिए, अब माता अहिल्याबाई के जीवन पर बात करते हैं।"

सभी प्रतिभागी सहमत होकर उन्हें सुनने लगे।

वे बताने लगे कि अहिल्याबाई के पुत्र मालेराव की मौत के बाद सबके दिमाग में एक ही प्रश्न था 'होल्कर राज्य का उत्तराधिकारी कौन होगा?' तुकोजी राव को लगा कि उसे ही उत्तराधिकारी बनाया जाएगा। दरअसल वे मल्हार राव के वफादार रिश्तेदार थे। राज्य के कार्यों में उनकी प्रारंभ से ही अहम भूमिका रही थी। इसलिए उनका इस प्रकार सोचना ठीक ही था।

होल्कर राज्य के दीवान गंगाधर यशवंत चंद्रचूड को लगा कि अब उनके हाथ में सत्ता होगी। वह भी शुरुआत से दीवान होने का दायित्व निर्वहन कर रहे थे। प्रजा को लग रहा था कि माँ अहिल्याबाई होल्कर ही यदि राजसिंहासन सँभालेंगी तो बेहतर होगा, क्योंकि जब-जब उनके ससुर मल्हार राव युद्ध अभियानों में जाया करते थे, उनके पति खांडेराव शिकार के बहाने राज के बाहर रहते या जब उनका बेटा मालेराव नाबालिग था तब माता अहिल्या ने ही तो राज्य संचालन किया था। उनकी न्यायपूर्ण प्रशासनिक कार्यशैली से प्रजा खुश थी। इसलिए सभी माँ अहिल्या को ही होल्कर राजसिंहासन पर देखना चाहते थे।

प्रजा की इच्छा व दरबार में चल रही अन्य गतिविधियों की खबर माता अहिल्या को बराबर मिल रही थी, लेकिन वो चुप थीं। सोचती थीं कि समय आने पर सब ठीक हो जाएगा।

कुछ समय के बाद जब उन्हें प्रजा की बढ़ती तकलीफों व राज्य में पाँव फैलाती अव्यवस्था की सूचना मिली तो उन्होंने अपने दुःखों से उभरने की कोशिश की। वे

थोड़ा-थोड़ा सचेत रहने लगीं। दरअसल वे अपनी प्रजा को पुत्र के समान रखती थीं, इसलिए उनके दुःखों से उन्हें कोई समझौता नहीं था।

वे अपने दैनिक राजकीय कार्य करते हुए सजग रहने लगीं। आसपास की टोह लेती रहीं। उन्हें अपने दीवान गंगाधर यशवंत चंद्रचूड का व्यवहार संदेहप्रद लगा, परंतु वे उनके ससुरजी मल्हार राव होल्कर के साथ ही इंदौर आए थे। तब वे भी उनके साथ आए थे। मल्हार राव ने ही उन्हें दीवान नियुक्त किया था। राज्य में प्रारंभ से ही उनकी महत्त्वपूर्ण भूमिका रही है। अहिल्याबाई खुद भी उनका सम्मान करती थीं।

जब मालेराव ज़िंदा थे, तब वे अपने पुत्र मालेराव को समझाती रहती थीं कि 'गंगोबा की सलाह से काम करें।' वे होल्कर राज्य के विश्वासपात्र व सम्मानित बुजुर्ग थे, लेकिन आज बदली हुई स्थिति में वे संदेह के घेरे में हैं।

एक दिन अहिल्याबाई ने सैनिकों को वेतन न दे पाने की बात पर दीवान गंगोबा से राजखजाने का हिसाब माँग लिया।

इससे उनके अहं को चोट लगी। वे बौखला गए परंतु, अपनी बौखलाहट को काबू में रखते हुए उन्होंने माता अहिल्या को एक राय दे दी, "छोटी रानी सहिबा, एक बात कहूँ, आप ठहरी दुःखियारी विधवा, क्यों इस सत्ता-संपति के चक्कर में पड़ती हैं। एक बच्चा गोद ले लीजिए। वो गद्दी पर बैठेगा और हम राजकाज सँभाल लेंगे। आप शांति से भगवान् का नाम लीजिए।"

"ऐसा बच्चा कहाँ से लाएँगे?" अहिल्याबाई ने चिंतित स्वर में सहज भाव से पूछ लिया।

"इसका बंदोबस्त हम करेंगे न। आप क्यों फ्रिक करती हैं!" दीवानजी बड़े ही आत्मविश्वास के साथ बोले।

बातचीत के दौरान माता अहिल्याबाई को दीवान की नीयत पर संशय हुआ। वे थोड़ी चुप रही, फिर दृढ़ता के साथ संयमित आवाज में धीरे से बोलीं, "नहीं, दीवानजी! यह होल्कर राज्य मेरे परिवार के जिन लोगों ने अपने परिश्रम व खून-पसीने से बनाया है उनकी मैं बहू, पत्नी व माँ हूँ, इसलिए यह राज्य मैं ही सँभालूँ तो अच्छा है। प्रजा की ओर से भी ऐसे ही संदेश आ रहे हैं।"

माँ अहिल्या के इस निर्णय से दीवान गंगाधर और उनके सहयोगी नाराज हो गए। उन सभी का मानना था कि शास्त्रों के अनुसार, एक असहाय विधवा को राजगद्दी पर नहीं बैठना चाहिए और···उनके जैसे अनुभवशील पुरुष के रहते हुए तो बिल्कुल नहीं।

माता अहिल्या अपने धुन की पक्की थीं। अस्तु, उनका राजसिंहासन सँभालना एक बड़ी घटना थी। इससे गंगोबा के अहम को गहरी चोट लगी, इसलिए उन्होंने मन-ही-मन अहिल्याबाई का राजसिंहासन पर बैठने का सपना चकनाचूर करने की ठानी। वे अहिल्याबाई के सामने तो कुछ नहीं बोले, लेकिन पीछे से षड्यंत्र का जाल बुनने लगे।

गंगोबा का एक ही लक्ष्य था 'विधवा स्त्री अहिल्याबाई को होल्कर राज की गद्‌दी पर नहीं बैठने देना।'

एक दिन माता अहिल्या को अपने गुप्तचर से पता चला कि दीवान गंगाधर ने पेशवा के काका रघुवरनाथ पेशवा, जिन्हें राधोबा दादा के नाम से जाता था, को पत्र लिखा कि 'मालेराव के नि:संतान मरने से होल्कर राज्य लावारिश हो गया है। इसलिए आप सैन्यबल लेकर आएँ और राज्य पर कब्जा कर लें।'

यह सुनकर अहिल्याबाई सतर्क हो गईं। उन्हें तो पहले से ही दीवान पर शक था, इसलिए यह खबर पाकर वे अपने राज की अंदरूनी ताकत को बढ़ाने की तैयारी करने लगीं। अपने राज्य की रक्षा के लिए वे किसी भी स्तर पर जाने के लिए तैयार थीं।

कुछ ही समय के बाद माता अहिल्या को खबर मिली कि 'राधोबा दादा अपने पचास हजार सैनिकों के साथ इंदौर की ओर चल पड़े हैं।'

यह खबर सुनकर माता अहिल्या ने वीरांगना का रूप धारण कर लिया। उन्होंने खुद से कहा, 'अहिल्या को अबला-लाचार समझकर बड़ी भूल कर दी उन्होंने। यदि एक स्त्री निश्चय कर ले तो वह अपने आत्मबल के आधार पर बड़े-बड़े शक्तिशाली पुरुष को भी घूल चटा सकती है।'

परिस्थिति के सामने हार मान जाना उनके स्वभाव में नहीं था। अस्तु, उन्होंने बहुत ही चतुराई व सूझबूझ से काम लिया। सबसे पहले उन्होंने अपने राज्य की सैनिक शक्ति का जायजा लिया। राज्य का शासन सूत्र अपने नियंत्रण में किया।

यह खबर फैलते ही प्रजाजनों में हर्षनाद होने लगा। इसके बाद उन्होंने सबसे पहले अपने सेनापति तुकोजीराव को इंदौर बुलवाया। उस समय वे राजकीय कार्य से बाहर गए थे। अस्तु, उन्हें पत्र लिखकर शीघ्र ही वापस आने का निर्देश दिया।

इसके बाद माता अहिल्या ने अपने पड़ोसी राज्य के शासक महादजी सिंधिया भोंसले, गायड़वाड़ व दाभाड़े आदि को सरकारी-पत्र लिखकर अपने ऊपर आई विपत्ति की जानकारी दी। साथ ही उन्हें अपने ससुरजी मल्हार राव होल्कर द्वारा

दी गई मदद का भी स्मरण करवाकर, ऐसे संकट के समय में सहयोग के लिए निवेदन किया।

सभी ने प्रत्युत्तर देकर कहा कि 'मल्हार रावजी के उन पर बहुत ऋण हैं। वे संकट के इन पलों में आपके साथ हैं।' यह संदेश पाकर अहिल्याबाई को ताकत मिली, यह उनकी राजनीतिक सूझबूझ की परिणति थी।

इसके बाद माता अहिल्या ने पेशवा माधवराव को पत्र लिखा कि 'राजश्री अहिल्याबाई होल्कर गोसाबी अखंडित लक्ष्मी अलंकृत का राजमान स्नेहांकित माधवराव बल्लाल पेशवा प्रधानमंत्री का अनेक आशीर्वाद, पता चला है कि तीर्थरूप राधोबा दादा पेशवा फौज की तैयारी कर नजराना लेने के लिए होल्कर राज्य की ओर पधार रहे हैं। इस संबंध में निवेदन है कि मेरे ससुरसाब मल्हार राव होल्कर ने निष्ठापूर्वक मालिक की सेवा में अपना जीवन मुहिमों में बिताया। मेरे पति खांडेराव ने भी सरकार की सेवा में अपनी जान गँवाई। पुत्र मालेराव की मृत्यु हुई। मैंने निजी व सरकारी दोनों अधिकार आज तक चलाए हैं और संपत्ति की रक्षा कर होल्कर कुल का नाम ऊँचा किया है। यही विनती है कि तुकोजी राव होल्कर को सरकारी नौकरी के लिए उपयुक्त समझकर उनके नाम वस्त्र भिजवाने की कृपा करें।'

यहाँ यह ध्यान देने की आवश्यकता है कि अहिल्याबाई ने परोक्ष रूप से कामकाज के अधिकार अपने ही माँगे थे। सूबेदार के पद के बारे में एक भी शब्द कहे वगैरह उन्होंने तुकोजीराव के लिए सीधे सरकारी नौकरी के अधिकार माँग लिये थे। यह उनकी कूटनीतिज्ञ कुशलता थी। यदि सूबेदार शब्द का उपयोग करतीं तो पत्र के मायने बदल जाते। खैर!

जब उन्हें यह समाचार मिला कि राघोबा ने अपने पचास हजार सैनिकों सहित क्षिप्रा नदी के तट पर उज्जैन में डेरा डाल दिया है। वे सिंधिया, गायकवाड दाभाडे की सेना के आने की प्रतीक्षा कर रहे हैं। तो माता अहिल्या ने अपने सेनापति तुकोजी राव को सेना के साथ उज्जैन रवाना किया। साथ ही यह संदेश दिया कि राघोबा, आप सोच-समझकर आगे कदम बढ़ाएँ। यदि आपने क्षिप्रा पार की तो हमारी सेना आपके सैनिकों का गाजर-मूली की भाँति काट देगी।

अपनी सेना को मजबूत करने के लिए माता अहिल्या ने अपनी ननद ऊदाबाई के साथ मिलकर पाँच सौ महिलाओं की एक सैनिक टुकड़ी बनाई। उन्हें युद्ध का प्रशिक्षण दिया। अस्त-शस्त्रों से सुसज्जित किया। गोला-बारूद व रसद

संग्रह का कार्य भी उन्होंने महिला सेनानियों के जिम्मे कर दिया और जब युद्ध का समय निकट आ गया तो वह खुद सजे हुए हाथी पर सवार होकर महेश्वर से इंदौर के लिए निकलीं।

रास्ते में प्रजाजन उनको देखने आते। उनसे मिलकर उन्हें आश्वासन देतीं कि 'हम आपके साथ हैं।'

युद्ध के लिए सजे हाथी पर सवार माता अहिल्या एक वीरांगना सी लग रही थीं। उनके पीछे उनकी महिला सैनिक व अन्य सेना चल रही थी। वे जहाँ से गुजरतीं वहाँ पर लोग एकत्रित हो जाते।

इंदौर राजवाड़ा पहुँचकर माता अहिल्या ने एक पत्र राघोबा के लिए भी लिखा, जिसे पढ़कर उनके पैरों के नीचे ही जमीन खिसक गई। उस पत्र में उन्होंने लिखा कि 'मेरा राज्य हड़पने आए हैं, यह आपको शोभा नहीं देता। आप एक नारी के साथ युद्ध मत कीजिए। नहीं तो जो कलंक आप पर लगेगा, वह मिट न सकेगा। यदि आप मुझे एक अबला-असहाय नारी समझकर युद्ध करने आए हैं तो आपको मेरी शक्ति युद्ध भूमि में ही पता चलेगी। याद रखिए, मैं एक स्त्री हूँ, यदि पराजित हो भी गई तो मुझ पर कोई नहीं हँसेगा, लेकिन यदि आप एक स्त्री से हार गए तो आपकी जगहँसाई होगी। मैं अपनी 'महिला सेना' के साथ आपका मुकाबला करूँगी। इन सब बातों पर विचार करने के उपरांत ही आप युद्ध के मैदान पर उतरें। वैसे आपका भला इसी में है कि आप जैसे आए हैं, वैसे ही चुपचाप लौट जाएँ।'

इस पत्र ने राघोबा पर गहरा असर डाला। साथ ही आस-पड़ोस के रजवाड़ों ने भी अहिल्याबाई का साथ देने की घोषणा कर दी थी।

यह भी एक सुखद संयोग है कि पेशवा माधवराव अपने काका राघोबा की लालची मनोवृत्ति से अवगत थे। इसलिए अपने धर्मपरायण आचरण के अनुसार उन्होंने न्यायपरक निर्णय देते हुए जवाब में अहिल्याबाई को पत्र लिखा कि 'होल्कर राज्य आपका है। यदि कोई आप पर आक्रमण करता है तो आप मुँहतोड़ जवाब दीजिए, हमारी तरफ से आप चिंतित मत रहिए।'

माता अहिल्या को प्राप्त होने वाले जनसमर्थन की खबर भी राघोबा तक पहुँच रही थी।

इन सारे घटनाक्रम को देखते हुए राघोबा ने अहिल्याबाई होल्कर के राज्य पर आक्रमण करने का विचार छोड़ दिया।

उन्होंने अपना पैतरा बदलते हुए सेनापति तुकोजी राव को यह संदेश भिजवाया कि 'मैं युद्ध करने नहीं बल्कि अहिल्याबाई के इकलौते पुत्र के देहांत पर शोक व्यक्त करने आया था।'

सेनापति तुकोजी राव ने यह संदेश माता अहिल्या तक पहुँचाया तो 'अहिल्याबाई' ने लिखा कि 'संवेदना व्यक्त करने के लिए इतनी सेना लेकर आने की क्या जरूरत थी? यह बात मेरी समझ में नहीं आई, खैर! आप पालकी में बैठकर आइए, आपका स्वागत है।'

अहिल्याबाई का पत्र मिलते ही राघोबा अपने चार-पाँच सरदारों और पत्नी के साथ सेनापति तुकोजी राव के डेरे में आ गए। वहाँ से बड़े सम्मान के साथ पालकी में बिठाकर तुकोजी उन्हें होल्कर राज्य ले आए। सौहार्दपूर्वक भेंट हुई। अहिल्याबाई ने उनका पूरा आदर-सम्मान किया। राघोबा ने माता अहिल्या के पुत्र शोक पर अपनी संवेदना दी।

राघोबा जितने दिनों तक होल्कर राज्य में रहे, प्रेम व स्नेह से रहे। दत्तक पुत्र या युद्ध इत्यादि विवादास्पद बातों पर किसी भी प्रकार की कोई चर्चा नहीं हुई।...लेकिन जब तक वे होल्कर राज्यक्षेत्र में रहे, अहिल्याबाई सतर्क रहीं। उन्होंने राघोबा की हर गतिविधि पर नजर रखवाई थी।

अंततोगत्वा जब राघोबा अच्छे-अच्छे उज्जैन लौट गए। उसके बाद दीवान गंगाधर भी लज्जा के मारे तीर्थयात्रा का बहाना करके वहाँ से बाहर निकल गए। सच में घर का भेदी हर बार दुःखदायी होता है। वो तो अहिल्याबाई जैसी साहसी महिला थीं, जो षड्यंत्र से घबराई नहीं। उन्होंने अपनी कूटनीति का उपयोग करते हुए संकट का डटकर सामना किया। अंततः उनके राज्य पर हमला करने के लिए आया व्यक्ति, उन्हें आशीष देकर विदा हुआ।

इस प्रकार माता अहिल्याबाई बिना युद्ध किए ही विजयी हो गईं।

दरअसल यह एक कूटनीतिक विजय थी जिसने उन्हें शक्तिशाली शासक का दर्जा दे दिया। उनके साहस व चतुराई की दूर-दूर तक चर्चा होने लगी। पूना के पेशवा महल में यह बात होने लगी कि 'दान-दक्षिणा करने वाली अहिल्याबाई वीरांगना भी हैं।'

वैशाली आज का व्याख्यान इतने ध्यान से सुन रही थी कि उसे लगने लगा मानो वह खुद ही अहिल्याबाई है...और अपने साहस व कूटनीति से सबका सामना कर

रही थी···एकाएक उसे सुनिधि की याद आ गई। उसने सच कहा था कि 'कल का दिन अच्छा होगा।'

वह सोचने लगी कि 'कई बार चुनौतियाँ अच्छी होती हैं। ये वो परिस्थितियाँ हैं, जो इनसान की अंदरूनी ताकत को कुदेरने का कार्य करती हैं। यदि ऐसी परिस्थितियाँ उपस्थिति न हों तो शायद व्यक्ति खुद को पहचान ही न पाए। माता अहिल्या को भी परिस्थितियों ने कठोर व सशक्त बना दिया था।

15

जब वैशाली अपने होटल जाने के लिए कार में बैठने लगी तो उसने रीता से विदा ली। रीता ने यूँ ही कह दिया, "यदि यहीं इसी···अतिथि गृह में आप भी रुकतीं तो अच्छा लगता।"

उसकी भावना का सम्मान करते हुए वह मुसकराकर बोली, "हाँ, मुझे भी अच्छा लगता···परंतु सच कहूँ···मुझे इतनी अच्छी दोस्त मिलेगी···इस बात का अंदाजा नहीं था।"

अपनी प्रशंसा सुनकर रीता थोड़ा सा इतराते हुए कहती है, "ओह!"

वैशाली एक बड़ी उद्योगपति है, वह भला इस अतिथिगृह में कैसे रहती!

रीता को वैशाली की हैसियत का अंदाजा ही नहीं है। उसने यह सब जानने का प्रयास भी नहीं किया, लेकिन जब उसने अपने लिए दोस्त का संबोधन सुना तो रीता खुश हो गई।

वैशाली ने बड़े ही स्नेह के साथ रीता को गले लगाया। फिर मुसकराती हुई बोली, "ठीक है, कल मिलते हैं।"

रीता ने भी बड़े ही स्नेह के साथ कहा, "जी।"

वैशाली गाड़ी में बैठे-बैठे यह सोचकर मुसकरा दी कि 'इंदौर की धरती में मित्रता कूट-कूटकर भरी है। इंदौर में आकर सब लोग मित्रवत् हो जाते हैं।'

होटल पहुँचकर एक कोल्ड कॉफी पीकर वैशाली को थोड़ा ठीक लगने लगा।

इसके बाद वह सुनिधि को याद करके, अपना मोबाइल उठाकर उसे फोन लगाती है। आश्चर्य किंतु सत्य सुनिधि की कॉल उसके मोबाइल पर दिखने लगती है। वह एक क्षण के लिए सोच में पड़ जाती है कि यह फोन मैंने लगाया या उसने लगाया।

फोन उठाते ही वैशाली चहकते हुए पूछती हैं, "ये फोन आपने लगाया है या मैंने ?"

"मैंने।"

"अरे, मैं भी आपको फोन लगा रही थी···।"

"हाँ, इसलिए तो असमंजस में पड़ गई।"

"ओह!"

वैशाली बड़े ही लाड़ से कहती हैं, "बहुत लंबी उम्र है आपकी।"

"आपकी भी।" सुनिधि ने कहा।

दोनों एक साथ हँसते हुए बोलीं, "एकदम सही है।"

सुनिधि ने पूछा, "अच्छा, चलिए बताइए क्या कर रही हो ?"

"कुछ नहीं।" वैशाली ने जवाब दिया।

सुनिधि ने फोन पर, हँसते हुए कहा, "स्वामी विवेकानंद कहते थे, जितना जीयो जी भरके जीयो। जीवन की सार्थकता उम्र की मात्रात्मकता में नहीं, गुणात्मकता में है। इसलिए कहती हूँ कि चलो गुणात्मकता बढ़ाते हैं।"

"कैसे गुरुजी ?" वैशाली ने हँसते हुए पूछा।

"आप तैयार होकर नीचे आ जाइए। हम एक घंटे बाद आपको लेने आ रहे हैं।"

"ठीक है, लेकिन आज मैं अहिल्याबाई होल्कर का आगे का सीरियल देखने की सोच रही थी।"

"ठीक है देख लेना, परंतु इसके पहने खाना तो खाओगी न!"

"जी, गुरुजी। वह तो खाना ही पड़ेगा।"

"तो फिर तैयार हो जाइए।" सुनिधि ने वैशाली से हँसते हुए कहा।

"जी गुरुजी!" कहकर वैशाली हँस पड़ी। उसके साथ-साथ सुनिधि भी हँस पड़ी।

वैशाली तैयार होकर समय पर होटल के नीचे पहुँच गई। सुनिधि पहले से ही बाहर उसकी प्रतीक्षा कर रही थी। दोनों कार मैं बैठीं और कार चल दी। वैशाली ने पूछा तक नहीं कि कहाँ जा रहे हैं ? क्यों जा रहे हैं ? कब लौटेगे ? वगैरह-वगैरह।

गाड़ी एक भव्य बँगले के सामने रुकी।

तीन महिलाओं व दो पुरुषों ने उनका स्वागत किया। सुनिधि ने उनसे मिलवाते हुए कहा, "आप है वैशाली नायडू और···आप हैं, होल्कर वंश के महाराज श्यामशंकर जी और उनका परिवार।"

वैशाली ने सम्मानपूर्वक उनका अभिवादन किया।

विशाल कोठी में रात्रिकालीन भोजन का बहुत बढ़िया इंतजाम है। यहाँ का वैभव भी किसी पाँच सितारा होटल से कम नहीं है। सुनिधि जिस समिति में कार्य कर रही थी, उसी से होल्कर महाराज श्यामशंकर भी जुड़े हुए हैं।

भोजन के दौरान बातों-ही-बातों में सुनिधि ने बताया, "मेरी दोस्त वैशाली माता अहिल्या को अपना आदर्श मानती हैं।"

वहाँ पर बैठी एक महिला बेहद खुश हुई, लेकिन थोड़ा सा उदास होकर वह बोली, "हम लोग तो होल्कर वंश के होकर भी उनको अपना आदर्श नहीं बना पाए।"

"ऐसा क्यों?" वैशाली ने पूछा।

महाराजजी बोले, "घर की मुरगी दाल बराबर' वाली कहावत तो सुनी होगी न आपने।"

वैशाली नहीं समझ पाई। तो सुनिधि ने झट से कहा, "हाँ, हाँ।"

"बस वही वजह है।"

उनके साथ बैठी महाराज की पत्नी कहने लगी, "इसकी एक वजह यह भी है कि होल्कर घराने के ज्यादातर लोग विदेशों की ओर पलायन करते गए। यदि कोई डटकर होल्कर राज को सँभालता तो सिंधिया महाराज की तरह होल्कर राज की भी पहचान कायम रहती।"

अब वैशाली को समझ में आ गया था। अस्तु, वह बोली है, "सही है। यदि उत्तराधिकारी कमजोर तो हो राजघरानों का वजूद नष्ट हो जाता है।"

महाराजजी बोले, "आजादी के बाद एक्का-दुक्का ही राजघरानों के चिह्न बचे हैं, लेकिन उत्तराधिकारी की बात अन्य स्थानों पर भी लागू होती है।"

"जैसे?" सुनिधि ने पूछा।

"जैसे यदि किसी वकील का बेटा होनहार है तो वह अपने पिताजी की विरासत को आगे ले जाता है। कोई व्यापार में है तो व्यापार को आगे बढ़ाता है। जितने भी बड़े-बड़े व्यवयायी हैं वे सब इसी प्रकार के उदाहरण पेश करते हैं।"

"सही है।" सुनिधि ने कहा।

वैशाली ने होल्कर महाराज से पूछ लिया, "आप लोग अभी यहीं रहते हैं?"

"काश, रहते होते!" एक बड़ी उम्र की महिला ने जवाब दिया तो महाराज साहब उनकी ओर देखने लगे।

"जी, अब हम लोग परदेशी हो गए हैं। माता अहिल्या का 300वाँ जन्मोत्सव मनाया जा रहा है। उसी सिलसिले में सुनिधिजी से बात हुई तो बस कुछ दिनों के लिए यहाँ पर हैं।"

"ओह!"

"जी।" महाराज जी ने थोड़ा धीमे स्वर में कहा।

वैशाली ने जिज्ञासावश पूछ लिया, "विदेश का जीवन बेहतर है?"

"देखिए, तुलना तो नहीं की जा सकती है, अपना देश तो अपना है।"

बुजुर्ग महिला बीच में ही बोल पड़ी, "होल्कर राजवंश की महत्ता को जीवित न रखे जाने का दर्द तो है ही हमारे दिलों में।...लेकिन क्या कर सकते हैं! कई बार पूर्वजों के निर्णय पछतावा की वजह बन जाते हैं।"

वैशाली कहने लगी, "सही है। आज यदि सूबेदार मल्हार राव होल्कर की विरासत को बचा लिया होता तो निश्चित तौर पर माता अहिल्याबाई खुश होतीं। सेनापति यशवंत राव होल्कर दुआएँ देते।"

वैशाली के मुँह से निकलती ऐतिहासिक ज्ञान-गंगा से सभी अभिभूत होकर उसका मुँह देखने लगे।

16

निर्जीव वस्तुएँ जीवित व्यक्तियों की स्मृतियों की वाहक होती हैं। इस धरा की हर वस्तु स्मृतियों की अद्भुत संवाहक है। इसलिए तो इंदौर में स्थित होल्कर महल राजवाड़ा व उससे जुड़ी हर वस्तुएँ माँ अहिल्या को अपने ससुरसाब मल्हार राव, सासूमाँ गौतमाबाई, पति खांडेराव व बेटा मालेराव की याद उदास करने लगीं। एक के बाद एक अपनों का यूँ जाना माता अहिल्या को बिहूँनी बना रहा था। किस्मत का कहर देखिए कि होल्कर कुल का एक भी पुरुष जीवित नहीं बचा था। चारों ओर एक अजीब सा सन्नाटा था। अंततोगत्वा उन्होंने किसी अन्य स्थान पर अपनी राजधानी बनाने पर विचार किया।

वैशाली बड़े ही गौर से स्त्रोत साधक प्रो. डी. के. गुप्ता को सुन रही है। उसे लग रहा था, मानो वह उसके दिल की बात कर रहे हैं। आज कार्यशाला का छठा दिन निश्चित रूप से यादगार होगा।

स्त्रोत साधक प्रो. गुप्ता कहने लगे, "माँ अहिल्या के राजधानी परिवर्तन की बात करते हुए हम सब बातों-बातों में महेश्वर का भ्रमण भी कर आएँगे। वैसे भी आप लोगों के कार्यक्रम में महेश्वर जाकर वहाँ का प्रत्यक्षत: अध्ययन करना समाहित है।"

"जी।" आगे बैठे एक प्रतिभागी ने हौले से कहा।

"तो जब माता अहिल्या ने यह प्रण कर लिया कि उन्हें अपना आशियाना बदलना है तो राजधानी के लिए किसी उपयुक्त स्थान की खोज की जाने लगी। होल्कर राज्य की सीमाओं में कई स्थानों का निरीक्षण किया गया। निमाड़ में नर्मदा किनारे एक स्थान उन्हें पसंद आया, परंतु ज्योतिषियों और ब्राह्मणों ने कह दिया कि यह स्थान उनके लिए शुभ नहीं होगा। अस्तु, उन्होंने वह स्थान छोड़ दिया।

काफी विचार-विमर्श करने के उपरांत माता अहिल्याबाई होल्कर ने नर्मदा के किनारे महेश्वर नामक स्थान को अपनी राजधानी बनाने का निर्णय किया। यह उनकी सासूमाँ गौतमाबाई की खासगी था, जो उनकी मृत्यु के बाद माता अहिल्या को मिली थी। इस प्रकार राजनीतिक व प्रशासनिक दृष्टि से यह उनकी अपनी जमीन थी, जिसे कभी पेशवा भी वापस नहीं ले सकते थे।

दूसरी बात, महेश्वर की प्राकृतिक छटा ने भी अहिल्याबाई का मन मोह लिया था। तीसरी बात वे धर्मपरायण थीं इसलिए माँ नर्मदा के तट पर रहना उन्हें उपयुक्त लगा और चौथी बात, ज्योतिषियों और ब्राह्मणों के मतानुसार राजधानी के लिए यह एक उत्तम स्थान था। पाँचवीं बात, यह स्थान राजधानी इंदौर से मात्र 90 किलोमीटर दूर था। इसलिए यहाँ रहकर आसानी से दोनों स्थानों पर नियंत्रण किया जा सकता था।

महेश्वर से बहती पवित्र नदी माँ नर्मदा के जल की कल-कल बहती धारा को देखकर उन्हें लगने लगा कि यही वह जगह है, जहाँ पर वे राज्य संचालन तथा मोक्ष साधना दोनों एक साथ कर सकती हैं।

उल्लेखनीय है कि महेश्वर ऐतिहासिक व धार्मिक दृष्टि से बहुत महत्त्वपूर्ण नगरी है। इसका पुराना नाम माहिष्मती था। रामायण, महाभारत, पुराणों, बौद्ध धर्मग्रंथों व प्रसिद्ध यात्रियों के यात्रा-वृत्तांत में इस नगरी का उल्लेख मिलता है। हरिवंश पुराण में लिखा है, "इस नगर को राजा महिष्मान ने बसाया था। महाकवि कालिदास के प्रसिद्ध ग्रंथ 'मेघदूत' व 'रधुवंशम' में भी इस नगरी का उल्लेख मिलता है। राजा सहस्रार्जुन के राज्य अनूपदेश की राजधानी भी यही माहिष्मती थी। आदिशंकराचार्य और मंडन मिश्र के मध्य शास्त्रार्थ भी यहीं पर हुआ था। चीनी

यात्री ह्वेनसांग यहाँ आया था। अपने वृत्तांत में उसने इस स्थान का नाम 'मोहिश फलो-फूलो' लिखा है।

यह हैहय, चालुक्य व परमार वंशों का राज्य रहा है। मांडू और गुजरात के बादशाहों का भी यहाँ राज्य रहा है। कालांतर में यह मुगल राज्य का हिस्सा बन गई। 1730 में अहिल्याबाई के ससुर मल्हार राव होल्कर ने पेशवा बाजीराव के नेतृत्व में मालवा व निमाड को मुगलों से छीन लिए थे। पेशवा बाजीराव ने प्रसन्न होकर यह क्षेत्र मल्हार राव होल्कर को सौंपकर उन्हें सूबेदार बना दिया। होल्कर राज्य की स्थापना के बाद 1733 में उन्होंने महेश्वर में व्यापारियों, बुनकरों और कारीगरों को जमीन-जायदाद आदि की सुविधा देकर इस नगर के वैभव को लौटाने का प्रयास किया था।

अहिल्याबाई ने भी अपने ससुरजी के पदचिह्नों पर चलते हुए महेश्वर नगरी के चहुँमुखी विकास में अपना महती योगदान दिया। सर्वप्रथम उन्होंने यहाँ पर अपने लिए एक छोटा सा ऐसा निवास स्थान बनवाया जहाँ से राजपाट करने के साथ ही माँ नर्मदा के दर्शन कर सकें। किले का कायाकल्प करवाया। प्राचीन मंदिरों का जीर्णोद्धार कर नए मंदिर व विशाल घाट बनवाए। देश भर से चुनिंदा विद्वानों, धर्माचार्यों, ज्योतिषियों, पौराणिकों, कीर्तनकारी, कलाकारों, कारीगरों को आदरपूर्णक महेश्वर बुलवाकर यहाँ बसाया।

मूर्तिकार, शिल्पी व कारीगरों को सहूलियतें देकर उन्हें महेश्वर में निर्माण कार्य में लगाया। धीरे-धीरे महेश्वर भारत में विख्यात हो गया। मंदिर, घाट, धर्मशालाएँ बनने लगीं। अहिल्याबाई के प्रयासों से महेश्वर वस्त्रोद्योग का प्रमुख केंद्र बन गया। उल्लेखनीय है कि जो कलात्मकता यहाँ के महल व छतरियों में उकेरी जा रही थी, वही यहाँ पर बनने वालों वस्त्रों में भी उकेरी गई। इसलिए यहाँ की साड़ियाँ व वस्त्र समूचे भारत में प्रसिद्ध हो गए। बुनकरों को राजाश्रय दिया गया था। इसलिए वस्त्र उद्योग पनपने लगा था। स्थानीय बुनकरों द्वारा बनाई गई साड़ियाँ व वस्त्र ही अहिल्या खुद भी पहनती थीं और अपने अतिथियों को भी भेंट में देती थीं।

वो शिवभक्त थीं, अस्तु, उन्होंने महेश्वर के विभिन्न स्थानों व घाटों पर शिवमंदिर बनवाए। शिवलिंग स्थापित करवाए। उनकी प्रेरणा से मंदिरों में नियमित रूप से पूजापाठ व धार्मिक अनुष्ठान होने लगे। मंत्रोच्चार, घंटे, शंख की ध्वनि हवाओं में मिलकर सुकून का संचार करने लगी।

उन्होंने अपने व्यक्तिगत पैसों 'खासगी' का उपयोग करते हुए महेश्वर को एक दर्शनीय स्थल बना दिया। उत्तर भारत से दक्षिण भारत को जोड़ने वाले मार्ग पर अवस्थित महेश्वर नगरी की कीर्ति दूर-दूर तक फैलने लगी। अस्तु, दूसरे राज्यों के व्यक्ति महेश्वर आने लगे। माता अहिल्या का वैभव व प्रभाव चारों ओर बढ़ने लगा।

चूँकि राज्य के बाहर से आने वाली की संख्या बढ़ती ही जा रही थी इसलिए आसपास के क्षेत्रों में डकैतों व लुटेरों के उपद्रव बढ़ने लगे। वे महेश्वर आने-जाने वाले राहगीरों को लूटने लगे। मौका देखकर वे होल्कर राज्य के नागरिकों के साथ भी लूटपाट करने लगे थे।

वृंदावन लाल वर्मा अपने उपन्यास 'अहिल्याबाई' में तो लिखते हैं कि 'सेनापति तुकोजी राव के तीन पुत्रों में से एक पुत्र मल्हार राव खुद भी लूट-डकैती करवाता था। उसका मानना था कि यदि माता अहिल्याबाई उन्हें पैसा नहीं देंगी तो उसे ऐसा करना ही पड़ेगा।'

जैसा कि पहले बताया गया है, माता अहिल्या अपनी सारी आमदनी प्रजाहितकारी निर्माण कार्यों व दान-पुण्य में खर्च करती थीं। उनके सेनापति तुकोजी राव को अकसर यह शिकायत रहती थी कि "होल्कर राज्य की सैनिक व्यवस्था चलाने के लिए जितने धन और सुविधाओं की आवश्यकता है उतना उन्हें मातोश्री से नहीं मिल पाता है। अत: उन्हें आर्थिक संकट का सामना करना पड़ता है।"

इसलिए वे भी अहिल्याबाई से रूठे रहते थे। उनका मानना था कि "मातोश्री सेना व सुरक्षा की ओर ध्यान नहीं देतीं। राज्य का ज्यादातर धन दान-पुण्य, हवन-पूजा व मंदिर धर्मशाला निर्माण में ही गँवा देती हैं।"

खैर, जो भी हो लेकिन हाँ उस समय के सभी इतिहास यह स्वीकार करते हैं कि उस समय होल्कर राज्य में अव्यवस्था व असंतोष का वातावरण था। कानून व्यवस्था भी कमजोर हो गई थी। चोरियाँ, लूट व डकैतियाँ भी हो रही थीं। इस बात को वृंदावन लाल वर्मा ने अपने उपन्यास 'अहिल्याबाई' में विस्तार से लिखा है।

चोरी-डकैती की समस्या से माता अहिल्याबाई काफी परेशान हो गई थीं। इसलिए इसका समाधान करने के लिए उन्होंने एक अनूठा तरीका ढूँढ़ा। उन्होंने राज्य के प्रमुख सरदारों, अधिकारियों, सैनिकों व नागरिकों से दरबार में खुला विचार-विमर्श किया। जब उन्हें कोई ठोस समाधान नहीं मिला तो उन्होंने घोषित किया कि

"जो होल्कर राज्यक्षेत्र के चोर-डाकुओं को खतम कर सकेगा। मेरी प्रजा को राहत पहुँचाएगा, उसके साथ मैं अपनी इकलौती बेटी मुक्ताबाई का विवाह कर दूँगी।"

यह घोषणा सुनकर सभा में बैठे सभी महाशय स्तब्ध रह गए। थोड़े समय के लिए ऐसा लगा मानो सबकुछ ठहर गया हो, सन्नाटा छा गया। होल्कर राज्य में इस स्तर की वीरता पर प्रश्नचिह्न लग गया। कोई भी कुछ कहने की स्थिति में नहीं था। समस्या ही इतनी बड़ी थी। सबके हाथ-पाँव फूल गए लेकिन तभी...सभी किंतु-परंतु को दरकिनार रख यशवंत राव फड़के नामक एक व्यक्ति ने अपने स्थान से उठकर कहा, "मैं यह चुनौती स्वीकार करने के लिए तैयार हूँ। बशर्ते आवश्यक सेना और संसाधन मुझे उपलब्ध करवा दिए जाएँ।"

अहिल्याबाई ने प्रसन्नतापूर्वक उसकी आवश्यकतानुसार सभी सुविधाएँ उसे प्रदान करवा दीं। फड़के एक बुद्धिमान् व साहसी युवक था। उसने अपनी सूझबूझ व वीरता से होल्कर राज्यक्षेत्र में व्याप्त चोरों व डाकुओं के आतंक को समाप्त कर दिया। अस्तु, राज्य में पुनः शांति व व्यवस्था स्थापित हो गई।

अहिल्याबाई ने भी अपने वचन का पालन करते हुए अपनी बेटी मुक्ताबाई की शादी धूमधाम के साथ उस वीर नौजवान यशवंतराव फड़के से कर दी। विवाह के सुअवसर पर अहिल्याबाई ने समस्त प्रजाननों को आमंत्रित किया। खूब उपहार व दान-दक्षिणा दी। अपनी बेटी को उपहारस्वरूप सोने-चाँदी के जेवर के अलावा अपनी स्वयं की खासगी संपत्ति तराना परगना भी दे दिया।

यहाँ यह ध्यान देने वाली बात है कि जब अहिल्याबाई ने उक्त घोषणा की होगी, उस समय निश्चित तौर पर उनकी दृष्टि में अमीर-गरीब, छोटा-बड़ा कुल या जाति वर्ग की अवधारणा गौड़ रही होगी। उनके लिए राज्य की सुरक्षा ही प्राथमिकता का विषय रहा होगा।

उस काल में सामाजिक बंधनों से परे जाकर अपनी एकमात्र बेटी का विवाह एक अनजान व्यक्ति के साथ करना, योग्यता को महत्त्व देना अहिल्याबाई की महानता को दरशाता है। यही तो वह विचार है, जो उन्हें लोकमाता बनाता है।

इन्हीं शब्दों के साथ प्रो. गुप्ता ने अपनी वाणी को विराम दिया। इतने शानदार व्याख्यान के लिए सभी प्रतिभागियों ने जोरदार तालियाँ बजाईं।

वैशाली को आज का यह वक्तव्य प्रभावशाली व प्रेरणादायी लगा। उसे लगने लगा कि 'हाँ, विचार ही वह तत्त्व है, जो एक व्यक्ति को कालजयी बना देता है।'

अपनी इन्हीं सब बातों को साझा करने के लिए होटल पहुँचते ही वैशाली ने सुनिधि को फोन किया तो उसने बताया कि एक अति आवश्यक कार्य से उसे जबलपुर आना पड़ा है। वह कल रात को वापस आ जाएगी।

यह सुनकर वैशाली को एकदम से झटका सा लगा।

फिर सोचने लगी, 'ऐसी क्या बात हो गई कि सुनिधि को अचानक जबलपुर जाना पड़ा ?' गूगल मैप में उसने देखा कि जबलपुर इंदौर से करीब 500 किलोमीटर की दूरी पर है।

वह चिंतित होने लगी कि इतना लंबा रास्ता कार से पूरा करना, उसको थका देगा। वह भगवान् से उसकी कुशल यात्रा की प्रार्थना करने लगी।

वह यह सोचकर थोड़ा उदास सी हो गई कि इस पूरे शहर में वह एकदम अकेली है। उसे कोई नहीं जानता, न ही वह किसी को जानती है।

अगले ही पल उसने खुद ही खुद को समझाया—अरे, मैं तो यहाँ अकेली ही आई थी। वह तो एक सुखद संयोग था कि सुनिधि मिल गई। वैसे भी किसी के लिए इतना अशक्त होना कमजोर होने की निशानी है।'

'हूँउउउउ,' कहते हुए।

अपनी आँखें बंदकर वह स्मृति के संसार में विचरण करने लगी। उसे उस दिन की याद आने लगी जब कि उसके पापा कह रहे थे कि 'देखो बेटी, कभी भी किसी भी वस्तु या व्यक्ति को अपनी कमजोरी नहीं बनने देना। यदि सशक्त बनकर रहना है तो खुद को ऐसा बनाओ कि आवश्यकता पड़ने पर किसी के बिना भी जीया जा सके।'

'जी,' कहते हुए वह पापा के गले से लगते हुए पूछती है, 'आपके बिना भी ?'

'ओह हो! तुम तो हर बात को मजाक बनाकर टाल देती हो।' पापा ने उसे हलकी सी डाँट लगाते हुए कहा।

तभी वहाँ पर अम्मा आ गई। वह हँसते हुए बोली, 'जाने कब बड़ी होगी ये लड़की।'

याद करके वैशाली की आँखें भर आईं। मोबाइल में अपनी अम्मा की फोटो देखते हुए वह कहने लगी, 'देखो अम्मा, अब आपकी वैशाली इतनी बड़ी हो गई हूँ कि 1200 किलोमीटर दूर अकेली आई हूँ। अब मैंने सशक्त बनने की ठान ली है। आशीर्वाद दीजिए कि मैं औरों से अलग कुछ करके दिखा पाऊँ।'

फिर उसने पापा की फोटो को देखते हुए कहा, 'पापा आप कहते थे न कि किसी

को अपना रोल मॉडल बनाओ।' मैंने अहिल्याबाई होल्कर को अपना आदर्श बना दिया है। पता है, पापा, उनका व्यक्तिगत जीवन भी मेरी ही तरह दुःखों से भरपूर था।"

कहते-कहते उसे जोर से रोना आ गया। हाथ का मोबाइल छोड़कर वह सिसकने लगी। फिर जाने कब उसे नींद आ गई। नींद में ही उसे ऐसा लगा मानो उसकी अम्मा कह रही हो, 'अभी-अभी तो तुमने कहा था कि सशक्त हो रही हो फिर ये रोना कैसा? चलो उठो खाना लो...भूखे नहीं सोते।'

वह झटके से उठी। उस समय रात के 10 बज रहे थे, उसने अपने कमरे में ही खाना मँगाया और खाकर फिर सोने की कोशिश करने लगी। बिस्तर में लेटे वह सोचने लगी कि 'शायद फिर से सपनों में अम्मा आ जाए। यदि आएगी तो मैं उन्हें बताऊँगी कि मैंने आपकी बात मानकर खाना खा लिया है।'

17

कार्यशाला के सातवें दिन वैशाली बड़े ही उत्साह के साथ व्याख्यान सुन रही हैं। उसे क्या मालूम था कि आज फिर वह रोने वाली है। आज की वक्ता डॉ. ज्योत्स्ना चौधरी बताने लगीं कि "माता अहिल्या का राज्य ठीक चलने लगा था। उन्होंने रामपुरा के चंद्रावत के विद्रोह को अपने नेतृत्व में कुचल दिया। उनके कहने पर उस समय सेना की कमान सँभाल रहे शरीफ भाई ने रातपूतों के दाँत खट्टे कर दिए। हजारों सैनिक मारे गए। होल्कर सेना के पास 'ज्वाला' नामक एक प्रसिद्ध तोप थी। उससे निकलते गोलों ने होल्कर सेना को विजयी बनाने में अहम भूमिका निभाई। मौका देखकर विद्रोहियों का नेता सौभाग्यसिंह चंद्रावत वहाँ से भाग निकलने में सफल हुआ, लेकिन कुछ ही दूरी पर वह पकड़ा गया और अहिल्याबाई के आदेश पर उसे तोप के मुँह पर बाँधकर उड़ा दिया गया। इस प्रकार अहिल्याबाई की यह एक बड़ी जीत थी।

उल्लेखनीय है कि इसके पहले भी 1771 और 1783 में चंद्रावतों ने विद्रोह किया था, इसलिए तीसरी बार 1787 में किए गए इस विद्रोह का कड़ाई से दमन करना आवश्यक था।

अहिल्याबाई की इस जीत पर पेशवा दरबार के प्रसिद्ध राजनीतिज्ञ व विद्वान् नाना फडणीस ने कहा कि "पूना का दरवाजा महेश्वर के नर्मदा तट पर है, यह हमें आज पता चल गया है।"

अहिल्याबाई की वीरता, धर्मपरायणता व निडरता के किस्से दूर-दूर फैलने लगे थे। एक बार एक कवि उनके दरबार में आया, उसने बताया कि उसने अपनी कलम से कुछ लिखा है, जो वह उसे सुनाना चाहता है।

"क्या यह मेरी प्रसंसा में लिखा गया काव्य है?" माता अहिल्याबाई ने पूछा।

"हाँ।" उस कवि ने बड़े ही गर्व के साथ कहा।

यह सुनकर माता अहिल्या ने उससे कहा, "...तो पहले आप इसे नर्मदा नदी के बहाव में छोड़ आइए, फिर बात करते हैं।"

माता अहिल्या के मुँह से यह सुनकर वह कवि हक्का-बक्का रह गया। वह सोचने लगा कि इस पृथ्वी के ज्यादातर प्राणी अपनी प्रशंसा व गुणगान को सुनकर गद्गद होते हैं और माता अहिल्या प्रशंसा से भरी मेरी रचताओं को नर्मदा में बहाने को कह रही हैं। मैंने तो सोचा था, मेरी यह रचनाएँ सुनकर वे मुझे इनाम देंगी, परंतु यह तो कुछ अलग ही हो रहा है।

इस घटना के बाद जब उन्हें इस बात का अहसास हुआ कि माता अहिल्याबाई अपनी प्रशंसा से ज्यादा प्रजाहित के प्रति किए गए कार्यों की प्रशंसा को पसंद करती हैं तो कवि के मन में माता अहिल्या का मान और बढ़ गया।

माता अहिल्याबाई की शिवजी पर अथाह आस्था थी, इसलिए उन्होंने कोशिश की कि उनके राज्य में भी हिंदू धर्म का प्रसार हो। नैतिकता से परिपूर्ण आचरण का प्रतिपालन हो। प्रजा अपने आचरण में शिव आराधना का समावेशन करे।

एक बार माता अहिल्याबाई होल्कर के दरबार में प्रसिद्ध गायक व कवि अनंत फंदी आया। उसने लोगों का मन बहलाने वाले गीत डफली के साथ गाना गा कर सुनाए। सबको बहुत आनंद आया। माता अहिल्याबाई को भी उसकी प्रतिभा प्रभावित कर गई, लेकिन उन्होंने उस कवि को एक राय दी कि "यदि आप अपनी रचनात्मकता का उपयोग भजन-कीर्तन सृजित कर, जनसामान्य को सन्मार्ग पर चलने की प्रेरणा देगें तो यह आपके खुद के भरण-भोषण के साथ जन-आचरण में सदाचार के भाव का प्रसार भी करेगा।"

कहते हैं, कवि फंदी ने माता अहिल्याबाई की बात मानकर अपनी कलम से भजन इत्यादि लिखकर प्रजा को प्रेरित करने का कार्य किया। विभिन्न स्थानों पर जाकर कीर्तन के माध्यम से जनसामान्य को सद्मार्ग पर चलने की प्रेरणा दी।

राज्य में न्याय व्यवस्था की स्थापना हेतु भी अहिल्याबाई कड़ी मेहनत कर

रही थीं। उनकी न्यायिक व प्रशासनिक व्यवस्था सभी को स्वीकार्य थी। सामाजिक समरसता पर आधारित उनकी कार्यशैली ने सभी को प्रभावित किया था।

सुमित्रा महाजन ताई की पुस्तक 'मातोश्री' में यह उल्लेख मिलता है कि माता अहिल्याबाई के जीवन-दर्शन से ताई खुद इतनी प्रभावित थीं कि अपना लंबा राजनीतिक जीवन व्यातीत करने के बाद भी वे बेदाग बाहर आ गईं।

इतना ही नहीं, उन्होंने संसद भवन परिसर, नई दिल्ली में माँ अहिल्या की मूर्ति स्थापित करवाई, ताकि अन्य राजनेता भी उनके लोकहितकारी दृष्टि से प्रेरित हो सकें।

1967 में अहिल्याबाई की पुत्री मुक्ता ने एक पुत्र को जन्म दिया। उसके जन्म से माता अहिल्याबाई बहुत खुश थीं। इस अवसर पर उन्होंने बड़ी मात्रा में दान-दक्षिणा दिया। दरअसल मूल से ज्यादा ब्याज प्यारा लगता है। बेटे मालेराव के बाद उनके परिवार में पैदा होने वाला वह पहला पुत्र था।

इसलिए अहिल्याबाई ने सोच लिया था कि वह अपने नाती को पाल-पोसकर बड़ा करेगी और मौका देखकर उसे अपना उत्तराधिकारी बना देगी।

वे उस बच्चे को नथ्थाबा कहकर पुकारती। उसमें अच्छे संस्कार डालने का प्रयास करतीं। दरअसल, उन्हें इस बात की आत्मग्लानि थी कि वे अपने राजकीय कार्यों की व्यस्तता व जिम्मेदारियों के कारण अपने इकलौते बेटे मालेराव पर ध्यान नहीं दे पाईं, उसे बराबर शिक्षा नहीं दे पाईं। उसे संस्कारित नहीं कर पाईं। यह उसकी बहुत भूल थी।

वह सोचतीं कि अपनी इस भूल को सुधारने के लिए वह अपने नाती नथ्थाबा को खूब संस्कारित करेंगी, उसे खूब समय देंगी। उसे एक अच्छा इनसान बनाएगी। जो भी बातें मैं मालेराव को नहीं सिखा पाई, वो सब बातें मैं अपने नाती को सिखाऊँगी। राजपरिवार की मर्यादा के अनुरूप उसमें आवश्यक गुणों का विकास करूँगी।

यह व्याख्यान प्रतिभागी रीता को दुःखी कर गया। माता अहिल्या की आत्मग्लानि की आग में वह भी जलने लगती है। एक लंबी आह भरकर वह वैशाली से कहती है, "यार, मुझे इसे कार्यशाला में नहीं आना था।"

पास में बैठी वैशाली ने यह बात सुन ली। वह पूछने लगी, "क्यों? क्या हो गया? आप ऐसा क्यों कह रही हो?"

रीता हौले से बोली, "बताती हूँ।"...

...और वह व्याख्यान सुनने का दिखावा करने लगी।

वक्ता आगे बताते हुए बोलीं, "भाग्य का खेल देखिए, जब माता अहिल्या ने अपने लाड़-प्यार से संस्कार का एक पौधा रोपना चाहा तो वह पौधा ही इतना कमजोर था कि बारंबार ध्यान देने के बाद भी कमजोर ही बना रहा। बचपन से ही बीमार रहने वाले नथ्थाबा को संस्कार नहीं, पहले स्वस्थ रखने की जरूरत थी। अहिल्याबाई उसे तंदुरुस्त रखने का भरसक प्रयास करती रहीं।

उसकी शादी भी कर दी गई। जब वह 21 साल का हुआ। उसे क्षय रोग हो गया। उन दिनों यह रोग एक लाइलाज बीमारी मानी जाती थी। इस रोग का इलाज वैद्य-हकीमों के पास भी नहीं था। इसके पहले श्रीमंत माधवराव पेशवा इस बीमारी से ग्रसित होकर मर चुके थे।

अहिल्याबाई ने इस बीमारी से नथ्याबा का बचाने में कोई कसर नहीं छोड़ी। उन्होंने दवा-दारू से लेकर झाड़फूँक तक करवा दी, लेकिन कोई फर्क नहीं पड़ा। 15 दिसंबर, 1787 को उसका नाती नैथ्याबा भी उनको छोड़कर चला गया। उसके साथ उसकी दो पत्नियाँ, 10 वर्षीय बालाबाई व 13 वर्षीय गौराबाई भी सती हो गईं।

नैथ्था की दोनों विधवाओं ने अभी दुनिया देखी ही नहीं थी। उन दोनों का इस बात का कोई अंदाजा ही नहीं था कि सती होना क्या होता है, इसलिए जब उन्हें अपने पति नैथ्या के शव के साथ सती होने के लिए कहा गया तो भय से भागते हुए अहिल्याबाई के पास आईं। रोते हुए बोलीं, "हमें बचा लीजिए। ये लोग हमें जबरदस्ती जला रहे हैं।"

उन्हीं के पीछे-पीछे उन दोनों के पिता आए और उन दोनों को खींचते हुए वहाँ से ले जाने लगे तो माता अहिल्याबाई ने उन्हें रोकना चाहा तो उनके पिताजी कहने लगे, 'माताजी, आपने तो सती धर्म का पालन नहीं किया, परंतु हमारी बच्चियों को तो अपने धर्म का पालन करने दीजिए।'

माता अहिल्याबाई उन्हें सती होते देखती रह गईं। उनकी चीखें सुनकर उनका सीना फटा जा रहा था, परंतु वह विवशता की चादर ओढ़े मौन थीं। नथ्था का जाना अहिल्याबाई के लिए यह एक बड़ा आघात था।

उनकी बेटी मुक्ताबाई व दामाद यशवंतराव ने अपने पुत्र की मौत पर, रो-रोकर बुरा हाल कर लिया था। अपने एकमात्र जवान बेटे की मौत पर उनका यूँ रोना स्वाभाविक था।

नैथ्था के पिताजी यशवंतराव फड़के अपने पुत्र की मौत के दर्द को सहन नहीं कर पाए। धीरे-धीरे उनकी तबीयत बिगड़ने लगी। फिर देखते-ही-देखते उन्होंने बिस्तर पकड़ लिया। माता अहिल्या ने अपने दामाद का भी खूब इलाज करवाया, लेकिन वह उन्हें भी बचा न सकीं। अपने बेटे के जाने के ठीक चार साल बाद 3 दिसंबर, 1791 को पिताजी अर्थात् अहिल्याबाई के एकमात्र दामाद यशवंत फड़के का भी निधन हो गया।

दामाद की मौत पर उनकी एकमात्र पुत्री मुक्ताबाई ने अपने स्त्री धर्म को निभाते हुए सती होने का निर्णय लिया; जब यह बात माता अहिल्या तक पहुँची कि उनकी बेटी मुक्ता अपने पति यशवंत राव फड़के की चिता पर बैठकर सती होने जा रही है तो वह बेहाल हो गईं।

उन्होंने अपनी बेटी के आगे गिड़गिड़ाकर कहा, "बेटी, तेरे सिवाय अब मेरा इस दुनिया में कौन हैं? तू ही मेरा सहारा है, मत सती हो बेटी। मेरे दु:खों का कुछ खयाल कर। तू मुझे नि:सहाय न छोड़, बेटी। तेरे बिना मेरा जीना दुर्भर हो जाएगा।"

उनकी बेटी का निर्णय अटल था, इसलिए वह टस से मस नहीं हुई, लेकिन जब बारंबार उसकी माँ आग्रह पर आग्रह किए जा रही थीं तो उसने बड़े ही संयमित ढंग से धीरे-धीरे कहा, "माँ, अब हमारे परिवार में केवल हम दो बचे हैं। आपने भी तो पिताजी की मृत्यु के बाद सती होने का निर्णय लिया था, परंतु दादाजी ने राज्य की देखभाल के लिए आपको रोक लिया था।"

वह आगे बोली, "आपके पास जीने का एक उद्देश्य था, परंतु मेरे पास अब जीने का कोई उद्देश्य नहीं है। जहाँ तक आपकी देखभाल का सवाल है तो आपकी देखदेख करने के लिए और भी लोग हैं और आपका जीवन भी अब बहुत नहीं बचा है। मगर यदि मैं सती न हुई तो आपके बाद मेरा उद्देश्यहीन जीवन कटना मुश्किल हो जाएगा। इसलिए माँ बेहतर यही होगा कि मैं भी अपने पति के साथ अग्नि में समा जाऊँ।"

अहिल्याबाई को उनकी ही बेटी ने निरुत्तर कर दिया था।

उधर नर्मदा के तट पर यशवंतराव की चिता सज रही थी। उनके शव को चिता पर रख दिया गया, पति के मस्तक को गोद में लेकर मुक्ताबाई बैठ गई। उसके साथ उसकी दो और सौतनें भी बैठ गई थीं। मंत्रोच्चार होने लगे और चिता में आग लगा दी। ज्यों-ज्यों लौ तेज होती गई, चीखें निकतली रहीं। वाद्यों का शोर उन चीखों को दबाता

गया। शंख, घड़ियाल तथा ढोलों की ध्वनियों के बीच सती माता की जय-जयकार से सारा वातावरण गूँज उठा। हौले-हौले अग्नि की गोद में मुक्ताबाई समा गई।

यूँ तो अहिल्याबाई ने इसके पहले भी पति खांडेराव की चिता के साथ कई स्त्रियों को सती होते देखा था। सबसे पहले अपनी 11 सौतों को अपने पति की चिता के साथ। उसके बाद अपने सासूमाँओं को अपने ससुरजी मल्हार राव की चिता के साथ, फिर अपनी बहुओं को अपने बेटे मालेराव के साथ और फिर छोटी-छोटी सी दो नतबहुओं को अपने नाती नैथ्था के साथ···।

ये सारी स्त्रियाँ उनके सामने ही सती हुईं, जिंदा जलीं। वह सब माता अहिल्याबाई ने सहन कर लिया, लेकिन इकलौती बेटी का सती होना उन्हें सहन नहीं हो रहा था। वे सती वाले स्थान पर ही बेहोश होकर गिर पड़ीं। इसके बाद कई दिनों तक बीमार रहीं।

होनी को कौन टाल सकता था। कई चीजें इनसान के हाथ में नहीं होतीं। वह तो बस कठपुतली बनकर जिंदगी के तमाशे को देखता रह जाता है। जिंदगी के खेल अंधे होते हैं, ये राजा या रंक में भेद नहीं करते। मुक्ताबाई सती हो चुकी थी और माता अहिल्याबाई होल्कर बिल्कुल अकेली रह गई थीं।

एक लंबी साँस भरकर वक्ता बोली, "इसी के साथ आज का यह व्याख्यान समाप्त होता है, यदि आप लोगों के मन में कोई प्रश्न हो तो पूछ लें।"

एक महिला प्रतिभागी ने एकाएक खड़ी होकर कहा, "महोदया, एक बात समझ में नहीं आई।"

"क्या?"

"जिस प्रकार मल्हार राव ने अपनी बहू अहिल्याबाई को राजकार्य के लिए सती होने से रोक लिया था, वैसे ही अहिल्याबाई ने ही अपनी खुद की बेटी को सती होने से क्यों नहीं रोक लिया?"

थोड़ी देर के लिए सभी लोग चुप हो गए। फिर स्त्रोत साधक महोदया बोलीं, "उस समय की व्यवस्था में सिर्फ लड़कों को ही उत्तराधिकारी बनाया जाता था। शायद इसलिए।"

"लेकिन जिस प्रकार उन्होंने अपनी बेटी की शादी के समय जात-पाँत, अमीर गरीब के रिवाजों को तोड़कर, सामाजिक समरसता का एक नया उदाहरण पेश किया। उसी प्रकार यदि वे इस दिशा में भी कुछ नवाचार लागू कर सकती थीं तो उन्हें ऐसा करने से रोकने वाला कौन था?"

"हाँ, आप आज के हिसाब से सोच रही हो इसलिए आप अपनी जगह सही हो, लेकिन उस समय की जो परिस्थितियाँ थीं और उन परिस्थितियों में अहिल्याबाई ने जो किया वह उस काल के अनुरूप रहा होगा। वैसे भी वे अपनी न्यायप्रियता के लिए जानी जाती थीं।"

"जी।"

तभी एक प्रतिभागी ने खड़े होकर बड़ी ही विनम्रता के साथ कहा, "आदरणीय क्षमा करें। मैं पहले दिन से ही सुन रही हूँ कि अहिल्याबाई देवी हैं, लोकमाता हैं। धर्मपरायण हैं। ठीक है, मैं भी ऐसा ही मानती हूँ, लेकिन मेरी दादीजी का मत अलग है। वे कह रही थीं कि भारतीय सांस्कृतिक परिदृश्य में ऐसी स्त्री को शुभ नहीं माना जाता जिसके रहते हुए, उनके सारे अपने मौत के मुँह में चले गए हों।"

वक्ता महोदया बोलीं, "जी, बहुत बढ़िया प्रश्न है। आग में जलकर ही सोना खरा होता है। विपरीत परिस्थिति ही वह जमीन है, जिसमें युगंधरा का जन्म होता है।"

प्रश्नकर्ता प्रतिभागी सोच रही थी कि उसका प्रश्न सुनकर वक्ता नाराज हो जाएगी, लेकिन यह तो कुछ और ही हो गया। उन्होंने बड़े ही संयमित ढंग से प्रश्न का जवाब दिया कि वह समझ ही नहीं पाई। इसलिए उसने पूछा, "जी···क्या मतलब ?"

वक्ता डॉ. चौधरी कहने लगीं, "जैसा आपकी दादी ने कहा है, वैसा उस समय के कुछ अन्य लोगों ने भी कहा होगा। यह बात शायद उतनी बड़ी नहीं है। बड़ी बात यह है कि इतने लांछन के बाद भी बिना विचलित हुए अपने पथ पर चलते रहना। यही महानता की निशानी है। लोग तो हर महान् व्यक्ति पर कीचड़ उछालते हैं, लेकिन तमाम आरोप-प्रत्यारोप के बाद भी अपने को स्थापित करना चुनौतीपूर्ण होता है।

विपरीत परिस्थितियों में भी माता अहिल्या ने प्रजाहित के कार्य किए। अपना धर्म निभाया, इसलिए तो वे औरों से अलग हैं। आज 300 साल बाद भी हम लोग उन्हें पढ़ रहे हैं। लोकमाता, कर्मयोगिनी, धर्मयोगिनी, युगंधरा इत्यादि अनंत नामों से उनको याद कर रहे हैं। उनके बारे में जानने के लिए भारत के कोने-कोने से आप लोग आए हैं, बस यही उनकी महानता का द्योतक है।"

यह सुनते ही सभी प्रतिभागियों ने जोर-जोर से तालियाँ बजाईं। सब कहने लगे, "आपका जवाब लाजवाब है।"

वैशाली खुद भी हक्की-बक्की सी, प्रश्नोत्तर के भंवर में डोल रही थी। उसे कुछ समझ में आया, कुछ नहीं लेकिन फिर भी उसे इतना तो समझ में आ ही गया

कि आरोपों को सुनकर भी विचलित न होना। अपने पथ पर निरंतर अग्रसर होना ही महानता की निशानी है।"

कार्यशाला के बाद वैशाली व रीता कक्ष के बाहर आ गईं। रीता को उदास देखकर वैशाली ने उसे एक तरफ रोककर पूछा, "आप उदास क्यों हो?"

"यूँ ही।"

"कार्यशाला के दौरान भी आप कुछ कह रही थीं।" वैशाली ने याद करते हुए पूछा।

रीता कहने लगी, "हाँ, आज के व्याख्यान में माँ अहिल्याबाई की आत्मग्लानि देखकर मुझे भी आत्मग्लानि महसूस हो रही थी।"

"क्यों?"

आँखों में छलक आए आँसुओं को पोछते हुए वह बोली, "मुझे लग रहा है कि मैंने अपने बच्चों को 10 दिनों के लिए नौकरों के भरोसे छोड़कर गलत किया है।"

"हूँउउउउउ।"

रीता कहती है, "युग कोई भी हो अपनी संतान को संस्कारित करने का दायित्व माँ का ही होता है। यदि संतान बिगड़ती है तो आत्मग्लानि की अग्नि में माँ ही जलती है। माता अहिल्याबाई जैसी महान् स्त्री को जो अनुभूति हुई थी, वह 300 साल बाद भी, आज की पीढ़ी को बहुत कुछ सिखा जाती है।"

"हूँउउउउउउउ।"

"आज भी जो महिलाएँ बाहर के कामों में व्यस्त रहती हैं, उनके बच्चे या तो झूलाधर में या फिर घर में आया के जिम्मे होते हैं।"

"हूँउउउउ।" करती हुई वैशाली उसकी बात का सिर्फ समर्थन कर रही थी। उसे यह सब पता ही नहीं था, क्योंकि उसकी माँ एक घरेलू महिला थी।

रीता कहती है, "आपको नहीं लगता कि महिला सशक्तीकरण के नाम पर माँ अपनी संतानों पर ध्यान नहीं दे पाती हैं। उन्हें लगता है कि घर को अच्छे से चलाने के लिए दो लोगों की कमाई जरूरी है, और वे इसी दौड़ में शामिल हो जाती हैं।

"समय आने पर वे आर्थिक तौर पर सशक्त हो जाती हैं, लेकिन एक दिन जब उन्हें यह अहसास होता है कि उनकी संतानें संस्कारहीन व अशक्त हो गई हैं तब उन्हें पछतावा होता है, लेकिन तब तक बहुत देर हो चुकी होती है।"

"जी।"

"माँ की व्यस्ताओं के कारण कोई और उसकी संतान के कोरे मस्तिष्क पर अनचाही अमिट लकीरें उकेर जाता है। बच्चा अच्छे-बुरे में फर्क नहीं कर पाता और वही लकीरें ताउम्र उसके साथ चलकर उसकी दिशा व दशा निर्धारित करती हैं।"

वैशाली चुपचाप उसकी बात सुन रही थी। बीच-बीच में उसे अपने बच्चों की याद आने लगी। फिर वह सोचने लगी कि भगवान् ने तो उसे आत्मग्लानि करने तक का मौका नहीं दिया। उससे सबकुछ छीन लिया माता अहिल्याबाई की तरह।

18

"शिव ही सत्य हैं। माता अहिल्या की इस अवधारणा के इर्द-गिर्द रहने वाली आज की इस क्लास में आप सबका स्वागत है।" इतिहास विशेषज्ञ डॉ. विमला पैडनकर ने अपने अलग से अंदाज में कार्यशाला के सातवें दिन के व्याख्यान की शुरुआत की। संयोजिका मैडम ने सबकी ओर मुसकराकर देखा और हमेशा की भाँति वे कक्ष से बाहर चली गईं।

डॉ. पैडनकर बताने लगीं, एक वक्त ऐसा भी आता है, जबकि व्यक्ति खुद के जीवन का लेखा-जोखा तैयार करने लगता है। 1791 के बाद माता अहिल्याबाई के जीवन में भी वह समय आ गया था, जबकि उन्होंने खुद का आकलन करने के लिए अपने जीवन की बहती धारा की ओर मुड़कर देखा।

उन्होंने पाया कि अभी तक जो कुछ हुआ है, वह सब महादेव की इच्छा से ही हुआ है। बचपन से ही वे उन्हीं की प्रतिमा को पूजती रहीं। उन्हीं के द्वार पर जाकर हर दुःख-दर्द साझा करती रही। इसलिए उन्होंने जो किया सबके कल्याण के लिए किया होगा।

माता अहिल्या सोचने लगीं कि यह जीवन नश्वर है, जो आया है, वह जाएगा भी। इसमें शिवजी की ही इच्छा है। वैसे भी जीवन में बिना मोल के कुछ नहीं मिलता। शायद इसलिए भाग्य ने मुझसे मेरा एक छोटा का परिवार छीनकर मुझे राज्यरूपी बड़ा परिवार सौंप दिया है। अब सारी प्रजा ही मेरी संतान है। इनकी रक्षा करना मेरा धर्म है।

उनकी शिवजी पर इतनी गहरी आस्था थी कि उन्होंने अपने राजसिंहासन पर शिवजी की प्रतिमा विराजमान की थी। राज्य के सारे आदेश भी शिवजी के नाम से जारी होते थे।

वे सार्वजनिक तौर पर कहती भी थीं कि यह राज्य मेरा नहीं। भगवान् शिव का है जो सारे संसार का कल्याण करते हैं। मैं तो बस उनका काम करने वाली हूँ, उनकी सेविका हूँ।

वे रोजाना सुबह से लेकर रात तक राजकीय कार्यों में व्यस्त रहतीं। राज्य में सुख व शांति बनाए रखने का भरसक प्रयास करती रहतीं। उनके राज्य में मालवा निमाड़ क्षेत्र व कुछ दक्षिणी पठार व राजस्थान के भाग जिसमें उदयपुर व कोटा थे।

अपने शासन को व्यवस्थित करने के लिए उन्होंने सारी शक्तियाँ व अधिकार अपने पास रखे थे, सिर्फ सैनिक शक्ति का बँटवारा किया था। अपने ससुरजी के दूर के रिश्तेदार तुकोजी राव होल्कर को सैनिक कार्यों का दायित्व सौंप दिया था। इसलिए होल्कर राज्य में बारे यह कहा जाने लगा था कि "घोड़ा एक के हाथ में था तो दूसरे के हाथ में कमान।"

उन्होंने अपने पूरे राज्य क्षेत्र को 18 परगनों में बाँट दिया था, जिसका मुखिया सरदार हुआ करते थे। अहिल्याबाई को लोगों की पहचान थी इसलिए वे अपने कुशल अधिकारियों व कर्मचारियों की नियुक्ति कर उनके साथ अच्छा व्यवहार करतीं, उन्हें सभी आवश्यक सुविधाएँ व मान-सम्मान देती थीं। यदि कोई गड़बड़ करता तो वह उसे सहन नहीं करतीं, उसे तुरंत हटा देतीं। उसे कठोर दंड देतीं, ताकि कोई और ऐसी गलती न कर सके।

सेनापति तुकोजी राव के बेटे मल्हार राव ने राज्य में बहुत उत्पात मचाया। अहिल्याबाई ने उसे समझाने की बहुत कोशिश की लेकिन जब वह नहीं माना तो माता अहिल्याबाई ने उसे जेल की सलाखों के पीछे कैद कर दिया।

यूँ तो अहिल्याबाई अपने राज्यातर नीति में आपसी सौहार्दता को अपनाया था। राघोजी व चंद्रावतों के साथ उनके व्यवहार से यह अभिज्ञात होता है कि वे अत्यंत कुशल, दूरदर्शी शासक, राजनीतिज्ञ व कूटनीतिज्ञ थीं।

इतिहासकार जदु सरकार ने लिखा है कि "मूल कागज-पत्रों से यह ज्ञात होता है कि अहिल्याबाई प्रथम श्रेणी की राजनीतिज्ञ थीं। इसी कारण उन्होंने बड़ी तरपरता से महादजी को सहयोग दिया। यह निःसंकोच कहा जा सकता है कि अहिल्याबाई की सहायता के बिना उत्तर भारत की राजनीति में महादजी को महान् सफलताएँ कभी भी नहीं मिल पातीं।"

उस समय छोटे-छोटे राज्य व उनके राजा हुआ करते थे, जैसे—होल्कर राज्य के दक्षिण में निजाम हैदराबाद के राज्य, उत्तर में उदयपुर व कोटा राज्य, पूर्व में भोपाल व ग्वालियर तथा पश्चिम में बडवानी व डूँगरपुर राज्य।

आप सबको जानकर अच्छा लगेगा कि जिस विदेश नीति का आज हम पालन कर रहे हैं, उस पर आज से ढाई सौ साल पहले ही क्रियान्वयन हो चुका था। अहिल्याबाई होल्कर ने अपने इर्द-गिर्द स्थित किसी भी राज्य पर कभी हमला नहीं किया...लेकिन यदि किसी ने उनकी ओर आँख उठाकर देखा तो वे उसका मुँहतोड़ जवाब देने की हिम्मत भी रखती थीं।

उनकी सेना में हाथी, घोड़े, तोपें, गोला-बारूद व प्रशिक्षित सैनिक थे। उन्होंने एक महिला सैनिक दस्ता भी तैयार करवा लिया था। महेश्वर, सेंधवा, जालना, चाँदबाड़, हिंगलाजगढ़, कुशलगढ़ व असीरगढ़ आदि स्थानों पर मजबूर किले थे। इन किलों के भीतर सुसज्जित सेना की व्यवस्था थी।

लेखक वीरेंद्र तँवर अपनी पुस्तक 'अहिल्याबाई' में लिखते हैं कि अपनी सेना को आधुनिक ढंग से प्रशिक्षित करने के लिए अहिल्याबाई ने एक अमरीकन जे.पी. कर्नल बाइड को अपने राज्य में रखा था।

इतिहासकार बी.एन. लुणिया ने लिखा है कि ऐसा अनुमान है कि अहिल्याबाई के शासनकाल में महेश्वर में सिक्कों के ढालने की टकसाल थी। बाद में इंदौर में भी टकसाल स्थापित हो गई। व्यापारी और साहूकार अपनी ओर से टकसाल में चाँदी देकर सिक्के ढलवा लिया करने थे। ढलाई के लिए कुछ निर्धारित धनराशि टकसाल में देनी पड़ती थी। टकसाल पर सरकारी नियंत्रण रहता था और उनके अपने अधिकारी व कर्मचारी थे।

अहिल्याबाई ने शासन बदरीनाथ-केदारनाथ के मार्ग, रामेश्वरम्, जगन्नाथपुरी, द्वारका, पैठण, महेश्वर, वृंदावन, सुपलेश्व, हंडिय, उज्जैन, पुष्कर, पढ़रपुर, चिंचवाड़, चिखलदा, आलमपुर, देवप्रयाग, राजापुर आदि स्थानों पर अन्नक्षेत्र खुलवाए ताकि लोग प्रतिदिन भोजन कर सके।

वे कहा करती थीं कि शिवजी ने मुझे जो दायित्व सौंपा है उसे मुझे निभाना है, मेरा काम प्रजा को सुखी रखना है। राज्य के हर कार्य के लिए वह जिम्मेदार है। उसे ईश्वर के घर जवाब देना है। इसलिए उन्होंने अपने दरवाजे सदैव प्रजा के लिए खोल रखे थे। उनके यहाँ कोई भी कभी आकर अपनी बात कह सकता था।

प्रसिद्ध इतिहासकार श्री चिंतामणि विनायक वैद्य ने लिखा है कि उनकी धार्मिकता इतनी उदार थी कि धर्म व नीति के हर क्षेत्र में उन्होंने अपना नाम अमर-अजर कर लिया। उनका दान-धर्म इतना महान् था कि वैसा आज तक हिंदुस्तान में किसी ने भी नहीं किया।

आज भी उनके द्वारा निर्मित किए गए भवन उनकी मूक-गाथा गा रहे हैं। अरविंद जवलेकर अपनी पुस्तक 'लोकमाता अहिल्याबाई' में लिखते हैं कि उन्होंने अंबागाँव में मंदिरों का प्रबंध किया, अयोध्या में राममंदिर बनवाया। अमरकंटक में एक धर्मशाला बनवाई। आनंद-कानन में विश्वेश्वर ज्योतिर्लिंग मंदिर को जीर्णोद्धार करवाया।

आलमपुर में उनके ससुर मल्हार राव का देहांत हुआ था। अस्तु, उनकी स्मृति में एक सुंदर छतरी बनवाई। उसी के ठीक सामने खांडेराव मार्तंड का एक देवालय बनवाया। उल्लेखनीय है कि खांडेराव उनके कुल देवता थे। उन्हीं के नाम पर उनके पति का भी नामकरण परिजनों ने किया था। आलमपुर में ही उन्होंने एक हरिहरेश्वर का मंदिर बनवाया था।

उज्जैन में भी उन्होंने चिंतामणि गणपति का मंदिर बनवाया और महालेश्वर के पूजन की व्यवस्था की। इसी के साथ उन्होंने ऋषिकेश में भी मंदिर बनवाए। मांधाता यानी ओंकारेश्वर में उन्होंने अमलेश्वर का मंदिर, एक बाग और छतरी बनवाई। उल्लेखनीय है, यहाँ पर उनकी सास गौतमाबाई ने गौरी सोमनाथ का मंदिर बनाना प्रारंभ किया था, लेकिन मृत्यु हो जाने के कारण वह मंदिर अधूरा पड़ा था। अहिल्याबाई ने उस मंदिर का निर्माण कार्य पूरा करवाया।

1785 में उन्होंने काशी में विश्वेश्वर के मंदिर का जीर्णोद्धार करवाया। गौतमेश्वर और अहिल्योद्धारकेश्वर नामक दो विशाल मंदिर व घाट बनवाए। मणिकर्णिका नामक घाट बनवाने में उस समय लगभग 25 हजार रुपया खर्च हो गया था। इसी के साथ ही उन्होंने दशाश्वमेध घाट का भी निर्माण करवाया।

कुरुक्षेत्र में उनके द्वारा घाट व मंदिरों का निर्माण करवाया गया। दुर्गम स्थल पर बने केदारनाथ मंदिर में भी उन्होंने एक धर्मशाला और पानी का सुंदर कुंड बनवाया था। गंगोत्तरी धाम में विश्वनाथ, केदारनाथ, भैरव और अन्नापूर्ण के चार मंदिर और छह धर्मशालाएँ बनवाईं। पहाड़ों पर भी कई छोटी-छोटी धर्मशालाएँ बनवाईं।

उन्होंने अपने जन्मस्थान चौंडी गाँव में महादेव मंदिर व घाट बनवाए। यहाँ पर 'अहिल्येश्वर' नाम का एक मंदिर भी उनके द्वारा बनवाया गया था।

उन्होंने जगन्नाथपुरी व द्वारका के मुख्य पुजारी को मंदिर की पूजा के लिए कुछ गाँव धर्मादे में दे दिए। तराना में तिलभंडारेश्वर नाम का एक शिव मंदिर बनवाया। नासिक के पास त्र्यंबक में दो मंदिर व एक मनोहर तालाब बनवाए। प्रयागराज में हिमालय की तराई में स्थित उस स्थान पर, जहाँ अलकनंदा गंगा से आकर मिलती है, वहाँ पर सदाव्रत भोजनालय बनवाया। दारुकवन में नागेश्वर मंदिर की पूजा का प्रबंध किया। नासिक में एक श्रीराम मंदिर व नाथद्वारा में धर्मशाला बनवाई।

बदरीनाथ में श्रीहरि का मंदिर, धर्मशाला व अनेक कुंड बनवाए। एक सदाव्रत भी प्रारंभ किया। मथुरा में एक धर्मशाला बनवाई। रामेश्वर में एक धर्मशाला बनवाई और एक अन्नसत्र स्थापित किया। हरिद्वार हर की पौड़ी के पास कुशावर्त घाट में गंगा किनारे बनवाया, उसी के पास एक धर्मशाला बनवाई।

सोमनाथ मंदिर को 1024 में गजनी ने तोड़-फोड़कर नष्ट कर डाला था। अहिल्याबाई ने उस मंदिर को जीर्णोद्धार करवाया और मूर्ति की प्राणप्रतिष्ठा की। इसके अलावा गया, चिंचवाड़, चित्रकूट, प्रयाग, पुष्कर, बिठूर, मंडलेश्वर, वृंदावन, वेरुल, सतारा इत्यादि कई स्थानों पर अहिल्याबाई ने कुछ नए मंदिर बनवाए। कुछ मंदिरों का जीर्णोद्धार करवाया। यात्रियों के लिए धर्मशालाएँ कुआँ, बाबड़ी बनवाई और भूखों के लिए भोजन की व्यवस्था की।

अपनी राजधानी महेश्वर में उन्होंने कई मंदिर खासकर शिवमंदिर, घाट व छतरियाँ बनवाईं। एक सदाव्रत प्रारंभ किया जहाँ पर मुफ्त में गरीबों को भरपेट भोजन मिलता था। यहाँ के अहिल्याघाट, राजराजेश्वर घाट, काशीविश्वेश्वर घाट, पेशवा घाट, भारमलदादा व सरदार फड़के घाट प्रसिद्ध हैं।

यानी अहिल्याबाई होल्कर ने अपने राज्य की सीमाओं के बाहर भारत भर के प्रसिद्ध तीर्थों और स्थानों में मंदिर बनवाए, घाट बँधवाए, कुओं और बावड़ियों का निर्माण किया, मार्ग बनवाए-सुधरवाए, भूखों के लिए अन्नसत्र (अन्नक्षेत्र) खोले, प्यासों के लिए प्याऊ बिठलाईं, मंदिरों में विद्वानों की नियुक्ति शास्त्रों के मनन-चिंतन और प्रवचन हेतु प्रयत्न करती रहीं, इसलिए उन्हें लोकमाता कहा जाता है।

इतना सब सुनते-सुनते वैशाली की आँखें फटी की फटी रह गईं। उसने एकाएक खड़े होकर पूछ लिया, "लेकिन इतना पैसा लोकमाता के पास आता कहाँ से था?"

उसने इतने भोलेपन से यह प्रश्न किया था कि उसकी बात सुनकर सब हँस पड़े। वक्ता भी अपनी हँसी नहीं रोक पाए, परंतु फिर उन्होंने शांत होते हुए उत्तर देते

हुए बताया, "विभिन्न स्रोतों से ज्ञात जानकारी के अनुसार अहिल्याबाई के पास अपने अपने ससुर व सास की अथाह संपत्ति थी।"

1734 में मल्हार राव के प्रयासों से पेशवा बाजीराव ने होल्कर परिवार की स्त्रियों को उनके व्यक्तिगत खर्चे के लिए जो जागीरें दी थीं, उससे 3 लाख की सालाना आय होती थी। उनके देहांत के बाद वह जागीरें अहिल्या की हो गई थीं।

वीरेंद्र तँवर अपनी पुस्तक में लिखते हैं कि मल्हाराव अपने पीछे 15 करोड़ की संपत्ति छोड़ गए थे, उस पर अहिल्याबाई का पूर्ण अधिकार था। उनकी अपनी भी खासगी जागीर थी। अहिल्याबाई की खासगी जागीर से उन्हें 15 लााख रुपए की सालाना आय होती थी। इसके अलावा सरकारी खजाने में भूमिकर, दंड व चुंगीकर से भी आय होती थी। मल्हार राव के समय राज्य को 74 लाख की आय होती थी। अहिल्या के समय वह बढ़कर लगभग एक करोड़ पाँच लाख रुपए हो गई थी। यानी इतना रुपया हर साल अहिल्याबाई के सरकारी खजाने में जमा होता था

"ओह!" वैशाली ने धीरे से कहा।

जैसा कि पहले बताया जा चुका है, अहिल्याबाई के सिवाय कोई भी होल्कर कुल में नहीं बचा था। उन्हीं का खजाने पर नियंत्रण था, इसलिए उन्होंने सोचा होगा कि किसी और के लिए छोड़कर जाने से अच्छा है कि जीते जी अपने अनुसार धर्म व परहित में खर्च कर दिया जाए।

"जी।" कहते हुए वैशाली कुछ सोचने लगी।

तभी एक अन्य प्रतिभागी ने कहा, "आदरणीय मैंने कई पुस्तकों में पढ़ा है कि एक तरफ अहिल्याबाई होल्कर धार्मिक कार्यों में अंधाधुंध खर्च कर रही थीं, दूसरी ओर उनके सेनापति तुकोजी राव पैसों के लिए परेशान रहते थे। उनके पुत्र मल्हार राव को डकैती तक डालना पड़ती थी। पैसों के लिए माता अहिल्याबाई की खुशामद करनी पड़ती थी, क्या यह सही है?"

"हाँ मैंने भी यह वृंदावनलाल वर्मा की पुस्तक 'अहिल्याबाई' में ही पढ़ा था, परंतु इसके बारे में भी कुछ नहीं कहा जा सकता। ये इतिहास की बातें हैं और इतिहास का लेखन कई तथ्यों से प्रभावित होता है।"

वे थोड़ा रुककर आगे बोले, "हमारे लिए अध्ययन की दृष्टि से यह जानना आवश्यक है कि माता अहिल्याबाई के बारे में भी दो प्रकार की विचारधाराएँ सक्रिय रही हैं। एक विचारखंड के लोग उन्हें देवीस्वरूपा मानते हैं। उन्हें अँधेरे में प्रकाशपुंज

समान मानते हैं। जिसे अँधेरे ने बारंबार ढाँकने की चेष्टा की लेकिन उनका अद्वितीय व्यक्तित्व उत्कृष्ट विचारों एवं नैतिक आचरण की ऊर्जा से जगमगाता रहा।

दूसरे विचारखंड में, उनके अति उत्कृष्ट गुणों के साथ अंधविश्वासों और रूढ़ियों के प्रति श्रद्धा को भी प्रकट किया है। वृंदावनलाल वर्मा ने अपनी पुस्तक 'अहिल्याबाई' में लिखा है कि चारों ओर गड़बड़ी मची थी। शासन व्यवस्था के नाम पर घोर अत्याचार हो रहे थे। प्रजाजन, साधारण गृहस्थ, किसान, मजदूर अत्यंत हीन अवस्था में सिसक रहे थे, न्याय में शक्ति न रही थी। धर्म अंधविश्वासों और रूढ़ियों में जकड़ा जा रहा था।

वक्ता ने आगे कहा, "चाहे कितनी भी संपत्ति हो या कितना भी भलाई का कार्य कर लें, लेकिन सबको इस दुनिया से जाना है। अहिल्याबाई भी 70 साल की हो चुकी थीं। करीब 29 सालों तक होल्कर राज्य का शासन चलाते-चलाते थक सी गई थीं। वक्त से मिले दु:खों ने उन्हें तोड़ दिया फिर भी वे अपने जीवन के अंतिम समय तक कार्य करती रहीं। व्यक्तिगत दर्द को दरकिनार रख उन्होंने प्रजाहित को सर्वोच्च प्राथमिकती दी थी। उन्होंने अपने बजाय अपनी प्रजा व राज्य का ध्यान रखा।

अंतत:, कमजोर होते शरीर और गिरते हुए स्वास्थ्य के बीच उन्होंने खुद को अंतिम विदाई के लिए तैयार किया और 13 अगस्त, 1795 को वह समय आ गया, जबकि उन्होंने अपने पुण्यकार्यों पर पूर्णविराम लगाकर शिवलोक में प्रवेश किया।

जनसैलाब ने अश्रुपूर्ण भावों से उन्हें विदा किया। वो चली गईं, लेकिन उनके विचार व कार्य आज भी नव पीढ़ी के लिए प्रेरणादायी हैं, जो भी उन्हें अपना आदर्श बनाकर कार्य करता है वह भी लोकमाता अहिल्या की भाँति मरकर भी समाज में लोगों के दिलों में सदैव जीवित रहता है।

19

रात के करीब नौ बजे वैशाली के दरवाजे को कोई खटखटा रहा है, वो सोचती हैं, 'कहीं ये सुनिधि तो नहीं?' जब वह लगभग दौड़ते हुए दरवाजा खोलती हैं तो पाती हैं कि एक वेटर हाथ मे एक परचा लिए खड़ा है। उसने उस परची पर लिखे बस के संचालक का मोबाइल नंबर और नाम का ध्यान से पढ़ा। उसी के नीचे लिखा था, 'कल सुबह यह चालक आपको लेने आएगा।'

"उसे पता था कि पूर्व निर्धारित योजनानुसार सभी प्रतिभागियों को सुबह-सुबह राजवाड़ा और अन्य स्थानीय स्थलों पर ले जाया जाएगा।"

उस परची को हाथ में लिए हुए वह सोफे पर बैठ गईं। सोचने लगीं, क्या करूँ सुनिधि को फोन लगा लूँ या अपनी कल की तैयारी कर लूँ। तैयारी तो हो जाएगी पहले फोन ही कर लेती हूँ। यह सोचकर उसने सुनिधि का नंबर निकाला, फिर ठहर गई··· नहीं, उसे यूँ परेशान नहीं करना चाहिए···पता नहीं वह किस काम से जबलपुर गई है। मैं उसे ज्यादा जानती भी नहीं, फिर इस तरह से किसी के काम में व्यवधान डालना ठीक नहीं। यह सोचते हुए उसने अपना हाथ रोक लिया।

तभी फिर किसी ने दरवाजे की घंटी बजाई। वैशाली ने अपने एक हाथ में मोबाइल थामे हुए, दूसरे हाथ से दरवाजा खोला।

"अरे आप!" कहते हुए वह चहक गई। सामने खड़ी सुनिधि के चेहरे पर छाए खुशी के भाव थकान को छुपाने की कोशिश कर रहे थे।

वे दोनों खुशी के मारे एक-दूसरे से लिपट गईं। अंदर आते ही वैशाली बोली, "कैसी रही आपकी यात्रा?"

"अच्छी रही। आप सुनाइए आपकी कार्यशाला कैसी चल रही है?"

"अच्छी चल रही है।"

"बढ़िया।"

वैशाली बोली, "पता है मैं आपको याद ही कर रही थी, सोच रही थी, फोन लगाऊँ फिर सोचा आपको व्यवधान होगा, इसलिए नहीं लगाया।"

"ओहो···ऐसा नहीं सोचते। व्यवधान नहीं बल्कि मुझे अच्छा लगता कि आपने मुझे याद किया।"

"सच?"

"हाँ, एकदम सच। आपको पता है, मैं जबलपुर से सीधे यहीं चली आ रही हूँ। इसका मतलब है कि मुझे आपकी परवाह है।"

"मुझे भी।" वैशाली ने बच्चों की भाँति चहककर जवाब दिया।

"तो फिर जताया क्यों नहीं?"

"गलती हो गई···आइंदा ध्यान रखूँगी।"

सुनिधि बिना कुछ बोले मुसकरा दी।

"चलिए, आप फ्रेश हो जाइए, मैं खाना आर्डर करती हूँ।"

"नहीं। अपने घर चलते हैं। मैंने बाई को खाना बनाने का कह दिया था। उसने खाना बना लिया होगा।

"जी। परंतु…।"

"क्या परंतु, आपने खाना खा लिया है क्या?"

"नहीं।"

"तो फिर चलो घर पर मिलकर खाना खाएँगे। वहीं गपशप करेंगे। पास में, घर होने का यही तो फायदा है।" वह हँसते हुए बोली।

"ठीक है।" वैशाली धीरे से बोली तो सुनिधि समझ गई कि कोई और बात है। उसने पूछ लिया "कोई और कारण है क्या?"

"हाँ, मुझे कल सुबह कार्यशाला की कार्ययोजनानुसार राजवाड़ा व इंदौर का भ्रमण करने जाना है। कल सुबह 8 बजे का समय बताया गया है।"

"ओह! तो मतलब सैद्धांतिक कक्षाएँ पूर्ण हो चुकी हैं। अब प्रैक्टिकल करने के लिए जाने की बारी है।"

"जी।"

"चिंता न करें। इंदौर का राजवाड़ा सुबह 10 बजे से पहले नहीं खुलता है। मैं आपको सीधे वही पर छोड़ दूँगी।"

"जी।" कहकर वह मुसकरा देती है।

सुनिधि के घर खाना खाते हुए दोनों लगभग चुप थीं। हमेशा कुछ-न-कुछ बोलती रहने वाली सुनिधि को चुप देखकर वैशाली को बेचैनी सी होने लगी। उसने यूँ ही पूछ लिया, "जबलपुर में कुछ खास काम था क्या? जो यूँ ही जल्दी में जाना पड़ा।"

थोड़ी देर चुप रहकर वह बोली, "हाँ पति की तरह, देवरजी भी हैं। उन्हें अपनी शानो-शौकत व दिखावे के लिए पैसा चाहिए।"

"पति…देवर…?"

"हाँ, मेरे पति भी बहुत बड़े व्यापारी थे। उन्हें अपने पिताजी से एक स्थापित बड़ा कारोबार मिला था। वे अकसर सुरा व सुंदरी में मस्त रहते। मैं अहिल्याबाई होल्कर बनकर उनके सुधरने की प्रतीक्षा करती रहती। कई बार उन्होंने मुझ पर हाथ भी उठाया। छोटे घर की होने के ताने भी दिए। मैंने सब सहा क्योंकि मुझे यह बताया गया था, पति आज नहीं तो कल सुधर जाता है, लेकिन वो सुधरने के पहले ही प्रभु को प्यारे हो गए।"

"ओह…यानी…। ओम शांति…।" वैशाली ने आश्चर्यचकित होकर पूछा।

"हूँउउउउउ।"

"परंतु कैसे ?" आश्चर्य से वैशाली ने पूछा।

"एक बार शराब में धुत्त होकर किसी देर रात की पार्टी से घर वापस आ रहे थे, गाड़ी की रफ्तार तेज़ थी। एक सड़क गतिरोधक को पार करते समय गाड़ी का संतुलन बिगड़ा और गाड़ी एक भवन से टकराकर चकनाचूर हो गई। उन्हें लगता था कि मर्सिडीज में लगे 'जीवन रक्षक गुब्बारे' बचा लेते हैं, लेकिन वे नाकाम हो गए। मौके पर ही उनकी मौत हो गई।

"इसके बाद मेरे ससुरजी सदमे में आकर कोमा में चले गए। सबने कहना शुरू कर दिया कि मेरे पाँव अशुभ हैं, इसलिए ये सब हो गया। ससुराल वालों ने मुझे घर से निकाल दिया और अब मैं अपने हक के लिए लड़ रही हूँ।"

"कई बार लगता है कि जाने दूँ, क्या करूँगी पैसों का लेकिन जब से अहिल्याबाई होल्कर के जन्मोत्सव समिति में शामिल हुई हूँ उनके बारे में जानने का मौका मिला। उनसे ही यह प्रेरणा मिली है कि बात धन-दौलत की नहीं, बल्कि अपने हक की है। अपने अधिकारों के लिए भले ही कुछ हो जाए, लेकिन उस समय तक लड़ते रहना चाहिए, जब तक कि उसकी प्राप्ति न हो जाए…इसलिए न्यायालय जाना पड़ता है।"

"परंतु आपका देवर क्यों विरोध कर रहा है… कानूनन पति के बाद की सारी संपत्ति पत्नी की ही होती है।"

"हाँ, आप सही कह रही हो, लेकिन वो यह सारा पैसा हड़पना चाहते हैं। यदि बँटवारा करना पड़ा तो उनके ऐशो-आराम बाधित हो जाएँगे। सासूमाँ की उन्हें सह मिलती रहती है, इसलिए वो येन-केन-प्रकारेण मुझे हराने में लगे हुए हैं।"

"कोई बात नहीं…चाहे कोई कितना भी जोर लगा ले…जीत तो आपकी होगी।"

"हूँउउउ, लेकिन यह इतना आसान नहीं है।"

"क्यों ?"

"उन्होंने सरकारी वकील और शायद और भी जगह अपनी पहचान व रुतबे का उपयोग किया है।"

"वैसे यह सब आप भी कर सकती हो लेकिन अभी थोड़ा सा इंतजार करो, एकाध निर्णय आने दो, फिर देखते हैं।"

"हूँउउउउ।" कहकर सुनिधि ने वैशाली की ओर देखा फिर गरदन अपनी थाली की ओर झुकाकर सोचने लगी कि वैशाली को भी काफी कानूनी ज्ञान है।

उधर सुनिधि को चुप देखकर वैशाली सोचने लगी कि 'ये भी माँ अहिल्या के जीवन से शक्ति व मार्गदर्शन प्राप्त कर रही हैं। शायद तभी हम दोनों का आभामंडल एक-दूजे से मिलता है।'

थोड़ी देर की शांति के बाद सुनिधि कहती है, "पता है, जब मुझे मेरा अधिकार मिल जाएगा मैं उन पैसों से एक बहुत बड़ा धर्मशाला बनवाऊँगी।"

"वाह! बहुत अच्छी सोच है।"

"हूँउउ, परंतु एक नहीं तीन···।"

"कहाँ-कहाँ पर··· ?" वैशाली ने जिज्ञासावश पूछ लिया।

"इंदौर, जबलपुर और महेश्वर में। और एक शिवमंदिर जहाँ पर दिन-रात गरीबों के लिए खाना उपलब्ध रहेगा।"

"सच कहूँ, फिर तो आपका केस जीतना एकदम पक्का है, क्योंकि उस एक केस की जीत के संग अनेक लोगों का सुख जुड़ा हुआ है।"

"सही है।" कहते हुए वह मुसकरा दी।

वह आगे बोली, "हालाँकि मेरे घर के लोग कह रहे हैं कि दूसरी शादी कर ले।···लेकिन···।"

"क्या लेकिन··· ?" वैशाली ने पूछा।

"शादी से अब मन उचट गया है। बहुत सहा है मैंने···अब सहने की इच्छा नहीं। फिर कई बार यह भी सोचती हूँ कि यदि शादी के बाद मालेराव जैसा बेटा मिल गया तो जीना मुश्किल हो जाएगा।"

"ऐसा क्यों सोच रही हो, सकारात्मक रहो। हर बार बुरा नहीं होता। यदि हमारे माता-पिता ने भी ऐसा ही सोचा होता···तो हम लोग इस दुनिया में कैसे आते?" वैशाली ने उसे समझाने की कोशिश की।

सुनीधि उदास स्वर में बोली, "हूँउउउ, सकारात्मक रहकर ही तो शादी की थी, लेकिन···।"

"ओह, अब छोड़ो भी पुरानी बातों को···।"

"हाँ, अब सकारात्मक ही रहूँगी, लेकिन अपने अधिकारों की प्राप्ति के लिए, परहित के लिए···धर्मशालाएँ व मंदिर बनवाने के लिए, लोगों को कुछ दे जाने के लिए।"

उसकी दृढ़ता में लिपटे शब्दों को सुनकर, उनमें समाहित भावनाओं के समंदर को महसूस करके वैशाली चुप हो गई। वह सोचने लगी, "यही कहानी मेरी भी है। यदि कोई मुझसे यही सब प्रश्न करेगा तो शायद मेरा उत्तर भी इसी से मिलता-जुलता ही होता।"

बात को बदलते हुए वैशाली बोली, "आपके घर का खाना बहुत स्वादिष्ट है। लगता है, बस खाते जाओ। खाते जाओ।"

"सच··· ? तो फिर खाते जाओ, खाते जाओ···किसने रोका है!" सुनिधि ने हलके से मुसकराकर कहा।

"पेट के आकार ने··· ।" वैशाली ने कुछ इस अंदाज में कहा कि सुनिधि अपनी हँसी नहीं रोक पाई।

खाना खाने के बाद वैशाली ने अपने हाथ में बँधी घड़ी की ओर देखा तो रात के 12 बज रहे थे, आज उसका मन रोने का नहीं था। अपने हिस्से के दुःखों की परतें फिर से सुनिधि के सामने नहीं खोलना चाहती थी। इसलिए उसे यही बेहतर लगा कि वह यहाँ से वापस होटल चली जाए। यदि यहाँ ठहर गई तो बातों-बातों में बातें निकलकर दूर तक जाएँगी।

इसलिए उसने धीरे से सुनिधि से कहा, "मैं सोचती हूँ, कल मुझे सीधे विश्वविद्यालय जाकर, वहाँ से सब लोगों के साथ इंदौर दर्शन करना चाहिए। हो सकता है, कल सुबह हम सब प्रतिभागियों के लिए कोई निर्देश भी हो।"

"हूँउउउ, सही है। ऐसा हो सकता है।" सुनिधि से कहा।

यह सुनकर वैशाली मन-ही-मन में खुश हो गई। उसने पूछा, "तो मैं ओला बुक कर लूँ?"

"नहीं, मैं छोड़ देती हूँ।"

"आप भी दिन भर का सफर करके आई हैं, थक गई होंगी। होटल पास में ही है, मैं चली जाऊँगी।" वैशाली ने आग्रहपूर्वक कहा।

सुनिधि ने कहा, "हाँ, थक तो गई थी, लेकिन आपसे बात करके अब हलकापन लग रहा है। थकान भी डरकर कहीं छुप गई···चलो, चलते हैं।"

वैशाली व सुनिधि चल दीं। एक साथ एक सफर पर।

दोनों मन-ही-मन में सोच रही हैं कि हम दोनों के जीवन की कहानियाँ समता की चादर ओढ़कर माँ अहिल्या के जीवन से प्रेरित होकर ऊर्जामान हैं।

20

एक बड़ा सा बैग लेकर जैसे ही वैशाली कार्यशाला परिसर में पहुँची, रीता बोल पड़ी, "अरे, इतना बड़ा बैग!"

"हाँ, आज दिन भर का सफर है इसलिए थोड़ा सी अतिरिक्त तैयारी कर ली है।" वैशाली ने मुसकराकर कहा।

"अच्छा, जी।" रीता बोली।

तभी संयोजिका महोदया आईं और उन्होंने बताया कि आज हम सब अहिल्या नगरी इंदौर के उन स्थानों को देखेंगे जो माता अहिल्याबाई होल्कर के शासन काल में थे। साथ ही उन स्थानों को भी देखेगे जिनका संबंध होल्कर राज्य से रहा है। इस दौरान, तीन जगह समूह चित्र लिए जाएँगे। पहला, अभी यहाँ विश्वविद्यालय परिसर में। दूसरा राजवाड़ा में और तीसरा कृष्णपुरा की छतरी के सामने। खाने-पीने की वस्तुएँ सभी को बस में ही उपलब्ध होंगी।"

वे आगे बोलीं, "सभी लोग अपने मोबाइल चालू रखेंगे। वैसे तो हम सभी एक साथ चलेंगे। आपात स्थिति में आप मुझे या उपसमन्वयक वीरेंद्र सर को फोन कर सकते हैं।"

बस में बैठने के पहले सभी प्रतिभागियों की एक सुनियोजित ग्रुप फोटो ली गई। इसके बाद सभी लोग अपने-अपने समूह बनाकर फोटो लेने लगे। कोई अपनी सेल्फी...तो कोई अपना अकेला फोटो लेने लगा।

रेत की भाँति मुट्ठी से फिसलते हुए लमहों को कैमरे में कैद करके उसे स्मृतियों के संसार में बसाने का यही एक तरीका है, जो सर्व-स्वीकार व सर्व-आनंददायी है।

इसके उपरांत सभी प्रतिभागी बसों में बैठकर चल दिए इंदौर दर्शन के लिए। उनके साथ एक गाइड है, जो उन्हें रास्ते में आने वाले महत्त्वपूर्ण स्थानों की जानकारी देता जा रहा है।

वैशाली बस की खिड़की से बाहर की हर वस्तु, व्यक्ति व व्यवहार को बड़े ही गौर से देख रही है। उसके बाजू वाली सीट पर बैठी है रीता। वह कभी वैशाली की तरफ से खिड़की के बाहर देखती तो कभी अपने दाहिने हाथ की खिड़की से बाहर देखती। बस में बैठे सभी लोगों की जिज्ञासाओं का सूचकांक बहुत ऊँचा है।

गाइड ने बताया कि यह भारत का स्वच्छतम शहर इंदौर है। आज से करीब 300 साल पहले तक यह एक छोटा सा गाँव था, लेकिन आज यह मध्य प्रदेश राज्य का एक महानगर है। जनसंख्या की दृष्टि से यह मध्य प्रदेश का सबसे बड़ा शहर है, 2011 जनगणना के अनुसार यहाँ पर 2167447 लोग बसते हैं। यह मध्य प्रदेश में सबसे अधिक घनी आबादी वाला शहर भी है। यह मध्य प्रदेश राज्य की वाणिज्यिक राजधानी भी है। इसलिए इसे 'मिनी बांबे' भी कहा जाता है। यह शिक्षा के एक केंद्र के रूप में प्रसिद्ध होता जा रहा है।

यदि हम इंदौर के इतिहास पर थोड़ा सा प्रकाश डालें तो पाते हैं कि 1720 में स्थानीय परगना का मुख्यालय कंपेल से इंदौर स्थानांतरित कर दिया गया था। 18 मई, 1724 को इस क्षेत्र से चौथ (कर) वसूलने के लिए निजाम ने पेशवा बाजीराव प्रथम को अधिकृत किया था। 1733 तक पेशवा ने मालवा पर पूर्ण नियंत्रण कर लिया और अपने सेनापति मल्हार राव होल्कर को इस प्रांत का सूबेदार नियुक्त कर दिया था।

29 जुलाई, 1732 को, बाजीराव पेशवा-प्रथम ने मल्हार राव होल्कर को 28 परगना देकर होल्कर राज्य प्रदान किया। इस प्रकार वे होल्कर राजवंश के संस्थापक बने। उस समय इंदौर राज्य का क्षेत्रफल 24,605 किमी. और जनसंख्या 1,325,089 थी। इसमें इंदौर के अलावा अन्य महत्त्वपूर्ण शहर भी थे, जैसे—रामपुरा, खरगोन, महेश्वर, मेहिदपुर, बरवाहा और भानपुरा इत्यादि। उस समय इंदौर में कुल 3,368 गाँव आते थे।

1767 में सूबेदार मल्हार राव की बहू अहिल्याबाई होल्कर ने अपनी राजधानी इंदौर से महेश्वर स्थानांतरित कर ली थी, लेकिन तब भी इंदौर एक महत्त्वपूर्ण वाणिज्यिक और सैन्य केंद्र बना रहा, क्योंकि उनके सेनापति तुकोजी राव इंदौर में स्थित राजवाड़ा में ही ज्यादातर रहते थे। यहीं से वे सैनिक गतिविधियों का संचालन करते थे।

ऐसा कहा जाता है कि इंदूर के प्राचीन इंद्रेश्वर मंदिर का जीर्णोद्धार अहिल्याबाई ने करवाया था। इसी इंद्रेश्वर मंदिर के नाम से हमारे शहर का नाम इंदूर पड़ा, जिसे अब इंदौर कहा जाने लगा है।

अभी हम राजवाड़ा जा रहे हैं। यह होल्कर राज्य के संस्थापक मल्हार राव होल्कर के द्वारा 1741 में कान्ह नदी और सरस्वती नदी के तट पर निर्मित किया गया

था। यहीं पर रहकर माता अहिल्या होल्कर ने 1767 तक राज किया। इसके बाद उन्होंने अपनी राजधानी महेश्वर स्थानांतरित कर ली थी।

राजवाड़ा पहुँचकर गाइड ने बताया, "होल्कर राजवंश के शासकों की ऐतिहासिक हवेली राजवाड़ा महल, इंदौर पर्यटन के प्रमुख आकर्षणों में से एक है। राजवाड़ा का अर्थ है, ऐसी जगह जहाँ राजे-रजवाड़े रहते हों। जैसा कि पहले भी बताया गया था, मल्हार राव होल्कर को 3 अक्तूबर, 1730 को इंदौर का सूबेदार बनयाया गया था। साथ ही उन्हें उत्तर भारत के सैनिक अभियानों का नेतृत्व दिया गया था। सैनिक अभियानों की व्यस्तता के कारण उन्होंने स्थायी निवास के लिए खासगी जागीर देने के लिए छत्रपति साहू से निवेदन किया। पेशवा बाजीराव ने सन् 1734 ई में मल्हार राव की पत्नी गौतमाबाई होल्कर के नाम खासगी जागीर तैयार करवाई, जिसमें इंदौर भी था।

"अस्तु, 6174 वर्गमीटर जमीन पर संगमरमर, लकड़ी, ईंट, मिट्टी, गारे की मदद से फ्रेंच शैली का उपयोग करते हुए इस भव्य प्रासाद राजवाड़ा की नींव डाली गई। इस सात मंजिला भवन में नीचे की तीन मंजिलें मार्बल की बनी थीं। ऊपरी चार मंजिलों को सागौन की लकड़ी की मदद से बनाया गया था। इस महल की वास्तुकला, फ्रेंच, मराठा और मुगल शैली के कई रूपों व वास्तुशैलियों का मिश्रण है।"

इस इमारत का प्रवेश द्वार 6.70 मीटर ऊँचा, बेहद सुंदर व भव्य है। राजसी संरचना से बना महल का प्रवेश द्वार बेहद आकर्षक है। एक तोरण महल के प्रवेश द्वार के रूप में कार्य करता है जिसकी संरचना हिंदू शैली के महलों की तरह है। इस महल का प्रवेश द्वार, होल्करों का दरबार हॉल जिसे गणेश हॉल कहा जाता है, वह फ्रेंच शैली में बनाया गया है। महल की बड़ी-बड़ी खिड़कियाँ, बालकनी और गलियारे, होल्कर शासकों और उनकी भव्यता का प्रमाण है।

उल्लेखनीय है कि 1761 में अहमद शाह अब्दाली से जंग करते हुए सूबेदार मल्हार राव हार गए। इसके पहले वे कभी किसी भी युद्ध में पराजित नहीं हुए थे। वे एक पराक्रमी सूबेदार थे। अस्तु, इस हार से उन्हें गहरा सदमा लगा और उनकी तबीयत खराब रहने लगी। सन् 1765 में उनका निधन हो गया। अस्तु, राजवाड़ा का निर्माण बीच में ही रुक गया।

इसके कुछ समय बाद होल्करों का यह राजप्रासाद बनकर तैयार हुआ।

उत्तराधिकार मल्हार राव की विधवा पुत्रवधू अहिल्याबाई को मिला। उन्होंने अपनी राजधानी महेश्वर बनाई। इस महल का तीन बार जीर्णोद्धार किया गया। पहली बार, सिंधिया के सेनापति सरजेराव घाटगे ने सन् 1801 में इंदौर पर आक्रमण किया। इस आक्रमण में घाटगे ने राजवाड़ा के एक बड़े हिस्से को जलाकर नष्ट कर दिया। मल्हार राव द्वितीय के शासनकाल में उनके मंत्री तात्या जोग ने एक बार फिर से राजवाड़ा का निर्माण कार्य शुरू करवाया।

दूसरी बार, 1834 में राजवाड़ा फिर अग्निकांड का शिकार हुआ। इसकी एक ऊपरी मंजिल पूरी तरह जलकर खाक हो गई। इसका पुनः निर्माण किया गया।

तीसरी बार, 1984 में प्रधानमंत्री इंदिरा गांधी हत्याकांड के समय हुए दंगों में कुछ अराजक तत्त्वों ने राजवाड़ा में आग लगा दी थी, जिससे इस भवन को बहुत क्षति पहुँची थी। उसके बाद इसको पुनः पुनर्निर्मित करने का प्रयत्न किया जाता रहा है। इसका एक हिस्सा धराशायी हो गया है, लेकिन इस महल की खूबसूरती आज भी बरकरार है। यह होल्कर साम्राज्य की कही-अनकही घटनाओं का मूक गवाह रहा है।

गाइड ने बताया कि विश्वविद्यालय प्रशासन द्वारा विशेष अनुमति ले लेने के कारण सभी प्रतिभागियों को राजवाड़ा के अंदरूनी भाग को भी देखने का मौका मिलेगा।

सभी प्रतिभागी राजवाड़ा के अंदर गए। उन्होंने माँ अहिल्या के जीवन से संबंधित विभिन्न वस्तुओं का अवलोकन किया। उनके जीवन को यहाँ सचित्र प्रदर्शित किया गया है। उनके जीवन की मुख्य घटनाओं को मॉडल बनाकर प्रदर्शित किया गया है। होल्कर घराने की बग्घियाँ, पालकियाँ, तोपें, अस्त्र-शस्त्र, बरतन इत्यादि दर्शनार्थ रखे गए हैं।

वैशाली ने राजवाड़ा की हर वस्तु, धरोधर, चित्र व भवन को बहुत गौर से देखा। उसे यह सब देखकर आत्मीय आनंद की अनुभूति हो रही थी। वह बहुत उत्साह के साथ अपनी नजरें दौड़ा रही है।

राजवाड़ा परिसर में स्थित गणेश मंदिर के बाद जब वैशाली शिवमंदिर में दर्शनार्थ गई तो वह भाव विभोर हो गई। वह सोचने लगी कि 'यह वही मंदिर होगा जहाँ पर माता अहिल्याबाई ने भी पूजा की होगी। अपने उद्गारों को भगवान् शिव के समक्ष व्यक्त किए होंगे।'

राजवाड़ा महल को देखकर सभी प्रतिभागी बेहद खुश हैं।

उन्होंने पिछले आठ दिनों में माता अहिल्याबाई होल्कर के जीवन के सैद्धांतिक पक्ष को जाना, समझा। अब उस अध्ययन का व्यावहारिक पक्ष देखकर सभी अभिभूत हैं। यही तो अध्ययन की खूबसूरती है। यदि शिक्षा को दिलो-दिमाग से व्याहारिकता के धरातल भी उतार दिया जाए तो उसका जीवन में सरलता के साथ समावेशन हो जाता है।

राजवाड़ा महल देखने के उपरांत सभी प्रतिभागियों का एक समूह चित्र लिया गया ताकि इस ऐतिहासिक अध्ययन यात्रा को स्मृति के आँगन में सँजोया जा सके। औरों को प्रोत्साहित करने के लिए दीवारों पर सजाया जा सके।

इसके बाद सब लोग कृष्णपुरा की छतरी देखने गए। राजवाड़ा से करीब आधा किलोमीटर की दूरी पर स्थित इन बेहद सुंदर छतरियों को देखकर वैशाली हतप्रत रह गई। होल्करकालीन ये सुंदर छतरियाँ चुपके से बहुत कुछ कह रही हैं।

गाइड ने बताया कि इस परिसर में तीन छतरियाँ और पाँच समाधि स्थल हैं। छतरियाँ वो स्थान हैं, जहाँ राजघराने के लोगों का अंतिम संस्कार किया जाता है। इन खूबसूरत छतरियों के पीछे से सीढ़ियाँ पास की कान्ह नदी के तट तक जाती हैं। ये छतरियाँ कई अलग-अलग प्रकार के पत्थरों से बनी हैं और इनमें विस्तृत नक्काशीदार बाहरी भाग और स्तंभ हैं।

वो आगे बोले कि अहिल्याबाई ने अपने ससुर मल्हार राव, सास गौतमाबाई और पति खांडेराव की स्मृतियों में ये तीन छतरियाँ में बनवाई थीं। 19वीं शताब्दी के मध्य में होल्कर यशवंतराव होल्कर की पत्नी कृष्णाबाई और मल्हार राव होल्कर द्वितीय की माँ का भी यहीं पर अंतिम संस्कार किया गया था।

इंदौर शहर के बीच में स्थित होने कारण इन छतरियों के कुछ हिस्से जीर्ण-शीर्ण हो चुके थे। मध्य प्रदेश सरकार व स्थानीय सरकार ने 4.42 करोड़ की लागत से इन छतरियों का जीर्णोद्धार करवाया। अब ये छतरियाँ सुंदर स्मारक में परिवर्तित होकर विश्व के ऐतिहासिक स्थलों में शामिल हो गई हैं।

इन सुंदर छतरियों को देखकर वैशाली को ऐसा लग रहा था, मानो वो उसके कानों में कह रही हों कि 'यही वो धरोधर है, जो आपके बाद भी यहाँ रह जाती है। लोगों को याद दिलाती है कि यदि इस दुनिया में आए हैं तो जाना भी है।'

21

कार्यशाला के नौंवे दिन, कार्ययोजनानुसार सभी प्रतिभागियों का अध्ययन दल महेश्वर ले जाया जा रहा है। इदौर से 90 किलोमीटर की दूरी बस से तय की जाएगी। सभी अपनी सीटों पर बैठ गए। वैशाली व रीता दोनों एक साथ बैठकर प्रफुल्लित हैं।

इस अध्ययन दल में संयोजिका मैडम के अतिरिक्त दो अन्य प्रोफेसर, दो गाइड और दो सहयोगी हैं।

बस महेश्वर की ओर चल दी। रास्ते में गाइड ने बताया, "महेश्वर शहर की स्थापना हैहयवंशी राजा सहस्त्रार्जुन ने की थी। इस शहर को माहिष्मती नाम से भी जाना जाता था। माँ नर्मदा नदी के किनारे बसा यह शहर अपने बहुत ही सुंदर व भव्य घाट तथा माहेश्वरी साड़ियों के लिए प्रसिद्ध है।

"यहाँ के घाट पर अत्यंत कलात्मक मंदिर हैं, जिनमें से राजराजेश्वर मंदिर प्रमुख है। आदिगुरु शंकराचार्य तथा पंडित मंडन मिश्र का प्रसिद्ध शास्त्रार्थ यहीं हुआ था। महेश्वर का रामायण और महाभारत में भी उल्लेख है। ऋषि जमदग्नि, ऋषिमाता रेणुका देवी, तथा परशुराम ने भी महेश्वर एवं उसके आसपास के क्षेत्रों में निवास किया था।

"ऐतिहासिक अभिलेखों के अनुसार महेश्वर पर मौर्य एवं गुप्त शासकों तथा हर्षवर्धन ने भी अपने-अपने समय पर शासन किया है। तत्पश्चात् इस पर दिल्ली सल्तनत एवं अकबर ने आधिपत्य जमा लिया। मराठाओं ने 18वीं सदी में इसे पुनः प्राप्त किया। 1767 से यह देवी अहिल्याबाई होल्कर की भी राजधानी रहा है।

"दरअसल महेश्वर एक छोटी सी नगरी है। इसके दर्शन आप एक दिन, अधिक से अधिक दो दिन में पूर्ण कर सकते हैं। संपूर्ण नगरी महेश्वर गढ़ के चारों ओर केंद्रित है। इसके एक ओर नर्मदा नदी कोमलता से बहती है। दूसरी ओर इसके द्वार के बाहर से नगर का आरंभ होता है। देवी अहिल्याबाई होल्कर के कालखंड में बनाए गए यहाँ के घाट सुंदर हैं और इनका प्रतिबिंब नदी में और खूबसूरत दिखाई देता है।"

गाइड ने आगे बताया, "हम लोग यहाँ एक रात रुकेंगे। आप सभी के रहने की व्यवस्था एक स्थानीय होटल में की गई है, लेकिन आप सबकी जानकारी के

लिए बता दें कि जहाँ रानी अहिल्याबाई होल्कर निवास करती थीं। वह स्थान होल्कर परिवार द्वारा एक विरासती होटल के रूप में संचालित है, यदि आपमें से कोई वहाँ रहना चाहे तो वह अपने खर्च पर वहाँ रह सकता है। वैसे हम सभी उनके निवास स्थान को बाहर से देखने तो जाएँगे ही। यानी महल के मुख्य भागों के दर्शन तो सब पर्यटक कर सकते हैं किंतु महल के आवासीय क्षेत्र के दर्शन केवल इस होटल के अतिथि ही कर सकते हैं।"

यह सुनकर वैशाली ने तुरंत माता अहिल्याबाई होल्कर के महल में रहने का फैसला किया। उसके साथ रीता भी आ गई। एक-दो और प्रतिभागियों ने उनके महल में रहने की इच्छा जाहिर की। उन सभी ने अपने नाम गाइड को दे दिए ताकि रहने की यथायोग्य व्यवस्था की जा सके।

इसके थोड़े समय बाद गाइड ने बताया, "हम महेश्वर आ चुके हैं।"

सभी ने बस से बाहर की ओर देखना प्रारंभ कर दिया। बस से नीचे उतरकर सभी प्रतिभागियों ने किले के भीतर प्रवेश किया, अहिल्या द्वार पहुँचे। यह द्वार इस किले का सबसे महत्त्वपूर्ण द्वार है, जो माता अहिल्याबाई के निवास स्थान तक जाता है। यह द्वार अन्य द्वारों की अपेक्षा किंचित् साधारण है।

गाइड ने चलते-चलते बताया, "महेश्वर का किला भारत के उन कुछ किलों में से है, जहाँ राजसी परिवार अब भी निवास करता है। यद्यपि वे विदेशों में रहते हैं, लेकिन उनका यहाँ पर आना-जाना होता है।"

रास्ते में वैशाली को, माता अहिल्याबाई होल्कर की आदमकद प्रतिमा के दूर से दर्शन हुए। उन्हें ससम्मान प्रणाम कर वैशाली अपने समूह के साथ आगे बढ़ी।

इसके बाद सभी लोग महेश्वर के राजवाड़ा गए। राजवाड़ा एक विशाल निवास स्थान का गलियारा जैसा प्रतीत हो रहा है। जैसे ही वैशाली ने इसके भीतर दृष्टि डाली उसे श्रीकृष्ण की प्रतिमा व गउओं की मूर्तियाँ दिखाई दीं। महल के चारों ओर दो मंजिला इमारत हैं। चारों ओर कमरे हैं। इसका मध्यवर्ती खुला प्रांगण हरे-भरे पौधों से भरा हुआ है। ये पौधे महल की जीवंतता का प्रतिनिधित्व कर रहे हैं। आँगन के बीच में बने एक कुंड में तुलसी का पौधा लगा है।

इस भवन की बनावट देखकर वैशाली को अपनी नानीमाँ का गाँववाला घर याद आ गया, उसकी बनावट भी ऐसी ही थी। एक प्रवेश द्वार व चारों ओर कमरे थे जिसे 'बखरी' कहा जाता था।

महेश्वर राजवाड़े की दीवारों पर होल्कर राजपरिवार के छाया चित्र टँगे हैं। एक कमरेनुमा बड़े से हॉल में रानी अहिल्याबाई की मूर्ति का न्यायसभा में बैठने का दृश्य है। उनके हाथ में एक शिवलिंग है। चित्र में कुछ ग्रामीण जन खड़े दिखाई दे रहे हैं, यह चित्र कई कहे-अनकहे किस्से कह रहा है।

महेश्वर का राजवाड़ा एकदम सादा सा निवास स्थान लगता है। इसे देखकर कोई भी यह नहीं कह सकता कि यहाँ पर मालवा की सशक्त शासक अहिल्याबाई रहा करती थीं। इसी परिसर में अहिल्याबाई की एक पालकी भी रखी है।

गाइड ने बताया, "इस पालकी में अब भी प्रत्येक सोमवार को बड़े धूमधाम से शोभायात्रा निकाली जाती है। यहाँ पर सुरक्षित रखी, संगमरमर की कई प्रतिमाएँ व लकड़ी के नक्काशीदार कोष्ठक बहुत आकर्षक लग रहे हैं। इनमें से कई तो हाथी की सूँड़ के आकार के हैं।"

वैशाली को याद आया कि उस समय माता अहिल्याबाई हाथी की सवारी किया करती थीं। शायद इसलिए इस प्रकार की कलाकृति को उभारा गया है। यहीं पर अन्य जानवरों, जैसे—हाथी, घोड़ा एवं बैल इत्यादि के चित्र भी हैं।

गाइड ने बताया, "यहाँ अहिल्या गढ़ में शिवलिंग पूजन अथवा लिंगार्चन होता है जिसका आरंभ स्वयं माता अहिल्याबाई ने स्वयं किया था। उनके समय में 108 ब्राह्मण प्रतिदिन यहाँ की काली मिट्टी से सवा लाख छोटे शिवलिंग का निर्माण करते थे। उन शिवलिंगों की आराधना कर उन्हें नर्मदा में अर्पित करते थे।

"आज भी यह परंपरा जारी है। अब वर्तमान में 11 ब्राह्मण प्रतिदिन 15000 शिवलिंग बनाते हैं और उनकी पूजा करने के बाद ससम्मान माँ नर्मदा के जल को अर्पित कर देते हैं। आप लोग चाहें तो यह विशेष पूजा कल प्रात: 8 से 10 बजे के बीच देख सकते हैं।"

यह सुनकर वैशाली से रीता ने कहा, "वाह···पिछले दो-ढाई सौ सालों से इस परंपरा को जीवित रखना बहुत बड़ी बात है!"

"सही है बात। कल हम लोग यह पूजा देखने आएँगे।" वैशाली ने कहा।

"जरूर।" रीता ने कहा।

गाइड ने बताया, "महेश्वर में बहुत सारे मंदिर हैं। महेश्वर का जीवन मंदिरों एवं नर्मदा के चहुँओर केंद्रित है। मंदिरों की अधिकता के कारण ही महेश्वर को मंदिरों की नगरी भी कहा जा सकता है।"

गाइड के द्वारा सबसे पहले उन्हें अहिल्येश्वर शिवालय ले जाया गया। पत्थर से बना यह एक अत्यंत आकर्षक मंदिर है, जिसकी पाषाणी भित्तियों पर कई स्थापत्य शैलियों की झलक देखी जा सकती है। यहाँ पर मराठी शैली में निर्मित दो दीपस्तंभ हैं। इस मंदिर को अहिल्याबाई की छतरी भी कहा जाता है। ऊँचे शिखर से युक्त इस मंदिर को नागर शैली में निर्मित किया गया है।

गाइड आगे बताने लगा, "इसके गर्भगृह में एक शिवलिंग है। साथ ही माता अहिल्याबाई होल्कर की प्रतिमा भी है। इसी परिसर में भगवान् राम एवं उनके परम भक्त हनुमान को समर्पित एक छोटा मंदिर है। आज भी इस अहिल्येश्वर मंदिर में प्रत्येक पूर्णिमा को भजन गाये जाने की परंपरा जीवित है।"

"वाह" यह बात माता अहिल्याबाई की लोकप्रियता का पर्याय है।" वैशाली ने रीता से कहा।

रीता ने कहा, "सही है, अयन्था किसी रानी या राजा की पूजा होने के उदाहरण विरले ही सुनाई देते हैं।"

वैशाली ने कहा, "माता अहिल्या के कार्यों ने उन्हें देवी बना दिया, इसलिए आज वे देवी की भाँति पूजी जाती हैं।"

उनकी बातें गाइड ने सुन लीं। वह बोला, "आप लोगों को जानकर आश्चर्य होगा कि यह मंदिर भी माँ अहिल्याबाई होल्कर ने ही बनवाया था।"

"ओह!" कहकर वैशाली ने रीता की ओर देखा।

अहिल्येश्वर मंदिर से थोड़ी ही दूरी पर श्रीराजराजेश्वर मंदिर है। इस मंदिर के परिसर में बने एक ओटले पर आकर वैशाली व रीता दोनों बैठ गईं।

गाइड ने बताया, "भगवान् शिव का यह एक प्राचीन मंदिर है। यहाँ पर सदियों से कई ऋषि-मुनि तपस्या करते आए हैं। इस मंदिर का जीर्णोद्धार माता अहिल्या ने करवाया था। इस मंदिर के बारे में कहा जाता है कि अग्नि के सम्मान में यहाँ 11 विशाल दीप आदिकाल से प्रज्वलित हैं। प्रत्येक दीप को 24 घंटे प्रज्वलित रखने के लिए लगभग सवा किलो घी की आवश्यकता होती है। भक्तगण इन दीपों को अखंड प्रज्वलित रखने हेतु घी दान करते आए हैं ताकि यह अखंड ज्योति जलती रहे।"

इसी परिसर में स्थित सहस्रार्जुन का भी एक छोटा सा मंदिर है, वहाँ जाकर गाइड ने बताया, "सहस्रार्जुन वही सम्राट् है, जिसने कई महीनों तक रावण को यहाँ पर बंदी

बनाकर रखा था। काशी स्थित मूल काशी विश्वनाथ मंदिर की प्रतिकृति की भाँति यहाँ पर एक काशी विश्वनाथ मंदिर भी है।" वैशाली व अन्य प्रतिभागियों ने मंदिरों में जाकर अपनी आस्था व्यक्त की।

गाइड ने बताया, "मंदिर के समीप में 'पानी दरवाजा' स्थित है। यह उन यात्रियों द्वारा प्रयोग किया जाता था, जो जल-मार्ग से नगरी में प्रवेश करते थे। इसके समीप ही 'मंडल खो' दरवाजा है, जिसके भीतर भी जल-मार्ग से ही प्रवेश किया जा सकता है।"

वैशाली ने देखा कि नर्मदा नदी के मध्य में भी एक मंदिर स्थित है। दूर से छोटा सा प्रतीत होने वाले इस मंदिर के बारे में गाइड ने बताया, "वह बाणेश्वर मंदिर है। ऐसा माना जाता है कि यह मंदिर उस अक्षांश पर स्थित है, जो धरती के केंद्रबिंदु को धुव्र तारा से जोड़ता है।"

यह सुनकर वैशाली का मन हुआ कि नदी के उस पार पास जाकर उस मंदिर के भी दर्शन कर आएँ लेकिन व्यवस्थाएँ अनुकूल नहीं थीं।

पैदल चलते हुए वे सभी महेश्वर बस स्थानक के समीप से गुजरे तो गाइड ने बताया, "यह विंध्यवासिनी मंदिर है।" इस मंदिर का स्लेटी रंग का ऊँचा शिखर दूर से ही दिखाई पड़ रहा है। इस मंदिर के चारों ओर महेश्वर की दैनिक दिनचर्या अबाधित रूप से चल रही है। गाइड ने कहा, "यहाँ पर बहुत भीड़ है, इसलिए सब लोग बाहर से ही हाथ जोड़ लीजिए।"

गाइड ने कहा, "महेश्वर में कई छतरियाँ भी हैं। छतरियाँ यानी स्मारक अथवा समाधियाँ। जैसा कि पहले बताया गया था ये आमतौर पर राजसी परिवारों के स्वर्गवासी सदस्यों की स्मृति में परिवारजनों द्वारा बनवाई जाती हैं।

"इनमें से एक विट्‌ठोजी की छतरी है। विट्‌ठोजी सेनापति तुकोजी राव होल्कर के पौत्र और यशवंत राव होल्कर के पुत्र थे। उनकी छतरी के चारों ओर एक विस्तृत गज पट्टिका है। इस षटकोणीय संरचना के भीतर नक्काशीदार पत्थर की भित्तियाँ हैं। इसके परिसर में उत्कीर्णित स्तंभों एवं वृत्ताकार तोरणों से युक्त झरोखों से अलंकृत गलियारे हैं। यहाँ से नर्मदा नदी का दृश्य अत्यंत आकर्षक प्रतीत होता है।"

गाइड ने महेश्वर के बारे में बताते हुए कहा, "यहाँ पर एक कमानी द्वार है, जो संभवतः हाथियों के आने-जाने के लिए बनाया गया था। इसका चौड़ा ढलवाँ पथ अब

गढ़ के भीतर प्रवेश करने वाले पदयात्रियों के द्वारा प्रयोग किया जाता है।

यहाँ से गाइड सभी को गुड़ी-मुड़ी कार्यशाला ले गया। बुनकरों के क्षेत्र में आते ही हथकरघे से आती ध्वनि कानों में गूँजने लगी। गाइड कहने लगा, "यह बुनकरों की बस्ती है। यहाँ पर बुनकर धागा को धागा से जोड़कर उत्कृष्ट साड़ियाँ व वस्त्र बुनते हैं।"

वहाँ पर महेश्वरी वस्त्र निर्माण का प्रायोगिक रूप दिखाया गया, फिर वहाँ से रेहवा सोसाइटी करघा ले गया, जहाँ महेश्वरी साड़ियाँ बुनी जाती है। उन्होंने बताया, "यह एक गैर-सरकारी संगठन है, जिसका प्रबंधन रिचर्ड होल्कर एवं उनकी पत्नी करते हैं। ज्यादातर विदेशी नागरिक यहीं से महेश्वरी साड़ियाँ खरीदते हैं।"

यह साड़ियाँ अहिल्याबाई की सर्वोत्तम जीवंत विरासत हैं। माँ अहिल्या ने बुनकरों को राजकीय आश्रय देकर इस उद्योग को बढ़ावा दिया था। वे खुद भी महेश्वरी साड़ियाँ पहनती थीं और अतिथियों को महेश्वरी साड़ियाँ व अन्य वस्त्र भेंट करती थीं। महेश्वर नगर एवं महेश्वरी साड़ियाँ एक-दूसरे के पूरक बन गए हैं। महेश्वर नगरी के अधिकांशत: लोगों की आजीविका आज भी इन साड़ियों की बुनाई पर ही निर्भर है।

वहीं पर खड़े एक बुनकर से रीता ने पूछ लिया, "क्या यहाँ पर सिर्फ साड़ियाँ ही बनाई जाती हैं?"

वह बोला, "महेश्वर में सिर्फ साड़ियाँ ही नहीं, बल्कि गज के हिसाब से कपड़े, पगड़ी, पुरुषों की धोती व चुनरी इत्यादि की भी बुनाई की जाती है।"

"इसमें कौन सा सूत उपयोग किया जाता है?" एक अन्य प्रतिभागी ने जिज्ञासावश पूछ लिया।

"सामान्यतया हम लोग सूती व रेशम का धागा ही उपयोग में लाते हैं।"

प्रतिभागियों की बढ़ती जिज्ञासा देखकर गाइड ने सबको इशारे से बाहर बुलाकर, उन्हें एक स्थान पर एकत्रित करके बताया, "अभी आप सबको कपड़ा बुनता हुआ दिखाया गया है। अब मैं आप लोगों की जिज्ञासा देखकर कुछ और भी बताना चाहता हूँ।"

"जी।"

लगभग सबके मुँह से एक साथ निकला और सभी प्रतिभागी गाइड की ओर गौर से देखने लगे।

गाइड बताने लगा, "महेश्वर माँ अहिल्या के काल में महाराष्ट्र, राजस्थान और गुजरात के बुनकरों की विविधता का सांस्कृतिक केंद्र भी बन गया था। वर्तमान में विविध राज्यों की महिलाओं की संस्कृति के अनुरूप पहनी जाने वाली साड़ी व कपड़े के हिसाब से बुनाई की जाती हैं, लेकिन उन सबका पैटर्न एक समान रखा जाता है।"

वह आगे बोला, "आप सबको पता है, साड़ी के साथ जो ब्लाउज पहना जाता है और इसे सामान्य रूप से चोली कहा जाता है। यह चोली शब्द प्राचीन तमिलनाडु के शासक कबीले चोल से लिया गया है। पल्लू का मतलब है, साड़ी का अंतिम टुकड़ा। प्राचीन भारत में पल्लव वंश के शासन काल के दौरान पल्लवी शासक के कबीले के नाम पर साड़ी के अंतिम टुकड़े को 'पल्लू' कहा गया।

यह सुनकर वैशाली के चेहरे पर प्रसन्नता तैरने लगी।

सारे दर्शनीय स्थलों को देखने के उपरांत वैशाली ने सोचा कि कुछ सुंदर साड़ियाँ खरीद ले। वह रीता को साथ लेकर एक अम्मा की दुकान में गई। नौगजा साड़ी व मराठी परिधान में साँवली सी अम्मा बड़ी प्यारी लग रही है।

उसने खुशमिजाजी के साथ वैशाली से पूछा, "बेटी, यदि आप माँ अहिल्याबाई होल्कर की भाँति पारंपरिक साड़ियाँ खरीदना चाहें तो सुनहरे किनारे वाली मोतिया रंग की साड़ी खंरीद सकती हैं। दिखाऊँ?"

"जी, जरूर।" वैशाली ने कहा।

वैशाली की सहमति से दुकानवाली अम्मा साड़ी दिखाने लगी।

उस अम्मा ने तो सहज भोर होकर वैशाली को सलाह दे दी, लेकिन उसकी बात सुनकर वैशाली को यूँ लगा मानो खुद माँ अहिल्याबाई होल्कर आसमान से उतरकर उसके सामने आ बैठी हों। उसके ऊपर अपना स्नेह वर्षा रही हों। वह भावुक हो गई और उसने 11 साड़ियाँ पारंपरिक, 11 दुपट्टे, 5 शॉल तथा अन्य कपड़े खरीद लिए।

इतनी सारी खरीदारी देखकर दुकान वाली अम्मा गद्गद हो गई।

जब वैशाली उन कपड़ों के पैसे अम्मा को देने लगी तो दूर खड़ा गाइड झट से वैशाली के पास आकर कहता कि "इन कपड़ों का पाँच प्रतिशत मूल्य आप अभी इनको दे दीजिए बाकी का पैसा होटल में कपड़े लेते समय दे दीजिएगा।"

वैशाली ने खुश होकर कहा, "अरे, वाह...यानी ये सारे कपड़े मेरे होटल पहुँचा दिए जाएँगे।"

"जी।"

"यह तो बहुत अच्छी व्यवस्था है, वरना इतने सारे वस्त्रों को हाथ में उठाकर चलना बड़ा कठिन हो जाता!"

"जी, हमारे इन बुनकर भाईयों-बहनों को इस बात का अंदाजा होता है, इसलिए यह सुविधा इनकी तरफ से है।"

तुरंत रीता बोल पड़ी, "अरे, यदि ऐसा है तो मैं भी एक-दो साड़ियाँ और खरीद लेती हूँ।"

शाम होने लगी थी, सूरज पश्चिमी दिशा में छुपने की तैयारी करने लगा। इसके पहले ही सभी प्रतिभागियों को नर्मदा नदी के तट पर पुनः ले जाया गया।

गाइड ने बताया, "नर्मदा नदी अपने उत्तरी तट पर बसे महेश्वर की जीवन-रेखा है, प्राणशक्ति है। नर्मदा को शंकरी नाम से भी जाना जाता है, क्योंकि इनकी उत्पत्ति शंकर भगवान् के अश्रुओं से हुई है, ऐसा माना जाता है। यह उत्तर भारत एवं दक्षिण भारत को बाँटने वाली प्राकृतिक रेखा के समान है। इसके तल पर पाई जाने वाली प्राकृतिक गोलाकार शिलाओं को बाणलिंग कहा जाता है।"

वैशाली ने देखा कि नर्मदा के घाटों पर बहुत सारे छोटे मंदिर एवं छतरियाँ हैं। पैदल चलते हुए उसे घाट के किनारे बड़े व छोटे शिवलिंग दिखे। उसे याद आया कि कार्यशाला में बताया गया था कि माता अहिल्या ने बहुत सारे शिवलिंग स्थापित किए थे। यही तो उनकी शिवशक्ति का जीवंत प्रमाण है। उसे अहिल्या घाट, पेशवा घाट, फांसे घाट, महिला घाट इत्यादि देखने को मिले।

गाइड ने बताया, "महेश्वर में 28 घाट हैं।"

सभी लोग माँ नर्मदा के तट पर स्थित 'नर्मदा मंदिर' गए। महिला घाट पर निर्मित मध्यम आकार का यह मंदिर सुंदर स्तंभों एवं वृत्ताकार तोरणों की वास्तुकला से अलंकृत है। इन तोरणों के मध्य से नर्मदा का दृश्य मंत्रमुग्ध कर रहा है, इस मंदिर में माँ नर्मदा की एक मानवीरूप छवि भी है।

वैशाली, रीता व कुछ और लोगों ने नर्मदा में नौका की सवारी की। वैशाली का मुख्य उद्देश्य नर्मदा के बीच पहुँचकर, नदी के बीच निर्मित बाणेश्वर मंदिर के भी दर्शन करना था, उसका वह सपना पूरा होने वाला था।

नौका से नर्मदा नदी के बीच पहुँचकर वैशाली ने महेश्वर नगर के तटीय भाग की ओर देखा। मनभावन विहंगम दृश्य देखकर वह गद्गद हो गई।

जैसे-जैसे नौका बाणेश्वर मंदिर के निकट पहुँचने लगी, पीछे के दृश्य छोटे-छोटे दृष्टिगोचर होने लगे, लेकिन महेश्वर किला व अहिल्याबाई का महल अब भी अद्भुत लग रहे हैं। घाटों पर बने विविध मंदिरों के ऊपर फहराते ध्वज मन को मोह रहे हैं।

नदी के उस पार मंदिर के दर्शन कर वैशाली शांति महसूस कर रही है। वह वहीं शिव मंदिर के बाहर बैठकर नदी के उस पार देखती है। महेश्वर के तटीय भाग सुंदर लग रहे हैं। उसका मन कर रहा था कि थोड़ी देर यहीं पर बैठ ले, लेकिन नर्मदा आरती में भी शामिल होना था, इसलिए वह बेमन से सबके साथ नौका में बैठ गई।

नाविक अपने आप बताने लगा, "यहाँ से थोड़ी दूरी पर नावड़ाटोड़ी नामक गाँव है। वहाँ पर एक विशाल आश्रम भी है। गाँव में शालिवान नाम का एक प्राचीन शिव मंदिर भी है।"

वैशाली ने नाविक से झट से पूछ लिया, "आप वही के रहने वाले हैं?"

"जी, पर आपको कैसे मालूम हुआ?" वह अचकचाकर बोला।

वैशाली ने अत्यधिक सरलता के साथ कहा, "यूँ ही अंदाज से बोल दिया।" उसकी बात सुनकर नाविक मुसकरा दिया।

वापस आते समय नाव में बैठे-बैठे वैशाली ने देखा कि कई श्रद्धालु नर्मदा में डुबकी लगा रहे हैं, शिवलिंगों की पूजा कर रहे हैं।

यह देख वैशाली का मन भी माँ नर्मदा नदी में डुबकी लगाने का हुआ, लेकिन कपड़े वगैरह नहीं लाई थी और दूसरी बात शाम ढल चुकी थी, इसलिए उसे बताया गया कि अब नर्मदा माँ की आरती होने वाली है। देखते ही देखते लोग एकत्रित होने लगे फिर पावन मंत्रों का उच्चारण और वाद्य संगीत के संग नर्मदा की संध्या आरती होने लगी, इस आरती से मन को शांति मिली।

वैशाली की एक आदत है कि वह जो सोच लेती है, वह करके दिखा देती है। कल शाम को उसने सोचा था कि डुबकी लगाना।

सुबह हुई, वह उठकर अहिल्याघाट में डुबकी लगाने आ गई। उसके साथ-साथ

कुछ अन्य प्रतिभागियों ने नर्मदा नदी में डुबकी लगाने की हिम्मत जुटा ली।

उसके पास ही डुबकी लगाती दो अन्य महिलाओं से बात करते हुए वैशाली को पता चला कि वे तीर्थयात्री हैं और अपने एक महिला समूह से साथ नर्मदा की परिक्रमा करने निकली हैं। महेश्वर उनकी यात्रा का एक महत्त्वपूर्ण पड़ाव है। नर्मदा परिक्रमा करती इन स्त्रियों के बारे में जानकर वह अचंभित रह गई।

वैशाली सोचने लगी, 'स्त्रियाँ सदा से ही तीर्थ करती रही हैं, लेकिन किसी ने उन पर ध्यान नहीं दिया था।'

इसके बाद वैशाली प्रात: शिवलिंग पूजन अथवा लिंगार्चन देखने गई। उसे कल बताया गया था कि इस पूजन का आरंभ स्वयं अहिल्याबाई ने किया था।

निर्दिष्ट ब्राह्मणों द्वारा मंत्रोच्चारण के साथ यह पूजा की जाने लगी। बड़ी संख्या में दर्शक इसे पूर्ण श्रद्धा से देख रहे हैं। वैशाली इस पूजन में शामिल होने का अवसर प्राप्त कर खुद को भाग्यशाली समझ रही है।

यहीं पास में ही एक छोटे कक्ष में बहुमूल्य शिवलिंगों का संग्रह है। वहीं सोने का एक हिंडोला भी रखा है, इनका चित्र लेना प्रतिबंधित है।

इसके बाद सभी ने नाश्ता किया व इंदौर की ओर वापस चल दिए। माँ अहिल्या की राजधानी महेश्वर के दर्शन कर वैशाली अभिभूत है।

22

आज कार्यशाला का आखिरी दिन है। वैशाली का मन इस कार्यशाला में इतना रम गया है कि अब उसे ऐसा लगने लगा कि पढ़ाई का यह सिलसिला यूँ ही चलता रहे। देवी अहिल्याबाई के बारे में और ज्यादा से ज्यादा जानती रहे, परंतु जीवन का यह कटु सत्य है कि इस दुनिया में कुछ भी स्थायी नहीं होता, जिसका प्रारंभ होता है, उसका अंत भी होता है।

नाश्ते के बाद सभी का सामूहिक छायाचित्र निकाला गया। सभी से एक फीडबैक फॉर्म भरवाया गया। फिर ऑनलाइन एक परीक्षा हुई। आधा घंटा की परीक्षा का परिणाम भी एक घंटे के अंदर आ गया। सभी पास हो गए थे। वैशाली और डॉ. हरीश अव्वल आए थे। अस्तु, उन दोनों को समापन समारोह में सम्मानित करने की घोषणा की गई।

सभी ने दोपहरकालीन भोजन लिया, इसके बाद समापन समारोह हुआ।

समस्त प्रतिभागी उसी सभागार में आकर बैठ गए, जहाँ पर उद्घाटन हुआ था। वहाँ आकर वैशाली को सुनिधि की याद आ गई, वह यहीं तो अचानक मिली थी, लेकिन आज··· ? खैर!

वैशाली ने रीता से कहा, "10 दिन खुशबू की भाँति उड़ गए।"

"हाँ, पता ही नहीं चला। बहुत जल्दी 10 दिवसीय कार्यशाला पूरी हो गई···" फिर थोड़ा रुककर वह बोली, "लेकिन बीच में मुझे थोड़ा सा बोझिल लगा था।"

"हम्म्म्मा, वो परवरिश वाली बात के बाद···।"

"जी।"

समापन समारोह के विशेष अतिथि डॉ. विकासजी ने अपने संबोधन में कहा, "यहाँ पर हर साल अहिल्या उत्सव मनाया जाता है, लेकिन इस बार चूँकि 300 साल पूरे होने वाले हैं, इसलिए विशेष उत्साह से बड़े पैमाने पर माँ अहिल्याबाई का जन्मोत्सव मनाया जा रहा है।

"देखिए, वो महाराष्ट्र के एक छोटे से गाँव चौंडी में जनमीं···आज से 300 साल पहले जनमीं··हमारा उनसे कोई खून का रिश्ता भी नहीं है···उनका हमारा कोई भावनात्मक लगाव भी नहीं है···फिर हमें उनके जन्मदिवस को मनाने की क्या जरूरत है ?" इतना कहकर वह सबकी आरे देखने लगे।

सारे सभागार में सन्नाटा छा गया। सभी भौचक्के से रह गए। किसी को समझ ही नहीं आ रहा है कि मुख्य अतिथि माँ अहिल्या के जन्मोत्सव पर प्रश्नचिह्न क्यों लगा रहे हैं। किसी को यह भी समझ में नहीं आ रहा है कि आखिर इस प्रश्न का क्या जवाब दें, सब चुप, कोई कुछ नहीं बोला।

सभी को चुप देखकर मुख्य अतिथि महोदय पूछने लगे, "इसकी क्या वजह है ? कभी किसी ने सोचा ?···नहीं।···सोचना चाहिए।"

वह आगे बोले, "तीन सदी गुजरने के बाद भी उनका जन्मोत्सव मनाने का मुख्य कारण है प्रेरणा।"

तालियों से सभागार गूँज उठा।

वे आगे बोले, "हम सभी···और···आने वाली पीढ़ी···माँ अहिल्याबाई होल्कर के व्यक्तित्व व कृतित्व से प्रेरित हो सकें, उनके आदर्शों को अपने जीवन में समाहित कर सकें, कुछ ऐसा कर सकें कि उनके अधूरे सपने पूरे हो सके। उनके पदचिह्नों पर चलकर समाज को नई दिशा व दशा दे सकें।

"मैं कहता हूँ···इस कार्यशाला की सार्थकता तभी होगी, जबकि आपमें से कोई एक प्रतिभागी भी···यदि माता अहिल्याबाई होल्कर को अपना आदर्श मानकर तदनुसार आचरण करेगा।

"···और जो माता अहिल्या के जीवन के श्रेष्ठ आदर्शों को सीखकर, आत्मार्पित करके, आने वाली पीढ़ी को हस्तांतरित कर पाएगा, वही तो इतिहास में अपना नाम लिखा पाएगा। अन्यथा रोजाना इस धरती पर अनंत लोग आते हैं और चले जाते हैं। हम कितनों का जन्मदिन यूँ मनाते हैं? सोचकर देखिए। कई बार तो हम अपनों का ही जन्मदिवस भूल जाते हैं···। कहिए सही हैं न!"

उनकी यह बात सुनकर फिर से सभी ने जोरदार तालियाँ बजाईं।

"अंत में, मेरा आप सबसे यही आग्रह है कि आप लोगों ने अपने जीवन के 10 दिन इस कार्यशाला को दिए हैं। माता अहिल्या को जाना है। तो आप जहाँ से आए हैं, जब वहाँ पर वापस जाँए तो माता अहिल्याबाई होल्कर के आदर्शों की खुशबू भी अपने साथ लेकर जाएँ।

"उनका कम-से-कम कोई एक आदर्श अपने जीवन में अपनाएँ और अपने से जुड़े और लोगों को ऐसा करने के लिए प्रेरित करें।"

उनका एक-एक शब्द वैशाली के जहन में जाकर बैठ गया।

अंत में, इस कार्यक्रम के मुख्य अतिथि शिक्षा मंत्री डॉ. माला सिंह कहती हैं, "मैं पूर्व के वक्ताओं से सहमत हूँ, देवी अहिल्याबाई के आदर्शों को अपनाने के लिए हम सब छोटे-छोटे लोककल्याणकारी कार्य कर सकते हैं। यह जरूरी नहीं कि हर कार्य सरकार ही करे, कुछ काम हमें भी करना चाहिए। यदि हम अपने जीवन में किंचित् मात्र भी परहितकारिता का समावेशन कर पाते हैं तो यह एक सुखद समाज की रचना करने में महत्त्वपूर्ण भूमिका का निर्वहन करेगा।"

इसके उपरांत कार्यशाला की संयोजिका डॉ. अक्षिता सिंह ने कहा, "आप सबको यह जानकर खुशी होगी कि केंद्र सरकार, राज्य सरकार व स्थानीय सरकारें मिलकर पूरे साल भर···देश के विभिन्न हिस्सों में, माता अहिल्याबाई होल्कर के जन्मोत्सव के उपलक्ष्य में विभिन्न कार्यक्रम आयोजित करेंगी। यदि आपमें से कोई अपने शहर में किसी भी प्रकार का कोई आयोजन करवाना चाहे तो आप मुझसे या आयोजन समिति के किसी भी सदस्य से संपर्क कर सकते हैं।"

इस सूचना पर रीता ने वैशाली की ओर बड़ी ही अर्थपूर्ण निगाहों से देखा। मानो

वह पूछ रही हो कि इस विषय में उसका क्या खयाल है ?

तभी उसके कानों में अपना नाम सुनाई दिया 'वैशाली'। वह रीता की बात सुनकर···अनसुना कर, मंच की ओर देखने लगी।

मंच से प्रमाण-पत्र व पुरस्कार देने की घोषणा हो रही है। कार्यक्रम के संचालक डॉ. यथार्थ कह रहे हैं, "इस कार्यशाला के अंत में सभी प्रतिभागियों की एक परीक्षा ली गई थी, उसमें वैशाली नायडू व डॉ. हरीश अव्वल आए हैं।

"अतः वे दोनों प्रतिभागी मंच पर आकर अपना पुरस्कार अतिथियों से ग्रहण करें, सबसे पहले वैशाली जी आएँ।"

अपना नाम सुनकर वैशाली भावुक हो गई···फिर खुद को सँभालते हुए वह मंच पर गई। पुरस्कार देने के बाद संचालक ने माइक पर कहा, "अब मैं वैशाली जी से आग्रह करता हूँ कि वो दो शब्द कहें।"

यह सुनकर वैशाली थोड़ा सहम गई। उसे नहीं मालूम था कि बोलना भी पड़ेगा। अगले ही क्षण उसने शिवजी को याद करके सोचा कि 'जब उन्होंने यह अव्वल स्थान देकर मेरा मान बढ़ाया है तो वे ही शब्दशक्ति देकर मान बढ़ाएँगे।'

एक मुसकराहट के साथ सधे हुए कदम से उसने माइक को सँभाला और बड़ी ही विनम्रता के साथ बोली, "इस पुरस्कार के लिए मैं भगवान् शिव की आभारी हूँ। उन्होंने मेरा मान बढ़ाया। मैं आयोजकों का दिल से आभारी है, जिन्होंने परीक्षा में अव्वल आने वाले प्रतिभागियों को पुरस्कृत करने का प्रावधान रखा।"

यह सुनकर सभी हँसते-हँसते तालियाँ बजाने लगे।

वैशाली आगे बोली, "पुरस्कार अच्छे कार्यों की ओर अग्रसर करने का द्योतक है। मैं माता अहिल्याबाई को अपना आदर्श मानती हूँ। अस्तु, अतिथि महोदय को मैं विश्वास दिलाती हूँ कि माता अहिल्या के आदर्श को अपने जीवन में उतारूँगी और दूसरों को भी ऐसा करने के लिए प्रेरित करूँगी···और हाँ, मैं अपने शहर रामेश्वरम् जाकर वहाँ पर एक कॉफ्रेंस भी आयोजित करने की कोशिश करूँगी।···और हाँ··· यहाँ आकर मेरी हिंदी पहले से अच्छी हो गई है, मैं अब अच्छे से बोल व समझ सकती हूँ···अब मैं कोशिश करूँगी कि हिंदी को अच्छी तरह से लिख व पढ़ भी पाऊँ।"

किसी को यकीन ही नहीं हो रहा था कि अहिंदीभाषी इतनी अच्छी हिंदी बोल सकती है। उसे सुनकर मंच पर विराजमान अतिथिगण व सभागार में उपस्थित अन्य प्रतिभागी हैरत में हैं, खैर, सभी ने खूब तालियाँ बजाईं।

मंच से नीचे आने के बाद सभी ने उसकी तारीफ की।

वैशाली समझ ही नहीं पा रही थी कि यह सब चमत्कार कैसे हो गया!

उसने भगवान् शिवजी, माँ अहिल्या और···अपने अच्छे वक्त को दिल से धन्यवाद किया। आभार जताया।

वैशाली 10 दिवसीय कार्यशाला की वास्तविक नायिका बन गई थी, माँ अहिल्या के प्रति उसका समर्पण रंग लाया।

23

सुनिधि को पता है कि वैशाली आज अभी जाने वाली है। इसलिए वह पहले से ही उसके होटल आ गई। वह वैशाली के जाने से पहले का हर एक पल अपनी झोली में डाल देना चाहती है।

वह वैशाली को रिसेप्शन पर ही मिल जाती है, वे दोनों कमरे में जाती हैं।

सोफे पर बैठते ही सुनिधि चहकते हुए बोलती है, "आज आप सुंदर लग रही हो। खुशियों ने आपके चेहरे पर चार चाँद लगा दिए हैं, परंतु मैं भी तो जानूँ कि वो कौन सी खुशियाँ हैं?"

वैशाली बिना कुछ कहे उठती है और अपने बैग में से एक प्रमाण-पत्र व शील्ड निकालकर सुनिधि के हाथ में रख देती है।

उसे देखकर सुनिधि की खुशी का ठिकाना नहीं रहता है। उसके आँसू निकल आते हैं, खुशी के मारे वैशाली के भी आँसू बहने लगे।

सुनिधि ने वैशाली को गले लगा लिया, दोनों खूब रोईं। किसी को नहीं पता ये आँसू खुशियों के ही हैं या फिर दुःख के।

कमरे में रखे फोन की घंटी बजने की आवाज से दोनों अपने-अपने आँसुओं को पोंछते हुए एक-दूसरे से अलग हो गईं।

वैशाली ने फोन उठाया तो होटल के रिसेप्सनिस्ट की आवाज आई, "मैडम, आपकी फ्लाइट का समय हो गया है। सामान लेने के लिए वेटर को भेज दूँ?"

वैशाली ने उदास नजर से सुनिधि को ऐसे देखा मानो विदा के समय कोई लड़की अपनी माँ को देखती है। कुछ सोचकर उसने कहा, "जी,···परंतु प्लीज, पहले दो कप कॉफी भिजवा दीजिए।"

उसने कहा, "ठीक है, मैं भिजवाती हूँ।"

फोन रखकर जब वैशाली सुनिधि के सामने पड़े सोफे पर बैठी तो उसे देखकर ऐसे लगा मानो वह निराशा के गर्त में समा गई हो। अभी कुछ देर पहले तक फूल की भाँति खिला उसका चेहरा एकदम मुरझा गया है।

यह देखकर सुनिधि दु:खी हो गई, उसने वैशाली को सामान्य करने के लिए कहा, "अरे, मैंने अभी तक आपको बधाई तो दी ही नहीं।"

वैशाली हलकी सी मुसकराई।

सुनिधि कहने लगी, "यह बहुत बड़ी उपलब्धि है, माँ अहिल्या की नगरी में मिलने वाला यह पुरस्कार बहुत मायने रखता है।"

"जी।"

सुनिधि बड़े ही लाड़ से कहती है, "मुझे आप पर गर्व है, दिल से बधाई और ढेरों शुभकामनाएँ। ऐसे ही जिंदगी के हर क्षेत्र में अव्वल आती रहो।"

उसका यूँ लाड़ से बोलना सुनिधि को फिर भाव-विभोर कर गया। उसे अपनी माँ की याद आ गई, इतने लाड़ से तो वही बोला करती थी।

थोड़ी ही देर में कॉफी आ गई। दोनों ने जल्दी से कॉफी खत्म की। होटल की समस्त औपचारिकताएँ पूरी कर वे दोनों एयरपोर्ट की ओर चल दीं।

रास्ते में सुनिधि ने कहा, "काश, थोड़ा और रुक जातीं!"

"हाँ, मेरा मन भी ऐसा ही कर रहा है।"

थोड़ा रुककर वैशाली आगे बोली, "यदि मुझे आपके मिलने की उम्मीद होती तो एक दिन बाद की टिकट करवाती। खैर,अगली बार।" वह हलकी सी मुसकराहट के साथ बोली।

रास्ते में वे दोनों कभी चुप रहीं...तो कभी एक-दूसरे से कहती रहीं, अपना ध्यान रखना। कोई जरूरत हो तो नि:संकोच फोन लगाना आदि-आदि।

एयरपोर्ट पहुँचकर वैशाली ने अपने दो बड़े बैगों में से एक बैग सुनिधि को थमाते हुए कहा, "उम्मीद है, आपको यह पसंद आएँगी।"

"क्या? क्या है इसमें?"

"घर जाकर आराम से देखिएगा।" वैशाली ने मुसकराकर कहा।

"ओहो! ये क्या?"

"प्यार।"

"मैं भी तो तुम्हारे लिए ऐसा ही एक बैग लाई हूँ।" कहते हुए सुनिधि ने वैशाली को एक बड़ा सा बैग थमा दिया।

"अरे, ये क्या?"

"प्यार में लिपटी स्मृतियों का संसार।"

"लेकिन यह काफी भारी लग रहा है, क्या है इसमें?

"आप भी घर जाकर आराम से देखिए।" कहते हुए वह हँस देती है, उसके साथ ही वैशाली भी हँसते हुए कहती है, "अच्छा तो ये बात हैं!"

दोनों एक-दूसरे के गले मिलती हैं। सुनिधि कहती है, "भगवान् का शुक्र है, जो आप मुझे मिलीं।"

"मैं तो दिन-रात उन शिवजी का आभार मानती रहती हूँ, जिसने मुझे आपसे मिलवाया है।" वैशाली भावुक होकर कहती हैं।

सुनिधि मुसकराकर कहती है, "जल्दी फिर मिलेंगे।"

"जी, जरूर।"

"चलिए अपना खयाल रखिए।" सुनिधि कहती है।

"आप भी अपना ध्यान रखिएगा।" मुसकराते हुए कहा।

दोनों की आँखों में पानी है, लेकिन फिर भी दोनों मुसकरा रही हैं।

सुनिधि कहती हैं, "जब कभी मन भारी लगे या दुःख के बादल घेरने लगे तब देवी अहिल्या को याद करना। हिम्मत का संचार होगा।"

वैशाली 'हूँउउउउ।' करती है।

शुभयात्रा…और

"जी, धन्यवाद।" कहकर वैशाली चल देती है, जीवन के अगले संघर्ष की ओर।

हवाई जहाज में बैठी वैशाली के मन में खयाल आया कि यूँ तो कई लोग जीवन में आते हैं और कुछ-न-कुछ सलाह दे जाते हैं, लेकिन ये दिल उसी की सलाह मानता है, जिससे यह जुड़ जाता है।

24

वैशाली ने आत्मसम्मान की पायल पहनकर रामेश्वरम् की जमीन पर पाँव रखा। उसके आत्मसम्मानरूपी पायल की झनक मैनेजर विश्वनाथ तक जा पहुँची थी,

जब वह अपने घर में प्रवेश करती है तो बदलाव की हवा उसके आगे-आगे चलने लगती है।

घर पहुँचकर वैशाली बड़ी उत्सुकता के साथ वह बैग खोलती है, जो कि उसे सुनिधि ने दिया था। उसके अंदर देवी अहिल्याबाई होल्कर पर आधारित नौ पुस्तकें हैं, सभी हिंदी में है। पुस्तकें देखकर वह सोचती है, 'सुनिधिजी का तोहफा भी उन्हीं की तरह प्यारा है।'

पुस्तकों के साथ एक लिफाफा भी है। वह उसे खोलकर देखती है। उसमें एक पत्र है, वह भी हिंदी भाषा में है। वह उस पत्र को पढ़ने की कोशिश करती है, लेकिन उसका भाव नहीं समझ पाती है। वह मुसकराकर खुद से कहती है, 'एक दिन ऐसा आएगा, जब मैं यह पत्र पढ़ पाऊँगी, समझ पाऊँगी। यद्यपि यह भी एक चुनौती है, लेकिन इसका सामना करना ही जीवन है।'

वह अपने एक गार्ड को बुलवाती है, उसकी घरवाली काशी की है। हिंदीभाषी है, उसे बुलवाकर वह यह पत्र पढ़वाती है।

पत्र में लिखा है, 'प्रिय वैशाली, राजभाषा हिंदी में लिखी गई यह कुछ पुस्तकें हैं, जो आपको सादर प्रेमपूर्वक भेंट कर रही हूँ। उम्मीद है, यह पुस्तकें आपके जीवन की दशा व दिशा बदलने में अहम भूमिका का निर्वहन करेंगी और माँ अहिल्या आपके जीवन में ऊर्जा व साहस का संचार कर आपको नवयुग की रचना करने का आशीष देंगी।'

शुभकामनाओं सहित सुनिधि।

सुनिधि का वह पत्र उसका पथप्रदर्शक बन गया। उसकी वह पुस्तकें जीने का बहाना। उसे अपने जीवन का एक उद‍्देश्य मिल गया था। जिस पर चलकर, वह मरकर भी अमर होने वाली थी।

दूसरे दिन, वह अपने कार्यालय जाकर मैनेजर से सारे कामकाज की जानकारी लेती है, फिर अपने मैनेजर से कहती है, "होटल के बाहर प्रतिदिन गरीबों के लिए मुफ्त में भोजन वितरित करने की व्यवस्था करें।"

"क्या ?" मैनेजर हैरान होकर पूछता है।

"हाँ, जी मैं गरीबों के लिए एक मुफ़्त भोजनालय प्रारंभ करने की सोच रही हूँ, इसलिए आपको यह व्यवस्था करने का जिम्मा दे रही हूँ।"

"जी, विचार तो इच्छा है, लेकिन इससे हमारे 5 स्टार होटल की वैल्यू घटेगी।

लोग यहाँ शांति के लिए आते हैं, उन्हें यह भीड़भाड़ पसंद नहीं आएगी।"

थोड़ा सोचते हुए वह कहती है, "हाँ, आप सही कह रहे हैं तो यह व्यवस्था हमारे पुराने घर में की जानी ठीक रहेगी। वहाँ राशन वगैरह रखने के लिए पर्याप्त स्थान है, पास में ही शिव मंदिर है। जरूरतमंद लोग भी आसानी से भोजन करने आ जाएँगे।"

"जी, सही है। लेकिन यह कितने दिनों के लिए करना है?"

"हमेशा के लिए...।" वह मुसकराकर बोली।

"क्या?"

"हाँ।" वैशाली ने कहा।

उसकी बातें सुनकर मैनेजर चौंका, फिर बिना कोई प्रतिक्रिया दिए सोचने लगा, "ना जाने इंदौर से यह क्या रोग लेकर आ गई हैं।"

उसे चुप देखकर वैशाली बोली, "आप चिंता न करें, इसके लिए अलग से नए लोगों की भरती कर लेंगे हम।"

"जी...ठीक है।" कहते हुए वह जाने लगा।

"रुकिए, चेक लेकर जाइएगा।" वह अपनी अलमारी में से चेकबुक निकालती है। उसमें से से एक चेक पर पाँच लाख लिख, हस्ताक्षरित कर, मैनेजर को देते हुए कहती है, "अपने मेरे खासगी का पैसा है।"

"खासगी?"

"मेरा मतलब...मेरे व्यक्तिगत खाते का पैसा है।"

"ओह!"

"तो सोमवार से यह शुभ कार्य प्रारंभ हो जाए, ऐसी व्यवस्था कीजिए।" वैशाली ने गंभीरतापूर्वक कहा।

"जी, जरूर।" कहकर मैनेजर वैशाली के केबिन से बाहर निकलते हुए बुदबुदाते कहता है, "ये क्या फालतू के काम में लगा दिया है मुझे!"

समय बीतता जाता है।

एक दिन वैशाली से आकर उसका मैनेजर कहता है, "मैडम, वो चेन्नई वाला होटल बनकर तैयार पड़ा है। उसकी ओपनिंग के लिए किसको बुलाए?"

"यहाँ के संस्कृति मंत्री को बुला लेते हैं।" वह सहजता के साथ कहती है।

"जी, बहुत बढ़िया।"

"हुउउउउउ, आप बाकी की तैयारी कर लें।"

"जी।" कहकर मुसकराते हुए वह बाहर चला गया। उसे क्या पता था कि उसकी यह मुसकराहट बस कुछ ही दिनों की है।

मैनेजर खुशी की अनुभूति कर अपने सपने बुनने लगा। वह सोचने लगा कि 'चेन्नई के होटल का उद्घाटन होते ही उसका सारा कारोबार वह अपने छोटे भाई को दिलवा देगा। वह वहीं पर रहता भी है, इसलिए यह उसके लिए सुविधाजनक होगा।'

एक सप्ताह के बाद उद्घाटन वाले दिन वैशाली के साथ दो अजनबी महिलाएँ भी कार्यक्रम स्थल पर पहुँचती हैं। साड़ी, बिंदी व कंकु लगाए इन महिलाओं को मैनेजर ने पहले कभी नहीं देखा था। वे दोनों समाज सेविका जैसी दिख रही हैं।

उद्घाटन समारोह में करीब 200 लोग हैं। अन्य गण्यमान्य व्यक्ति के मध्य मुख्य अतिथि शिक्षा मंत्री उषाजी हैं। उन्हीं के हाथों से इस होटल का उद्घाटन होना है। भवन के सामने लगी चौकोर तख्ती को रेशम के परदे से ढाँक दिया गया है। इसके आगे लाल फीता लगा दिया गया है।

मैनेजर ने फीता काटने के लिए अपने छोटे भाई को कैची व अन्य आवश्यक सामग्री के साथ खड़ा कर दिया है, वह बेहद खुश है।

फीता काटने के पहले वैशाली सबकी ओर देखते हुए कहती है, "मैं इस शुभ अवसर पर आप सभी को एक सरप्राइज देना चाहती हूँ," उसने अपने हाथ में थामे रेशम के दो गज के वस्त्र को खोलकर सबको दिखाते हुए कहा, "हम इस भवन का उद्घाटन करने जा रहे हैं।"

संस्कृति मंत्री उसे देखते ही पहले तो चौंक गईं, फिर उन्होंने खुश होते हुए कहा, "अरे, ये तो बहुत बड़ी बात है।"

जिसने देखा, वही चौंक गया।

वैशाली ने कहा, "तो आइए इसका उद्घाटन करें।"

मैनेजर बाजू से खिसकते हुए सामने की ओर आया और जैसे ही उसने रेशम के वस्त्र पर लिखे को देखा तो उसके होश उड़ गए। वह बुदबुदाने लगा अरे, ये क्या˙˙˙एक फाइव स्टार होटल को 'अहिल्येश्वरी वैशाली महिला उद्धारगृह' बना दिया। यानी˙˙˙यानी˙˙˙नहीं। एकाएक उसे चक्कर सा आने गया। वह गिरने लगा, उसकी ओर आते उसके छोटे भाई ने उसे लपक कर सँभाल लिया। भीड़ में क्या हुआ किसी को कोई खबर नहीं।

"अहिल्येश्वरी वैशाली महिला उद्धारगृह" का उद्घाटन करने के लिए शिक्षा मंत्री व स्थानीय सांसद्, दक्षिण भारत सिनेमा की एक अभिनेत्री व चेन्नई के मशहूर उद्योगपति ने रेशम के उस वस्त्र को बड़े ही सम्मान के साथ स्पर्श किया।

समाज-सेवा की इस नई मिशाल का स्वागत करने के लिए सभी जोर-जोर से तालियाँ बजाने लगे। इसके बाद लोगों ने वैशाली की खूब सराहना की। बधाई दी।

दूसरे दिन के अखबारों के मुखपृष्ठों पर वैशाली ही वैशाली छाई हुई है। उसने तो किसी से कुछ नहीं कहा, लेकिन उसके कृत्यों ने सबसे बहुत कुछ कह दिया था।

मैनेजर के सपनों पर पानी फिर गया था, वह तिलमिलाया हुआ है। उसके मन में अब वैशाली के प्रति वैमनस्य के भाव पैदा हो गए हैं, परंतु वह चुप है। वह कुछ बोलने की स्थिति में नहीं है। वैशाली का पैसा है, वह चाहे जहाँ लगाए उसकी मरजी है। इसमें किसी का हस्तक्षेप हो ही नहीं सकता है।

करीब एक माह के बाद वैशाली देवी अहिल्याबाई होल्कर के त्रिशताब्दी समारोह का आयोजन करवाती हैं। यह आयोजन भी रामेश्वर के लिए नवाचार है। इसके पहले किसी ने देवी अहिल्याबाई होल्कर पर ऐसा कोई आयोजन किया हो यह किसी को याद नहीं है। इसलिए सभी लोगों में इस कार्यक्रम के लिए उत्साह है।

यह आयोजन सफल रहता है। रामेश्वर के मानचित्र पर वैशाली की छवि उभरने लगी है, वह उद्योगपति के साथ ही अब समाज-सेविका भी बन गई है।

वैशाली ने एक मंदिर बनवाने के लिए जमीन भी देख ली। यह सब मैनेजर को अखरने लगा, वह वैशाली के पापा का पुराना विश्वासपात्र था। उन्हीं ने उसको नौकरी पर रखा था। उसने अपने जीजाजी, उनके छोटे भाई, साले और भी न जाने कितने रिश्तेदारों व जान-पहचान वालों को वैशाली के होटल व्यवसाय से जोड़ रखा है।

वैशाली के पापा व उसके पति दोनों की संपत्ति अरबों में है। अब उन सबकी मालकिन वैशाली है। उसके पास दौलत-शोहरत सब है, परंतु अपने नहीं हैं। यूँ तो रिश्तेदार भी बहुत हैं, लेकिन पिता-पति-पुत्र जैसे रिश्ते से भगवान् से उसे वंचित कर दिया है, इसी बात का फायदा मैनेजर उठाना चाहता है।

उधर वैशाली मैनेजर की गिद्ध दृष्टि से बेखबर, जी भरकर समाजोपयोगी कार्य करती है। पैसों की बजाय लोगों की मूलभूत आवश्यकताओं को प्राथमिकता देती है। हिंदू धर्म के संरक्षण व प्रसार-प्रचार में अपना श्रेष्ठ देती है। यह बात मैनेजर को बहुत अखरती है।

एक दिन उसकी हमदर्द आयादीदी यह कहकर उसकी नौकरी छोड़ देती है कि उसे गाँव जाना है। वह वैशाली की बेहद विश्वासी है। माँ जैसी है, इसलिए वैशाली कहती है, "ठीक है जाओ, लेकिन नौकरी क्यों छोड़ना?"

"मैं गाँव में ही रहूँगी, यहाँ नहीं आ पाऊँगी।"

वैशाली को समझ में नहीं आया कि उसे क्या हो गया है, परंतु जब वह जाने लगी तो वैशाली से बड़े ही दुलार के साथ कहती है, "बेटी, अपना खयाल रखना। मैं मजबूर हूँ।"

...और वह देखते-ही-देखते ही उसके सामने ही चली गई, उसका यूँ जाना वैशाली को कचोट रहा है। वैशाली को उसी समय एक आवश्यक बैठक में जाना था, इसलिए वह उससे ज्यादा बात भी नहीं कर पाई। एक लंबी साँस भरकर बैठक के लिए तैयार होने लगी।

कुछ दिनों के बाद सुनील नाम का एक अन्य कामवाला उसकी नौकरी छोड़कर चला गया। इसके बाद पाँच-छह अन्य कर्मचारी भी नौकरी छोड़कर चले गए। ये सब वो लोग हैं, जो सालों से वैशाली के परिवार से जुड़े रहे हैं, वफादार रहे हैं। उनका यूँ नौकरी छोड़ना वैशाली को समझ में नहीं आ रहा है।

उसने गौर किया कि उसके घर व कार्यालय में ज्यादातर लोग नए हैं। उसने एक दिन अपने मैनेजर से इसकी वजह पूछी तो वह बोला, "मैडमजी, नौकर तो नौकर ही होते हैं, यह कहाँ किसी के होते हैं! इन्हें तो जहाँ ज्यादा पैसा ज्यादा मिलता है उसी के हो जाते हैं।"

"लेकिन वो सब ऐसे नहीं थे।"

"आप नहीं जानतीं उनको, मैं दिन-रात उनके बीच रहता हूँ, इसलिए मैं उन्हें जानता हूँ।"

कुछ सोचते हुए उसने "हूँउउउउ।" कहा।

मैनेजर मुसकराकर बोला, "आप फ्रिक न करें। अपना कोई कार्य नहीं रुकेगा। दुनिया में काम करने वालों की कमी तो है नहीं। आपने देख ही लिया न कितने सारे नए लोग काम पर आ गए हैं।"

"हाँ, काम करने वाले तो मिल गए लेकिन विश्वासपात्र भी तो हों।"

"वह सब आप मुझ पर छोड़ दीजिए, मेरी हर चीज पर नजर रहती है।" बड़े ही आत्मविश्वास के साथ मैनेजर ने कहा।

वैशाली ने मैनेजर की बात सुन तो ली, लेकिन फिर भी मन में कुछ खलबली सी हो रही है।

एक दिन वैशाली अपने बाथरूम में गिर गई, उसे बहुत चोटे आईं। उसे अस्पताल में भरती कर दिया गया। चिकित्सकों ने बताया कि उसके कूल्हे की हड्डी टूट गई है।

वह काफी दिनों तक अस्पताल में रही। इसके बाद उसे घर पर ले आया गया। घर पर उसका वही पुराना चिकित्सक डॉ. हार्डिया देखभाल करते हैं। उनके ही एक नर्स वैशाली के पास पूरे समय रहती है। ज्यादातर समय वैशाली सोती ही रहती है।

एक बार वैशाली ने डॉक्टर से पूछ लिया, "मुझे बहुत ज्यादा नींद आती है। इसकी क्या वजह है?"

वह कहते हैं, "यह सब दवाइओं का असर है।"

"मैं कब तक अच्छी हो जाऊँगी?"

"समय लगेगा, हड्डी जुड़ने में वक्त लगता है।"

"जी।"

"आप आराम कीजिए, मैं निकलता हूँ। कोई बात हो फोन लगा लीजिए।"

"जी, लेकिन मेरा फोन तो नर्स के पास रहता है। कई दिनों से मैंने अपना मोबाइल अपने हाथ में नहीं लिया। दुनिया से कट सी गई हूँ।" बताते-बताते वैशाली की आँखें भर आईं।

डॉक्टर ने नर्स की ओर देखा तो वह झट से बोलने लगी, "मैनेजर साहब ने कहा है कि मैडम को पूरा आराम करने दो इसलिए मैंने इनका फोन बंद करके रख लिया है।"

डॉक्टर के मुँह से निकलता है, "ओह!" थोड़ा रुककर वह वैशाली से कहता है, "चलिए आप आराम कीजिए। मैं देखता हूँ।"

चलते-चलते वह नर्स की ओर देखकर कहते हैं, "इन्हें बराबर दवाइयाँ देते जाना।"

"जी।" नर्स ने हौले से कहा।

बहुत दिन गुजर गए, लेकिन वैशाली ठीक ही नहीं हो पा रही है। बिस्तर में ही पड़ी रहती है। सभी से दूर हो गई। उसकी हालत दिनोदिन गिरती जा रही है।

एक दिन सुनिधि ने वैशाली को फोन लगाया तो वह बंद आ रहा था। दो-चार दिन बाद फिर लगया तब भी बंद। ऐसा करीब पाँच-छह बार हो गया। उसका मन नहीं माना तो उसने सोचा कि वह खुद ही रामेश्वर जाकर वैशाली से मिल आती है।

रामेश्वर जाने के एक दिन पहले ही सड़क दुर्घटना में उसके पैर की हड्डी में क्रेक आ जाता है। अस्तु, रामेश्वर के स्थान पर उसे अस्पताल जाना पड़ा है।

एक दिन एक अजनबी महिला ने उसे फोन किया। वह कहती है, "मैडम, मैं वैशाली मैडम की आयादीदी बोल रही हूँ।"

सुनिधि खुश होकर बोली, "हाँ, जी कैसी हैं आप ?"

"जी, मैं तो ठीक हूँ, लेकिन वैशाली मैडम ठीक नहीं हैं।" वह दुःखी आवाज में कहने लगी।

सुनिधि को ऐसा लगा जैसे वह रोते हुए यह सब बता रही है। वह घबराकर पूछती है, "क्यों ? क्या हुआ वैशाली को ?"

"वो पागलखाने में है।"

"क्या··· ?" सुनिधि इतने जोर से बोली कि आसपास की जमीन काँप गई। नर्स दौड़कर उसके पास आई, पूछने लगी, "क्या हुआ ?"

वह बोली, "इमरजेंसी है, मुझे अस्पताल से जाना है।"

"मगर मैडम, अभी तो आपका पट्टा खुलने में दो दिन बाकी हैं।" नर्स ने चिंतित स्वर में कहा।

"नहीं, मैं अभी जाऊँगी।" कहकर उसने ओला टैक्सी बुलवा ली।

तब तक वहाँ पर डॉक्टर भी आ गए। उसने अपनी मजबूरी डॉक्टर को बताई। वह समझदार हैं। उन्होंने कहा, "कोई घबराने की बात नहीं है, अब आपकी रिकवरी भी लगभग हो ही गई है। आप चल सकती हैं, लेकिन घाव थोड़ा कमजोर है, इसलिए सावधानी रखिएगा।"

अपने पाँव का पट्टा खुलवाकर वह सीधे एयरपोर्ट गई, वहाँ से चेन्नई। वहाँ से सड़कमार्ग द्वारा रामेश्वर। वह आयादीदी से एक स्टोरेंट में मिली। आयादीदी ने उसके हाथ में एक चिट्ठी पकड़ा दी।

हिंदी में लिखी चिट्ठी को देखकर सुनिधि ने पूछा, "ये किसने लिखी ?"

"मैडम ने।"

"क्या उन्हें हिंदी में लिखना आ गया ?"

"हाँ। उन्होंने इंदौर से लौटते ही काशी की एक दीदी को बुलाकर हिंदी सीखना शुरू कर दिया था।"

"ओह सही में?"

"जी," आयादीदी बोली।

वह झट से वह चिट्ठी पढ़ने लगी।

उसमें लिखा है, "सुनिधिजी, मैं पूरे दिल से देवी अहिल्या का अनुसरण कर रही थी, लेकिन राघोबा जैसे लोग अब भी इस दुनिया में हैं। उन्हें स्वहित ही सर्वोपरि लगता है। मेरे अपने मैनेजर ने मेरे अपने परिवार के पुराने डॉक्टर हार्डिया के साथ मिलकर पहले मुझे अस्पताल भिजवाया। फिर कई दिनों तक दवाइयाँ दे देकर बीमार रखा और अब पागल घोषित करके पागलखाने में भेज दिया है। मेरा सारा संपर्क तोड़ दिया है। मेरा मोबाइल कई महीनों से उन्हीं लोगों के पास है, मेरी मदद कीजिए। पैसों के लिए ये लोग मुझे मारकर मेरे साथ देवी अहिल्या के आदर्शों को भी मार देना चाहते हैं। मैं देवी अहिल्या का अनुसरण करके अपना सर्वस्व उन पर निछावर करना चाहती हूँ, इन लोभियों के लिए कुछ भी नहीं छोड़ना चाहती हूँ।"

—आपकी वैशाली।

यह पत्र पढ़कर सुनिधि की आँखें भर आईं। वह आयादीदी से बोली, "चलो, वैशाली से मिलते हैं।"

"नहीं, आप उनसे नहीं मिल सकतीं।"

"क्यों?"

"उन पर पहरा लगा है।"

"ओहहहह!"

"मैं यहीं रुकती हूँ···पर आप तो मिल सकती हैं···उनसे जाकर कहिए कि···।" सुनिधि की बात पूरी होने के पहले ही आयादीदी बोल पड़ी।

"नहीं, मैं भी नहीं।"

"तो फिर ये पत्र और ये नंबर आपको किसने दिया?"

"जेल में मेरा चचेरा छोटा भाई काम करता है, उसी ने।"

"ओहहह।" सुनिधि ने चिंतित स्वर में कहा।

आयादीदी बोली, "मैं आपके हाथ जोड़ती हूँ, आप हमारी मैडम को बचा

लीजिए, वो लोग बहुत लालची हैं। कहीं ऐसा न हो कि वो लोग कोई बहाना बनाकर मैडम का मरवा दें।"

सुनिधि तड़पकर बोली, "ऐसा न बोलो।"…थोड़ा ठहरकर वह गुस्से में कहने लगी…"मैं आ गई हूँ अब।… अब उसे कोई हाथ भी नहीं लगा सकता है।"

फिर आयादीदी की ओर देखते हुए उसने कहा, "आप निश्चिंत रहें। आपकी वैशाली मैडम को कुछ नहीं होगा।"

उसके बाद उसने एक होटल में कमरा बुक करवाया।

अपने कमरे में जाकर उसने सबसे पहले शिवजी का ध्यान किया फिर कार्यशाला की संयोजिका डॉ. अक्षिता सिंह को फोन लगाया, उन्हें सारी बात बताई। फिर उनसे नंबर लेकर उन मंत्री महोदय को फोन लगाया, जो कि उस कार्यशाला के समापन समारोह में मुख्य अतिथि बनकर आए थे और सभी प्रतिभागियों को देवी अहिल्या के जीवन-दर्शन को अपनाने के लिए उत्साहित कर रहे थे।

जब मंत्री महोदय ने फोन नहीं उठाया तो सुनिधि ने अहिल्या जन्मोत्सव समिति के सदस्य कुलपति चौधरी मैडम, महापौर इत्यादि सबको फोन लगाकर वैशाली की वस्तुस्थिति से अवगत करवाया। बाद में मंत्री महोदय से भी बात हो गई।

रामेश्वर के मंत्रिमंडल और फिर पुलिस प्रशासन तक जब यह खबर जाती है तो सब सकते में आ जाते हैं। जाँच होती है। मैनेजर, डॉक्टर व उनके जुड़े सारे लोगों के खिलाफ केस दर्ज होता है, पुलिस उन्हें गिरफ्तार कर लेती है।

पागलखाने से बाहर निकलते ही वैशाली सुनिधि के गले लग जाती है, वह सिसकते हुए कहती है, "यदि आप न आतीं तो…।"

"अरे, कैसे नहीं आती! शिवजी ने मुझे फिर भेज दिया आपके पास।"

वैशाली कुछ नहीं बोली, लेकिन पास खड़ी आयादीदी मुसकरा रही है। वह अपने मन-ही-मन में भगवान् शिव को धन्यवाद दे रही है।

वैशाली की दीन-हीन हालत देखकर सुनिधि कहती है, "अहिल्या पथ काँटों से आच्छादित है।"

वह आगे कहती है, "वैशाली, इस लोभ-लालच से भरी दुनिया में जब-जब किसी ने भी हटकर कार्य किया है, उसे लोगों ने महान् कहने की बजाय पागल करार दिया है, ऐसे उदाहरणों से इतिहास भरा पड़ा है।"

"आपके साथ जो हो रहा है, वह नया नहीं परंतु हाँ…आपने इंदौर की 10

दिवसीय कार्यशाला को सफल कर दिया। ऊपर दूर आसमान से देखते हुए देवी अहिल्याबाई होल्कर आपको देखकर मुसकराकर कह रही होंगी। सोच रही होंगी कि अहिल्या कभी मरती नहीं, हर युग में नया रूप धारण करके आती है।"

सुनिधि की बात सुनकर वैशाली स्थिरता के साथ कहती है, "जी" अहिल्या पथ कितना भी पथरीला या कँटीला हो, मैं उसी पर चलूँगी। उन्हीं का अनुसरण करूँगी। मेरा अशेष जीवन देवी अहिल्याबाई होल्कर को समर्पित है।"

"क्योंकि हर युग में आती है 'युगंधरा'।" सुनिधि मुसकराकर कहती है।

□□□